喬靖夫——著

殺禪

vol. 03

目錄

卷五【黑闇首都】

Karma Vol. 5 Walled City

第十七章
無苦集滅道

那一年，京都的天空盤旋著許多烏鴉。

□

龐文英仰視灰暗天空，發出一記漫長的嘆息。

他沉重地背靠在勝德坊外，一面漆得雪白的牆壁上。

牆壁好像白紙，迅速吸染了他身上的鮮血。血跡在壁面上緩緩往外擴散，石頭的紋理如血管般浮現。遠遠看去，龐文英身周就像燃燒起熊熊的赤色火焰。

他確實感覺身軀在燃燒。肩頸、腰身和四肢都像著了火般疼痛，似乎已經到達疲勞的極限，身體彷彿不再屬於自己。乾燥的氣管猶如剛吞下爐炭。胃酸在翻湧。耳膜持續鼓動著教人發瘋的低鳴。

全身只有一種感覺，令他安慰。

右手五指握著刀柄的觸覺。

十八斤重的寬厚大刀，刃長三尺八寸，柄長尺半，刀背帶著鳥翅狀鋸齒，柄纏深藍織染棉麻，黃銅刀鍔護手鑄著倒刺逆鈎，柄首的鐵鉈堅實足以敲破甲冑或頭骨。大刀的每一分寸設計，都是爲了殺人。一塊充滿死亡氣息的鋼鐵。京城黑道的名物。

此刻它卻像變成一頭有血有肉的活物：原本泛著詭異青藍的刃面，被層層乾涸血痂覆蓋著，好像某種異獸的深紅皮膚，上面還附著不明的肉屑；纏著刀柄的棉布染透成紫紅，因爲吸血太多而微微發脹。整柄大刀像在抖動呼吸——其實是龐文英握刀的手正在顫震。

不只是手。他全身的肌肉都因疲勞而發抖。假如沒有背後那牆壁，他早也許就倒下。

然而他拒絕用大刀去支撐身體。

——刀是用來砍人的。

他仰視那群飛翔的烏鴉。

鴉群旋轉飛行，漸漸降低，似乎正準備著陸爭食。

「餓了嗎？」龐文英盯著烏鴉群，眼睛裡帶著自嘲的笑意。「對不起，我還死不了。你們再等等吧……」

他閉目深吸一口氣，再次掃視圍聚在跟前的部下。只餘下四十六人。泰牛身上都已帶著不輕的傷。

「多少……？」龐文英開口才發覺，自己的聲線已變得沙啞，每吐出一個字，喉頭就像被針扎。

身旁的門生左鋒指頭動了幾下，默默計算了一輪。「我記不清楚了……大概兩百七十人……」左鋒的嘴巴肌肉一牽動，臉上那道橫貫刀口又再裂開來，血水如淚滾落。旁邊師弟卓曉陽急忙拿來一片白布，爲他按住止血。

龐文英點點頭，圍滿花白鬍鬚的嘴角自豪地彎起來。

——這等殺人數目，在黑道上大概不會有第二次吧？……

龐文英又視察兩旁街巷。他對這勝德坊附近的環境頗熟悉。大約十年前，他曾經跟住在坊裡的一個寡婦相好了一段不短日子，每個月總要來這裡五、六次。當年龐文英才剛登上祭酒之位不久，也曾興過立家室的念頭，可是最後還是厭棄了她。他給了她一筆錢，把她打發回鄉。

龐文英很清楚，自己無法拿出人生的任何部分，奉獻給一個女人。

——我連她的名字也記不起來了……

東面的巷道傳來一陣急促足音。四十七人的神經馬上繃緊。

一條斜揹長刀的身影，從那巷口奔出來。龐文英寬心了。是負責偵察的童暮城。

「好消息。」童暮城說著，臉上的皺紋全都在動。「『溢興號』常老九已經被章祭酒刺殺。對方全數投降。」

眾人發出低聲歡呼。龐文英無言瞪著眼睛。已經是第三次了。章帥的攻擊竟如此精準。他到底施了甚麼妖法，能夠查出對方大將的藏身處？果眞無負「咒軍師」此稱號。

勢。

可是龐文英知道，眼前的形勢仍未扭轉。餘下六個敵對幫會得到這消息，只會決心加緊攻

「也有個壞消息……」童暮城吞了吞口水。「我回來時途經蘭怡坊，看見坊門頂上掛著……蒙祭酒的首級。」

眾人頓時沉默。

龐文英再次閉目。

「豐義隆六杯祭酒」，在一天之內就死去一半。除了沉穩的容玉山負責守護韓老闆之外，如今前線上，就只餘下龐文英和章帥二人。

——而這一天還沒有結束……

「燕師哥呢？」沈兵辰冷冷發問，眼睛仍在檢視手上劍刃的崩口。「有他的消息嗎？」

龐文英「五大門生」之首燕天還，已然是「豐義隆」的最後希望。他在正午單騎突圍出城，決意要把敗逃出城外的殘兵重新聚集整編，回來京都發動最後的逆襲，可是直至此刻仍然渺無音訊。

童暮城瞧了瞧沈師哥，又看著龐爺，緩緩搖頭。

龐文英的眼睛此時再次睜開。

只要想起燕天還，他就像飲下一服猛藥。五十三歲的身體停止顫抖。背項離開那堵白牆。

壁上清晰遺下龐文英寬壯身軀的血紅印記。

「我們出城去迎接他吧。」龐文英揮振手上大刀。「順道把敵人主力都引到京郊，再與天還前後夾擊，把他們一舉殲滅。」

「可是……」童暮城臉上充滿猶疑。

「他必定會回來的。」

龐文英語氣堅定地預言：

「我最寵愛的門生，最終將帶著他的軍隊回來京都，決定這裡所有人的命運。」

□

于潤生的呻吟壓得很低，被車輪聲掩蓋了。只有耳朵貼著他嘴巴的李蘭才聽得見。

——那叫聲就像一隻受傷的小動物。

于潤生的臉埋在李蘭肩頸間，沒有看著她。她緊咬著下唇，眉目都皺起來，仍然結實的大腿，吃力地緊挾著他的腰肢。她壓抑著想用指甲抓他背項的衝動。

流產至今已近四個月。她卻仍然覺得子宮的創傷沒有復原。

可是她強忍著痛楚。因為這是自從李蘭懷孕至今，他們第一次再度交歡。

于潤生的身體突然變得僵硬。他爬起身來，俯首坐在床邊，伸手按著右邊胸口。

李蘭也爬起來，拿一件棉衣披在于潤生又白又瘦的背項上。「別著涼了。」之後她才自己披上衣服。

于潤生乾咳了幾聲，抬起頭來。車廂的紙窗透來白濛濛的日光，下午還沒有過去。車子仍在顛簸著。

李蘭伸出皮膚粗糙的手掌，輕輕撫摸于潤生後頸。「又發痛嗎？」她的臉色已緩和下來，忘記了自己剛才私處的痛楚。「讓我給你看看，是不是裂開了？」

于潤生搖搖頭。那箭創早在兩個月前已經癒合乾結，現在血痂也都差不多脫盡，可是胸口偶爾還是會發出一陣帶著陰寒的痛楚，雖然不算很劇烈，卻總是冷得背脊也不禁緊縮起來，手腳頓時就失去力氣。醫師也無法解釋，只著他多吃一些溫補的食品。

兄弟們都勸他等待完全康復之後才上路。可是等不及。已經是三月。龐文英早已在京郊下葬。

李蘭還是輕輕拉開他的衣襟，低頭細視那個拇指粗細的傷口，看看有沒有裂開滲血。

她憐惜的表情，忽然變成訝異。

「潤生，你有沒有發覺，這疤痕好像……」

「我知道。」于潤生冷冷說，也垂頭凝視自己的胸口。

這是一個月前還在漂城時，他從澡盆的反映裡發現的：那傷口疤痕結成的形狀與紋路，像小小一副哭泣的人臉。

他伸出指頭，輕輕撫摸創疤表面。疤上有兩點像眼睛的凹洞，似乎也在看著他。

「這會不會是……」李蘭的淚水沿著鼻側滾下來，但她並沒有抽泣。「……我們的兒子？」

于潤生的臉沒有動一動。他只是默默伸手，把妻子臉上的淚拭乾，再次把衣袍蓋上。

——我的兒子？

——還是龐文英的亡靈？

——你們這麼渴望跟隨著我嗎？要看看我犧牲了你們之後，將要得到些甚麼？

那股寒痛再次襲來。他伸出手臂摟著李蘭。他需要她的溫暖。

——很好。我會讓你們一直看下去。

□

停在低崗上的馬隊共一十七騎，當先一匹棕毛雪蹄的健馬，是來自漠北的喀庫爾品種，矮小但肢壯步密，甚耐長途奔行。

騎者亦一如馬，短小而驃悍。他穿著一身沾染著沙土的白袍，口鼻前圍著遮塵的白巾，那身影在春霧中半隱半現。

其餘騎士亦同樣幪著下半臉，攜帶名式弓矢刃器，一副隨時準備從崗上衝鋒而下的容姿。

十七人默默在崗頂朝下眺視。

濃霧散去了一點。為首那騎者終於看清楚，聚集在下面官道四周的是甚麼。他雙眼訝異地睜大。

「不得了……」

他旋揮左臂，立時帶領騎隊回頭往來路奔馳。

在道上急行半里後，插著黑色「豐」字旗號的車隊在前頭出現。騎者遠遠吹起了哨音，高舉手掌，示意車隊停下來。

矮馬的奔勢未止，直跑到第二輛馬車旁才巧妙地迴轉勒停。騎者拉下布巾，露出一貫白皙乾淨的臉。

在車頭前座上，坐在車伕身旁的護衛是葉毅。

「六爺，堂主還在休息……」

狄斌沒答理他，看著車尾竹簾。

于潤生隔著紙窗開口：「白豆，怎麼了？」

「老大，我們得暫時停下。」狄斌面露憂心。「我看看有沒有別的路可走……」

他說著時瞧向跟在最後的另一輛大馬車。那車裡的人沒有動靜。狄斌微微嘆息搖頭。

——在跟她睡覺嗎？……

「前面有甚麼，非得繞路不可？馬賊嗎？」于潤生又問。車隊雖然掛著「豐義隆」旗號，可也難保沒有不識相的山野匪賊攔路，因此狄斌堅持帶領騎士在前方探路。

狄斌搖搖頭：「馬賊才不可怕。是飢民。不知怎地流竄到了這裡……」

「六爺不怕馬賊，卻怕飢民？」葉毅失笑。

狄斌的眉頭沒有動一動。「你看見那個數量，就不會笑。」

「好。」于潤生的聲音裡卻透出感興趣的語氣：「我們就去看看。」

□

「大樹堂」車隊共計四輛：最前一輛開路的原本給狄斌坐，可是他在日間都堅持親自負責指揮探路的騎隊，只有在晚上露宿野外時才會上車休息；第二輛是于潤生夫婦的座駕，除了葉毅之外，車頂和車尾各坐著一名護衛，兩側也有騎馬部下沿途保護；第三輛用來載運糧水、衣物、器皿、野營用的帳篷及其他必需品；押尾的大馬車則由鎌首和寧小語乘坐。加上車伕和其他騎馬護衛，整支隊伍多達七十四人，每到一個城鎮就要把當地最大旅店包下。若非有「豐義隆」旗幟，加上各地分行預先招呼照應，他們早就成了顯眼的目標。

這麼一支大車隊，一進入這段道路，卻彷彿幾片飄落的葉子被樹林吞沒。

不論往那個方向看，全都是人。

螞蟻般的飢民，在破布搭成的帳篷四周圍成一堆堆，或是幾個摟作一團互相取暖。觸目可見都是形貌悽慘的光禿禿樹木，葉子和樹皮早就變成他們胃囊裡的苦水。

車隊和馬匹都走得很慢。田阿火騎馬在最前頭開頭，不斷驅趕坐臥在道路中央的人。那些飢民大半都已無法行走，要用爬的回到路邊，僅僅躲過碩大的車輪。

狄斌策馬緊靠在于潤生的車子右邊。他左手握韁，右手按住鞍旁環首鋼刀。他知道這柄刀只是個安慰——數以千計的飢民，假若眞的一起發難，不消一刻就會把車隊吞噬。

他沿路掃視那一張張凹陷的臉。沒有人在哭——彷彿他們身體裡的水分都早已乾枯。龜裂的嘴唇半張著，似乎在期待甚麼。是救濟？還是死亡？

狄斌剛才派部下查問過，得知這大批難民都是來自直轄州（京都所在州府）西部的五個村鎮。那裡因爲去年大旱嚴重欠收，卻還是被迫把過半農作交納給官府，到了冬天不得已連穀種都吃掉了；由於過年後無法下種耕耘，一待天氣稍暖，村民就集體離鄉上京去請求恩恤，可是還沒到京都十五里內，已被禁軍驅趕回頭，流竄到這片荒地時，已然餓死了一半人。

狄斌不敢直視他們的眼睛。他不是沒有見過窮人。幾年前他自己也是一樣窮得要命。可是在漂城那種大地方，窮人至少還有飯吃——從那些豪戶和權貴手指縫溜出一點點，就足夠養活許多人。漂城的窮人甚至還能養狗。

比起過去在破石里的日子，這裡更讓狄斌想起戰場。那枕藉的屍叢。

——當兵至少還可以死得體面一些啊……

「白豆，你知道我爲甚麼要過來看嗎？」于潤生的聲音隔著車廂響起。

「是要讓我們……回想從前甚麼都沒有的日子嗎？」

狄斌看不見車廂裡的老大在搖頭：「是要看看他們跟我們的分別。你知道是甚麼嗎？」

狄斌再看四周。一張張蠟黃的臉，全都只是普通不過的農民。狄斌的老爹是獵戶，也不比農家好多少。他想像，自己要是留在家鄉，今天會變成甚麼模樣。

「我不知道。」

「他們雖然都已經餓得半死，可是這麼多人，只要都湧過來，我們所有的東西也都得獻出吧？他們甚至可以乾脆把我們殺掉，今晚又將有多一頓肉食——對啊，我想他們早就開始吃人肉。」

于潤生乾咳幾聲，才繼續說下去。

「可是他們沒有這麼做。爲甚麼？」

狄斌聽著，按在刀柄的手掌冒出冷汗。老大說的，正是他一直擔心的情景。

沒錯。爲甚麼他們都沒有走過來？

「因爲他們不敢。他們沒有把命運掌握在自己手上的勇氣。從出生到死亡，他們都相信自己是個普通人。除了偶爾的運氣之外，他們不相信自己能夠改變些甚麼。他們相信世上有許多東西都是不可違背的。他們永遠在等待別人告訴自己，要做甚麼和不許做甚麼。他們也曾經作夢，並且很輕易就把這些夢想放棄和忘記了。當災禍降臨的時候，他們怨恨自己命運不好，而忘記了自己從來沒有做過選擇。

「你不相信嗎？看看。他們快要餓死了，而最需要的東西就在眼前，可是仍然不敢伸手去拿。我走這條路，就是證明給你看，我們和他們之間的分別。」

「堂主說得太好了。」車上的葉毅微笑說。

狄斌瞪了葉毅一眼。這個他親手帶進「大樹堂」的小子，最近變得有點不安分。自從獲得于老大晉升作近身親隨後，葉毅的態度就變得有點高傲，尤其是去年冬天老大「遇刺」的事件後更甚。他就連穿衣也比從前講究了，以顯示自己跟其他幫眾地位有別。

狄斌沒有答理他，別過頭再瞧著那些飢民。裡面夾雜了幾個孩子，手腿瘦得可憐，肚皮卻圓圓的鼓起。他不忍再看。

他知道老大的話裡還有其他意思。

跟漂城比較，京都是另一個世界。他們要面對的已經不止是黑道上的事。也許有一天，狄斌將要做一些事情，或是做出一些決定，令許多不相干的人受害。

不能猶疑。不要同情他們。

不可以因為這些沒有價值的人而失敗。

——狄斌知道，這是老大真正想說的話。

「停車。」于潤生忽然向車伕說。

狄斌頓時緊張起來。雖然他相信于老大的說話，這還是太危險了。

車後的竹簾捲起。身穿著厚厚黑棉袍、手上握著枴杖的于潤生慢慢走出來。

看見老大的臉，狄斌很是憂心。大夫說那個箭傷已經完全康復了。可是他總覺得，老大跟受傷前有點不一樣——卻又說不出哪裡變了。

——就像剛才那些對話。從前老大很少會說這麼多話。只不過是一堆可憐的農民而已，爲甚麼他要這麼說他們？

——是因爲失去兒子的打擊嗎？……

葉毅跳下車座，緊隨在堂主身旁，另外四個帶刀部下也下馬走過來徒步護衛。

于潤生走向剛才狄斌看見的那幾個孩子。其中兩個男孩有氣無力地相擁坐在地上，面目頗是相似，看來是對兄弟，可是已經瘦得分不清哪個年紀比較大。

于潤生拄著枴杖，半蹲在他們跟前。他左右看看兩張稚嫩又乾枯的臉，然後問右邊那男孩：「你是哥哥嗎？」

男孩點點頭。

「父母呢？」

男孩搖搖頭。

「死了？」

男孩看了弟弟一眼，猶疑一會，然後張開結著血痂的嘴唇：「大概是吧。」聲音粗啞得不像孩子。

附近四周一些還有點氣力的飢民，好奇地聚攏過來。狄斌更加焦急了，叫田阿火也跳下馬來，保護在堂主身邊，他自己亦領著八騎走近。他心裡決定，必要時不惜策馬衝殺過去——不理會踏死在蹄下的是老人、女人還是小童。

「你們想坐我的車嗎？」于潤生問。

兩個孩子驚訝地互相看了一眼，同時點頭。

「可是我只能給一個人坐。」于潤生說時神情異常冷漠。「誰要來？你們自己決定。」

這對兄弟再次對視。互纏的手包得更緊。年幼的眼睛透著複雜的感情。兩張嘴巴半啓，久久無法說話。

「怎麼樣？決定了嗎？」

「我要坐！我要坐！」

一個比這對兄弟還要小的男孩從中間走出來，硬生生把兩兄弟推開，在于潤生面前高叫。

于潤生馬上單臂把那孩子抱起，然後就轉身離去。那兩兄弟激烈地嚎哭。

其他圍觀的飢民想跟上前向于潤生乞討，卻都被帶刀的壯士攔住了。其中一名刀手把兵器出鞘寸許。刃光就像一道無形的牆，飢民不敢越過半步。

「孩子，你叫甚麼名字？」于潤生一邊走回馬車一邊問。

「沒有。爹爹只叫我阿狗。」

「堂主。」葉毅緊跟過來。「不如讓我抱。這孩子好髒，而且看來長了蝨。」

于潤生沒有理會，仍然看著男孩說：「那我就叫你阿狗，改天才再給你取個名字。從今天起你姓于。我就是你的爹。」

孩子用力地點點頭：「爹。」

狄斌把一切都看在眼裡。他明白于老大的意思。就像老大剛才所說，這個孩子有勇氣掌握自己的命運。這就是生和死的分別。

——可是這不太殘忍了嗎？不可以把三個孩子都帶走嗎？……

——那其他孩子呢？這裡一眼看過去，至少也有七、八十個。總不成都救吧？只帶走三個的話，跟現在三個裡帶走一個，其實有甚麼分別？

于潤生抱著孩子回到車廂。狄斌正準備指揮部下起行，卻發現又有人下車。

從最後頭那一輛。

狄斌急忙策馬奔過去。

披散長髮的鎌首，穿著一件寬鬆的青袍，肩上披著一塊織有彩色花紋圖案的西域毛毯。雖然被衣服掩蓋身材，卻仍見得出他比幾個月前清瘦了許多——只是還沒有恢復當年那堅實完美的身形。

他牽著寧小語一同下車，兩隻手掌一黝黑一雪白，十指交纏緊扣。寧小語仍然美得令人呼吸加速，就連飢民看見了她，也短暫忘卻肉體的痛苦。她這些天不施脂粉，減少了從前的風情，乍看甚至像個未出閣的閨女；身上只穿一襲素藍衣裙，仍然掩不住美好的身段。

「五哥！上車吧，我們還是快離開！」狄斌勒住馬，催促著說。

鎌首雖只是站著，也幾乎與馬上的狄斌平視。他瞧著狄斌的眼裡有股哀傷——是狄斌過去從來沒有見過的神色。狄斌因為這眼神而呆住了，沒有再說話。

鎌首朝寧小語輕聲說：「等我一會。」就把她的手掌放開，獨自走向那群飢民。騎馬的護衛裡，有個頭上紮著布巾的青年，躍下了馬鞍跟隨過去。這小子叫梁椿，是漂城一眾「拳王」的崇拜者之一，自去年冬天一役，鎌首就讓他加入了「大樹堂」。

鎌首卻頭也不回地揮揮手，示意叫梁椿別跟來。梁椿以尊敬的眼神凝視著鎌首的背影，裹纏麻布的手掌握住腰間刀柄，守候在「拳王」身後十多步外。

鎌首走到一個躺臥地上的老人跟前。

老人的爛衫敞開著，鳥籠般的肋骨急促起伏，全身皮膚像被風乾過，已像沒有了生命。他的雙眼因痛苦而暴突，瞳珠淺色而混濁。

鎌首跪下來，解下身上毛毯，捲裹著老人脆弱的身軀，把他的頭枕在自己大腿上，右手環抱他雙肩，左手則溫暖著他的枯瘦臉頰。

老人的眼睛仰視著鎌首的臉，雙眼仍舊暴睜，無法確定他是否看得見。

鎌首溫柔地擁著這個瀕死的老者，一如擁抱情人。他像無意識地張開嘴巴，開始唱出一段歌謠。

月投水——光影何來？
石投——水波——何來？

世道網　人心惘
一宿一食　又塵土

往生無門　一念即至
候百歲　蓮花綻開無色香……

整片野地上的人群，忽然全都靜默下來。連馬兒也沒有嘶叫。狄斌、寧小語、「大樹堂」的眾部下、車伕以至附近百千飢民，全都在細聽著鎌首的歌。

他們沒有人聽得明白這歌詞。鎌首自己也不明白。歌是用關外口音唱的。他已經忘記了，當年是在旅途上哪一站學會。

老人的眼神隨著歌謠聲緩和下來，原本緊咬的牙關也放鬆了。他倚著鎌首的大腿，表情變得像嬰孩。

鎌首繼續反覆唱著這唯一記得的段落，手掌仍然撫摸著老人的臉頰。

直至老人的雙眼終於閉上。

□

「他要來了。」

章帥握著一管顏色古舊的煙桿，另一手負在背後，神情懶洋洋地瞧著壁上一幅字，漫不經心地說。

那橫幅字匾長四尺多，木框黑得發亮，上面以蒼勁潦草的筆劃書著「仁義」二字，每個都有人頭大小。

章帥抽了口煙。這是異國的貢煙，霧裡帶著橘子的清甜香氣。他略一回頭，看看身後那人聽了有甚麼反應。

那人隔在書桌後，背著章帥而坐，仍然拿著一部書冊在細讀，視線並沒有離開。

他慢慢翻開另一頁，再閱讀數行後，才把書闔上。

「我知道。」那聲線略帶陰柔，卻不表露任何語氣情感。那人檢視一下指甲，玩弄著左腕上一只刻花的白銀手鐲。「我們不是一直在等他嗎？」

「容玉山父子已準備爲他接風。」章帥把煙桿擱在書桌一角的石皿上。「我猜得出，他們會開給他甚麼條件。」

「是甚麼？」

「好得令他無法拒絕的條件。」章帥微笑說。

「他會接受嗎？」

「當然了。」章帥瞧向書房外的花園。「他不會謝絕任何權力。這是他來京都的目的。」

那人點點頭，難以確定是在同意章帥，還是對那個「他」表示讚許。

「小章，我相信你的眼光。」他頓了頓：「否則龐祭酒就白死了。」說到後面那句話時，他的聲線變得有些沉啞。

章帥無言，撫摸著唇上修得很整齊的棕色髭鬚。

「快要十五年了……」那人嘆息著繼續說。「當年死了這麼多人，也不過換來十五年的太平。那些記憶還是多麼地清晰啊。這麼快，又要再來另一次……」

「今次不同了。」章帥回答：「有很多事情，都在我掌握之內。」

「幸好，過了這許多年，還有你在。」那人連同椅子轉過來——那椅腳下方，安裝著大小兩對車輪。「我的『咒軍師』。」

章帥略垂下頭，神色恭謹地說：

「我不會讓你失望的，老闆。」

□

于阿狗還記得娘親在半個月前跟他說：「我們要去京都。」她撫摸著他已凹陷的骯髒臉頰，懷著希望說：「我們跟著其他村民一起去。到了京都就吃得飽。那裡有米飯和熱湯。每天都有。」

因此在阿狗那小小的腦袋裡，幻想中的京都是一個到處堆滿白米、放滿熱湯桶的地方。那裡的人在不停吃飯和喝湯。

現在他已不知道娘親到了哪裡。

當馬車外頭的人呼喊已經到達京都時，阿狗不禁興奮地爬到窗前，觀看京都到底是甚麼模樣。

沒有堆成小山的白米。也沒有冒著蒸氣的木桶。更沒有人在吃飯喝湯。

窗外是一堵又高又長又硬又冷的灰色牆壁。

阿狗沒有特別感到失望。反正他早就吃飽了，臉也不再髒，換了一身又暖又軟的衣服。衣服外面再穿著一件硬邦邦的粗麻衣，頭上束著一根白布帶——阿狗不知道爲甚麼要這樣穿。不過他看見其他同行的人也都穿成這個樣子。新的爹和娘親也是一樣。

他很喜歡新娘親。她常常抱著他，餵他吃，替他穿衣服。她問他會不會寫字。他搖搖頭。她教他寫了第一個字——他的新姓氏。阿狗很高興，因爲這個字很容易寫。

現在新娘親拖著他的手，告訴他：「我們要下車了。」新娘親的手掌很溫暖，而且跟從前娘親的手一樣粗糙。

步下馬車時阿狗想像，在京都裡會看見甚麼東西？人們花了這麼大的氣力，建起這麼高的一道牆壁，藏在裡面的，一定是各種十分漂亮的東西。

阿狗下了車，和新娘親拉著手向前走。她的另一隻手則跟爹牽著。

阿狗首先看見了他懂事以來見過最大的一道門。他不知道這麼大的東西還可不可以叫作「門」，還是有另外一個名字——在他的村子裡，「門」只是那種又小又窄的洞，許多連門板都沒有，只掛著塊髒布或者竹簾。

阿狗回頭看看自己剛才坐過的馬車，又看看那道「門」。門口寬得足夠讓五、六輛這樣的大馬車同時通過去。阿狗不明白爲甚麼他們要在門前下車。

他看見其他穿麻衣的叔叔也都下了馬和車子。除了有些留著看守馬兒之外，其他都跟隨在他和爹娘身後。

向前走的時候，阿狗突然感到眼前一切都蒙上了黑暗。

他仰臉看看才發覺：是那堵巨大牆壁的陰影，投落在他們頭上。

他有點害怕，側過臉偷看新的爹娘是否也一樣。

阿狗看見了：那個昨天剛剛成爲他父親的男人，正目不轉睛地凝視著前方的「門」，一雙眼睛發出奇怪的光采。

阿狗這時候明白：父親跟他從前見過的所有大人都不一樣。

他希望自己長大以後，也能成為這樣的男人。

□

花雀五與于潤生在門外的衛崗旁無聲擁抱。

花雀五輕拍了于潤生背項幾下，然後縮手擔憂地問：「傷已好了吧？」

于潤生撫撫胸口：「無礙。」

花雀五那張刀疤交錯的臉，笑得比以往任何一次看見于潤生時都要燦爛。

「我等你好久了。」花雀五直視著于潤生。彼此都了解這句話的深意。

花雀五接著欠身向李蘭問好：「嫂嫂……」然後才發現她牽著的那個孩子。

「我們的兒子。」于潤生說時收起了笑容。花雀五只略一頷首，沒有再追問。

狄斌走到了老大身後。他與花雀五只是點點頭，沒有互相招呼——畢竟現在他們很難確定彼此身分的高低。「兀鷹」陸隼站在花雀五身旁，狄斌也跟他點頭問了好。

「所有批文已經蓋印了。」花雀五說：「隨時可以通過。」

狄斌趁著這個機會，看看這道明崇門的風景：負責門守的衛兵不過二十來人，近半都坐在那座不算大的衛崗裡，正圍著長官分配剛才花雀五給予的賄賞；有些已經分了錢的就脫下頭盔來，一邊喝茶一邊數錢，刀槍都擱在牆壁旁。排列在崗前那二、三十個等候進城的百姓只有乾著急。

那名守門的長官分完錢後，發現狄斌在注視自己，於是抬起頭來打量著這身穿麻衣的矮子幾眼。狄斌跟他的部下當然已沒有佩戴兵刃——全部武裝都收藏在馬車上。除了「殺草」，狄斌用了一片上等的錦織把它包裹好，貼身藏在衣服底下。

這衛崗的景象與其他城鎮無異，眞正令狄斌留意的是城門內側，分成兩列挺立的那五、六十名禁軍甲士：身穿一副副擦得發亮的紋花鐵甲，手上矛槍豎得筆直，碩大的方形盾牌紋風不動；每一張木然的臉，眼珠凝定地直視前方。狄斌發覺這些甲士連身高都幾近一樣，顯然經過特別挑選。

上過戰場的他一眼看出來，那些外表威武的冑甲和兵器，都只是不合於實戰使用的裝飾。他知道這不重要——把大隊衛士派駐在這裡，純粹只是用來表現一種東西：

權威。

狄斌已然感受得到：京都是個與漂城截然不同的地方。

他回頭看見最後面，鎌首也已經下了車，牽著寧小語走到城門跟前。

「于哥哥，其實你們不用下車，坐車過去就可以了……」花雀五說著，卻突然住口了。

因爲他看見于潤生的眼神。

「白豆，你過來。」于潤生說話時，眼睛看著前方城門內。

狄斌走到于潤生身旁，老大馬上握住他的手掌。他感到有點尷尬——直至發現了老大的眼神。

狄斌已經不是第一次目睹這異采流漾的雙瞳。可是每次看見，還是有一股無法壓抑的驚訝。

他不禁也跟隨老大的視線瞧向前方：從京都外圍城郭正南面的這道明崇門直貫進城內的，就是世界上最大的街道——鎮德大道。寬達百餘步的路面全程鋪墊了堅厚青磚石，兩旁整齊地植著成排的高大槐樹，朝北延伸接近五里長，直抵皇城內郭的鎮德門為止。這條大道就如京都的脊樑，把全城劃分成東、西二都府。

狄斌嘗試眺望大道的盡頭，但遠方都被春霧掩蓋了。

——天氣好的時候，從這裡看得見皇城的輪廓嗎？……

「老五，你也來。」于潤生頭也不回地伸出右手。後面的鐮首放開寧小語，上前主動握著老大的手。

狄斌牽著于潤生的手掌，在不斷冒汗。

——京都的一切都這麼大……這道城壁恐怕有三丈高吧？城門比五哥的身體還要厚。還有這條大道，寬闊得簡直就是一個長長的廣場……

「豐義隆」的權勢有多大，從前狄斌心裡曾經有個大概的估計：看見京都這副規模後，他知道有必要重新計算。

他心裡同時疑惑：在這麼巨大的城市裡，會不會住著比老大更厲害的人物？……

狄斌側過頭，看看隔在老大另一邊的鐮首。鐮首同時也看著他，嘴角在微笑，並沒有半點緊張。

狄斌知道五哥的心爲何能夠如此寧靜。他嗅到那陣女體幽香——寧小語已悄悄跟在鎌首身後。

——她在你心裡，已經變得如此重要了嗎？……

「我們要進去了。」于潤生左右握緊狄斌和鎌首的手掌。「永遠記住這個時刻。」

猴山結義的回憶突然在狄斌心頭泛起。他多麼希望龍拜和齊楚此刻也在這裡。他摸摸藏在腹處的「殺草」。

——至少我把三哥帶來了。

從屍橫遍野的戰場，到這森嚴壯闊的京都。他們走了好長、好長一段路。

——絕不可以就在這裡停下來。

三個各懷著不同心思的男人，攜手一起踏出了第一步。

踏進一個他們永遠無法離開的世界。

□

薄薄的黃色紙符上，印著這樣的朱紅色圖畫：一個長髮披肩，無法分辨雌雄的仙人，踏足在盤卷的雲朵上；仙人長長的右邊水袖下垂飄飛，左手則向上伸舉，露出一條玉臂，指掌捏成一個法印，食指尖指向黃紙右上角的一彎孤月。圖畫右側直書一行彎曲古怪的細小文字：

神通飛升之力護持八方

圖畫很粗糙，那印版的刻工和風格俗氣之極，一看就知道只是出自尋常街頭工匠之手，尤其那行字歪歪斜斜，幾處都筆劃錯誤，恐怕雕刻者甚至不識字，只是按圖而做。

這樣的黃紙符，成列地滿滿貼在嘉平坊外頭一堵面朝鎮德大道的牆上，少說也有幾百張，顯然才剛貼上不久，漿糊還沒有乾透，把黃紙都滲得半透明：印工也看得出甚匆忙，其中許多都歪斜或漏印，也有的朱砂糊成了一團……

狄斌牽著馬經過這面牆壁，仔細看著紙符，隱隱感覺有股邪異的氣氛。

「這是甚麼玩意？」身旁的田阿火問著，忍不住從牆上撕下一張——狄斌想叫他別亂碰已然來不及。「今天是甚麼仙誕或者節慶嗎？」

于潤生從車窗伸出手。田阿火會意，走到車旁把紙符交給堂主。

在車廂裡，于潤生細看著紙符的圖畫一會，問坐在對面的花雀五：「你知道這東西嗎？」

花雀五接過來看了幾眼：「聽說是個叫『飛天』的教門……這類東西京都裡多著呢。朝野上下都知道，當今皇帝小子迷上了仙術、煉丹那些玩意，各地許多和尚道士和江湖術士都湧到京都來求富貴。好像這類大小教門，城裡最少也有幾十個，大多還不是爲了刮錢，或者騙幾個閨女……」說到這裡他看一看李蘭，不好意思再說下去。

于潤生沒有回應，只是再拿過那符咒看看。花雀五有點意外，他想不到于潤生會對這種迷信東西感興趣。

「有點邪門……」外面的田阿火繼續嘀咕。黑道中人出生入死，難免也會迷信。「是咒術之類嗎？媽的，剛才我還撕了一張……連皇帝腳下的地方，也有這樣的東西！」

這時前方街角轉出十幾個男女，全都穿著像紙上仙人的衣服：一身寬闊的白色長袍，左袖僅及肘彎，右袖卻長過膝蓋。他們有的把頭髮剃成古怪圖案，有的則不結髮髻披散雙肩，一邊嬉笑著旋轉起舞，一邊往空中拋撒更多黃符。當中兩人還以腰間小鼓打出節奏。

狄斌訝異失笑，想起田阿火剛才的話。

——沒錯。這樣的事情，不該出現在一國之都。還有昨天那些飢民……現在到底已變成甚麼世道了？

暴烈的馬蹄聲，打斷了狄斌的思路。

狄斌聯想起數月前那個雨天的馬蹄聲——陸英風元帥的騎隊來臨時那聲音。同樣的強烈壓迫感，只是跟當天陸大元帥的騎兵不同，這次來者沒有掩飾到臨的意圖。馬蹄躂躂奔跑於青石地上，響徹整條街道。

那群跳舞的男女一聽見就想四散奔逃，可是已經太遲。當先一騎衝進人群，健馬把一個白袍男人撞得平飛往數尺外的牆上，再反彈著地。壁上紙符被鮮血染紅。

許多棍棒套索緊接著出現。驚惶的哭叫。有三人被繩勒著肢體在地上拖行。眨眼間，再沒有一件乾淨的白袍。那十幾個男女，就像被一群突然而至的猛獸吞噬。

直到鎮壓完全停止後，狄斌才看清來者的外貌：一個個騎士穿著既非軍兵又不是官差的黑色制服，沒有戴任何護甲，玄黑披風的內側滾動著猩紅色襯裡；腰間配著似乎只作裝飾用的短彎刀，手裡各攜馬鞭、棍棒和鈎索，在最後面還有兩輛駟馬拉動的竹籠車。

從這些裝備狄斌看得出來：這夥騎士並非負責打仗或者捕捉盜匪，而是用來對付沒有抵抗能力的人。

當中有十來個騎士下了馬，拿馬鞭抽打著仍然想掙扎站起的「飛天」信徒。他們接著從鞍旁解下繩索，將這干白衣男女逐一像豬般綑綁，手法十分熟練俐落。當綁縛女人時，騎士故意把她們胸前衣衫撕破，讓乳房彈跳暴露出來，再用繩索在上面狠狠纏繞。一個女人的胸脯被束得紅腫，發出痛苦的呻吟。騎士們獰笑著。

狄斌瞧著他們把男女塞進籠車。這時陸隼站到他身旁，那張鼻頭崩缺的臉顯得有些緊張。

「不管發生甚麼事，別說話。」陸隼悄聲對狄斌說：「更絕對不要動手。這些人動不得。」

狄斌點點頭。他知道陸隼對京都很熟悉。「他們是甚麼人？」

陸隼還沒有回答，狄斌就發覺自己被其中一個騎士盯住了。那人的臉蒼白瘦削，下巴和兩頰的鬍鬚刮得乾淨，更突顯出長長的鷹勾鼻和菱角般的顴骨。他的黑色冠帽上比其他騎士多了一朵紅纓，身上的皮革製腰帶、馬靴和刀也格外擦得晶亮。

這人帶著五名部下，朝著「大樹堂」的車隊接近過來。

花雀五已經下了車，神色跟陸隼同樣凝重。狄斌看得出來：這些騎士是連「豐義隆」也不能惹的傢伙。這代表他們的權力來自最高處。

花雀五已然準備隨時把「豐義隆」的令旗從衣襟掏出來──自進城以來，車隊就把旗號取了下來。這是「豐義隆」的規矩──京都不是隨便展示幫會權威的地方。

就在此時，十數騎從鎮德大道的北面滾滾馳來，引起雙方注意。花雀五看見來者，頓時鬆了口氣。

趕來的最前面並排三騎，中央一匹乘著個身材高䠷的青年，大概二十四、五年紀，面目甚是俊秀英挺，雙頰光滑如白玉，顯得濃眉更是烏黑，加上一身錦袍和銀絲織造的古式冠帽，儼然一副世胄貴公子的模樣，狄斌不禁對他多看幾眼。

在這公子右側的一騎，則坐著個身軀橫壯、相貌堂堂的漢子，國字臉的兩腮和下巴圍滿了濃密虬髯，輪廓十分深刻，眼珠有點淺淡，狄斌看不清那是甚麼顏色。

而左側的騎者，狄斌已經在漂城見過──正是長著一頭鬈髮的茅公雷。三人身後跟隨著十騎部下，比起「大樹堂」的人馬，衣著都光鮮講究得多。

那名貴公子策馬來到鷹勾鼻黑衣騎士的身旁，微笑著向他悄聲說了幾句。那鷹勾鼻沒有露出任何表情，只是略一點頭，朝公子回了一句，便即舉鞭示意部下撤走。

那群黑騎士拖著竹籠車往西走，不久就轉入街角消失，可是籠內男女的悲叫，久久仍可聽聞。

「五哥。」貴公子下了馬，走到花雀五跟前。虯髯漢與茅公雷也下鞍緊隨其後。「于哥哥呢？」

花雀五略一錯愕——想不到對方會如此稱呼于潤生。「就在車上……」

車簾揭起來，于潤生拄著枴杖下車，那貴公子急忙上前攙扶。

狄斌有點緊張地趨前。他也覺得十分意外。這公子的身分他早已猜到，卻料想不到此人竟對老大如此熱情。

「于哥哥慢走，你的傷不礙事吧？……」于潤生已經著地，但那貴公子仍緊握著他手掌。

「托福，已經痊癒了……公子別這樣稱呼于某。在下入幫日子尚淺，受不起。」

「哥哥別要客氣。」公子回頭看看自己的部下，乾笑幾聲。「沒在城門接你，為弟真不該……」接著朝部下呼喝：「回去通知爹，于哥哥已到了！還有，在樓裡擺開酒菜，為哥哥和眾位洗塵！」四名部下應和著，撥轉馬首向北馳去。

「公子，不必如此客氣……」

「哥哥，你才是呢。」貴公子微笑直視于潤生，一雙又亮又大的眼睛透著深意。「這裡是京都。哥哥一天在這裡，甚麼都不必操心。我容小山會為哥哥打點一切。」

于潤生回視容小山的眼睛，完全明白他話裡的意思。

□

狄斌在燈光底下看清了：那個虯髯漢的眼珠是水藍色的。是異族的血統，狄斌心想。他在漂城也曾經見過，幾個從西方來的舞姬，眼睛也是這種顏色。

虯髯漢把容小山跟前的玉杯傾滿，輕輕放下酒壺，恭謹地坐在容小山右旁。他把自己的座椅略往後移，像是守候在容小山身後，又把胸腹略微收縮，令自己原本比容小山高的坐姿顯得矮小一些。

「于哥哥……」容小山朝于潤生露出皓白如玉的牙齒，把酒杯舉起來：「一路辛苦了。弟弟先敬一杯！」說著就把琥珀色的酒一飲而盡。

于潤生拿起酒杯回敬，卻只淺啜一口。「傷雖已好了，大夫還是囑咐我少喝。失敬了。」

狄斌看見：容小山那清朗的眉宇間，短暫顯露了一陣不悅，但瞬即消失。

席上的氣氛稍稍僵住。容小山主動打破沉默：「爹很快就來……哥哥喜歡這裡嗎？漂城沒有這麼好的地方吧？」

剛才在容小山接引下，他們一行先到了位於東城九味坊「豐義隆」的「奉英祠」，拜祭祠裡「二祭酒」龐文英的靈位，把喪服脫下燒掉後更衣並略作梳洗，就轉往這「月棲樓」進餐休息。

鎌首聽容小山這麼說，就從席前站起來往四周看看。這裡確實比漂城的「江湖樓」豪華得多，單是地方就比漂城任何飯館旅店都大上數倍，二樓的宴會廳多達六座——李蘭、寧小語和阿狗此刻正在另一個客廳裡用餐。葉毅則帶著部下在樓下大吃大喝。

倒是在這主桌，桌上的菜還沒怎麼動過。

鎌首倚著窗口，瞧瞧外面夕陽下的花園與水池，然後回頭坐下來。他盯著容小山左邊的茅公雷。茅公雷回看他一眼，卻像不相識般把目光移開。

——半點也不像當天在妓院裡認識的那個豪邁男子……

鎌首納悶著，自斟自飲了三杯，才記起自己曾經應允小語，以後吃喝都要減量，於是把杯子放下來。

狄斌則一直沒有提箸。只有花雀五顯得比較輕鬆，吃了一點菜——畢竟算起來，他是看著容小山長大的兄輩。

「于某身為龐祭酒的下屬，第一次進京都來，按規矩應該率先覲見韓老闆。」于潤生這時說：「這樣……是否欠了禮數？」

「不打緊。」容小山輕鬆地回答，卻沒有解釋，只是笑著直視于潤生。

一旁的狄斌看在眼裡，明白了容小山的暗示：

——見我爹，比見韓老闆更重要。

廳門這時自外打開。宴席上所有人都站起來，以目光迎接來者。

「都坐下，都坐下。」低沉而蒼老的聲音。一隻皮膚皺如大象的左手舉起來，缺去了無名指和尾指，其餘三隻各穿戴著大如眼珠的鑲金晶石戒指——每一塊寶石的顏色都不一樣。

不管是誰，第一次看見「大祭酒」容玉山的臉，都難免有震懾的感覺。即使是于潤生也不例外——能夠與龐文英齊名、並稱「豐義隆」守護神的男人，本該有如此長相。

除了仍然濃密烏黑、不見一根雜毛的頭髮之外，容玉山的樣貌比幾乎同齡的龐文英蒼老得多。可是從來沒有人懷疑，年輕的容小山不是他兒子。一雙粗濃眉毛就是證據。右顎那道長長的陳年傷疤、被打擊得太多次而歪斜的鼻樑、扭曲成一團古怪肉塊的左耳、軟軟下垂的眼皮……這一切風霜與折磨，令他的面相變得模糊。可是只要多看幾眼，你無法不想像，五十年前的容玉山是個如何秀逸的美男子。

「容祭酒。」于潤生領著狄斌和鎌首，上前垂首行禮。

容玉山笑著抱抱于潤生的肩：「行了。行了。」狄斌這時瞧見，容玉山的右手也缺去了拇指和食指，另外三隻手指同樣戴著各色晶石指環。

「我這每一隻指頭，都是為守護『豐義隆』而失去的。」容玉山忽然垂頭，瞧著自己的手掌說。他顯然察覺到狄斌的視線。這個似乎眼也睜不大的老人，敏銳的洞察力令狄斌大感吃驚。

「那麼我相信，那些斬下容祭酒指頭的敵人，每一個都已經付出十倍的慘痛代價。」鎌首在另一邊插口。

容玉山雙眼第一次露出光芒。他上下打量了鎌首好一會。「你……叫鎌首是嗎？我聽過。龐老二每次回來京都時，常常在我面前提起你……」

狄斌再次訝異。他沒想過，五哥在龐祭酒眼中具有這樣的特殊地位。

「沒錯……」容玉山的眼皮再次垂下來，聲音帶點落寞：「看見你，讓我想起了龐老二……」他走到首席坐下來——行動時右腿有點瘸——並示意跟隨到來的護衛都退去。

眾人重新坐下。「龐祭酒在漂城出了事，實在是于某的過失。」于潤生說：「請容祭酒降罪。」

容玉山以左手三指拈起桌上酒杯，無言把酒傾倒地上。「這杯是給二弟喝的。」接著把空杯放回桌上。那虯髯漢欲爲他添酒，卻被他伸手止住。

「我是個老人。」容玉山掃視著桌前每個人的臉：「老人總愛懷念從前的日子、過去的事情。可是我不。一個人越年老，在他前面的日子就越短，更不應該把生命浪費在已經過去的事上。**我只想將來的事。**」

狄斌聽得動容。這位老人幾句說話，已令他敬佩不已。

——「豐義隆」今天的地位，並不是僥倖得來的。

「潤生，你也是這麼想的那種人吧？」容玉山輕拍于潤生的肩頭。無論言語和姿態，他似乎已經把于潤生當作自家人。

于潤生回答：「我只是想，龐祭酒生前還有很多未及實行的大計，將要爲『豐義隆』增加許多生意。若是因爲他離開了，就把這些計劃放棄，那就太可惜了。龐祭酒的事業，必須有人承擔下去。」

在場所有人當然都明白于潤生話裡的意思：他要求容玉山支持自己，正式承繼龐文英的權力。

「這方面我已經有了打算。」容玉山似乎早就準備好答案：「我會向韓老闆提出，由于潤生你任職南路和西南路的『總押師』。」

花雀五雙眼頓時瞪大。「總押師」一職，相當於私鹽販運的總管，在「豐義隆」的職司裡更在「掌櫃」之上，是一等的重要肥缺。

「可是這麼做，會不會有問題？」花雀五插口：「于兄弟他至今還沒有『登冊』，我怕其他人有意見……」

「五哥不必擔心啦。」容小山揮揮手說：「爹已經決定了，下個月舉行『開冊』，于哥哥到時候當然榜上有名。」

花雀五聽得笑逐顏開，舉杯朝于潤生敬酒：「兄弟，那眞是恭喜了！」倒是狄斌和鎌首不太明白，花雀五聽到「開冊」何以如此興奮。

「開冊」所開的就是「豐義隆」的「海底名冊」：「豐義隆」幫會雖號稱擁有徒眾數以萬計，但是下層的佔多數只是掛名入幫的外圍手下；只有經過儀式，把名字登錄在「海底」，才算是眞正的「豐義隆」成員。凡已經「登冊」者，幫會暗語稱爲「宿人」。

成爲「宿人」，對「豐義隆」中人而言是無上的光榮。而在下層與外圍的黑道人物眼中，「宿人」就如不可碰觸的貴族：即使你的生意幹得再大，若沒有「登冊」，遇上與「宿人」的糾紛，也只能啞忍。

而跨過了「登冊」這道門檻後，「豐義隆」的各種職司也往往隨之到手；得到穩定而豐厚的收入，自然可以組成自己的「角頭」班底。換言之「登冊」就是在黑道上飛黃騰達的第一步。

只要于潤生「登冊」，在「豐義隆」裡擁有正式身分，往後爭取權力的道路上，將會減少許多阻力。這一步本來令花雀五最傷腦筋，不料容氏父子馬上就主動送上這大禮。

「不只如此。」容小山又說：「這次可是『大開冊』呢！爹已經正式遞了札子，把于哥哥一口氣升作『執印』！」

花雀五的心情，從興奮變成詫異。這在幫會裡簡直是史無前例。「執印」在幫中相當於「祭酒」的副手，如容小山、沈兵辰就是這個級別。花雀五本人「登冊」已經超過二十年，又是龐祭酒的義子，但也不過晉升至次於「執印」的「旗尺」一級而已。

「能夠當『總押師』的，當然不可以是個普通『宿人』啦。」容玉山說著，示意虬髯漢把桌上的鮮果盤遞過來。他摘下一顆葡萄放進口中咀嚼——容玉山自從十三年前的黑道大戰之後就只吃素。

于潤生神情嚴肅地站起來，俯首向容玉山揖拜。「感謝容祭酒提拔之恩。于某銘記於心。」

狄斌看得有點不是味道，但也跟鎌首一同站起來走到老大身後，向容玉山作揖。

——從前老大就算對著龐祭酒，也沒有如此謙卑……

「我已經老了。」容玉山轉頭瞧著自己的兒子，拍拍他手背。「我這個不肖兒，日後有許多事情要跟潤生你學習。你能夠幫助他，我就高興了。」

容小山仍然優雅地微笑，但看著于潤生時，表情帶著優越。

容祭酒這句話等於說：不僅我，我兒子的話你也得聽。

「幫會裡的事情，我可以替你安排……」容玉山把果核吐出後，又繼續說：「可是龐老二還留下其他方面的關係，那並不好辦……」

于潤生知道，容玉山說的是當今太師何泰極。何太師與龐文英乃識於微時的知交，而龐文英更是太師府在「豐義隆」裡的利益代表。何泰極必然會過問龐文英的死因。而于潤生早已從花雀五得知，容玉山在朝廷裡屬於大太監倫笑一系，容小山更是倫笑的義子。內侍宦官們與太師府雖然合作把持朝政，同時卻也在利益上隱隱爭逐，容玉山無法幫助于潤生去安撫何泰極。

「這方面容祭酒不必操心。」于潤生只說了一句，沒有多做解釋。容玉山聽見他如此自信，不禁又打量了他好幾眼。

「于哥哥，關於『登冊』的事，還有個小問題……」容小山又喝了一杯，漫不經意地說：「聽說在漂城，你另外立了一個字號，叫甚麼……」他搔搔耳朵，轉臉詢問身後的虯髯漢。

「『大樹堂』。」虯髯漢不帶表情地回應。

「對……于哥哥，別介意我說，這可是犯忌的事情啊。」

「『大樹堂』不是甚麼幫會字號。」站在于潤生後面的狄斌代爲回答：「只是我們在漂城開的一家藥材店而已。那不過是我們許多生意之一，沒甚麼特別。公子可以問問江五哥，或是漂城的文四喜掌櫃。」

花雀五正要加入辯解，卻被容玉山打斷了：「這些小事，小山你就別提了，潤生自會處理。我不相信他，就不會舉薦他。」

這一答一唱，花雀五都聽得明白。容氏父子是在告訴于潤生：我能夠把你捧起來，也隨時可以把你踹下去……

「還有一件事。」容小山說話時指了指茅公雷：「你們幾個月前見過面吧？他那次是奉了爹的命令，到漂城找一個人……結果卻沒有找到。漂城是于哥哥的地方，說不定會有甚麼頭緒。」

狄斌聽著這話，臉皮沒有動一動，心底裡卻不禁緊張。

「不知道是甚麼人？」于潤生的聲音中沒有半絲動搖。「其實不必茅兄走那一趟。只要容祭酒通知一聲，于某就是把整個漂城掀翻，也必定把那人揪出來。」

「那件事暫時算了吧。」容玉山淡然說。按朝廷對外的公佈，前「平亂大元帥」、「安通侯」陸英風並非失蹤，只是離京外遊；內務府大太監倫笑發出的追捕令更是秘密，容玉山不欲讓于潤生知道太多。反正即使拿到陸英風的首級，也不過是送給倫笑的禮物而已，對容玉山沒有甚麼實際好處。

容玉山接著說：「好啦，你們一路風霜，也該回去休息了。落腳的地方已經安排好嗎？」

「我已經打點了。」花雀五回答。「就在松葉坊那一排房屋暫住……」

「這怎麼行？」容小山失笑說：「那種地方怎能夠住人？按我說，不如就住進龐二叔的宅邸吧！爹你說好不好？」

「好，就這麼決定。」

「可是……」花雀五焦急起來：「我怕幫裡的人有話說……」

「是我的主意。誰敢說甚麼話？」容玉山站起來。「小五，你這就送他們去。」

「容祭酒，改天再到府上拜訪。」于潤生領著兩個義弟向容氏父子行禮，然後在花雀五帶引下離去。

容玉山坐下來，從盤中拿起一個橘子。那虬髯漢替他剝去果皮。他靜靜地吃，沒有說半句。容小山在旁又喝了三杯。

「爹，我們也走吧。」容小山站起來，卻被父親左手三指捏住手腕。他露出劇痛的表情。

「小山，還要我教你多少遍？」容玉山鐵鉗似的手指絲毫沒有放鬆，瞧著兒子的神情卻充滿愛惜：「『大樹堂』那種事情，你不該提。」

「爲……甚麼？」容玉山想掙扎脫離父親的擒握，可是那三根手指分毫不動。

「不要讓你的對手了解你。」容玉山說著，低垂的眼皮底下發出光芒。**「也不要讓你的對**

手知道，你對他有多了解。」

□

「我還以爲，容玉山會是最難纏的一個。」

花雀五說時，瞧著車窗外的傍晚街景。相較漂城的繁華，京都又寬又長的街道卻靜得異樣。沿途路人不少，可是個個都臉色木然地快步行走，沒有人站在路旁談話。偶爾經過飯館吃店，裡面也不算冷清，但是食客都靜靜坐著，並沒有漂城飯館酒家那股熱鬧。京都裡每個人，彷彿都揹負著一種無形壓力。

在這裡長大的江五，當然知道這股壓力來自甚麼。

坐在車廂對面的于潤生，一路上沒有說半句話，只在獨自沉思。花雀五當然明白他的憂慮：容玉山如此厚待，絕不會沒有代價，明顯是要借于潤生收拾龐文英遺下的權力，同時也把他收在自己的羽翼下。

龐文英死後，「豐義隆」的權力版圖變得更明顯：「六杯祭酒」只餘下容玉山與章帥二人；而韓老闆不會永遠活下去。一旦沒有子嗣的韓老闆去世，不論地位或權勢，章帥皆非容玉山之敵，「豐義隆」的繼承權就是容玉山——亦即容小山——的囊中物。

——除非于潤生倒向章帥那一方……

花雀五想：于潤生要怎麼衡量？他會維持跟章帥的承諾嗎？可是與容氏父子正面爲敵，是不可能的事……他能保持這個危險的平衡嗎？

「下午我們遇上的那隊人馬，是哪一路的？」于潤生的問題，令花雀五有點意外。原來他並非想著容祭酒的事。

「那就是『鐵血衛』。」花雀五說到這名字時，聲音變得格外小：「是一群絕對碰不得的傢伙。領頭那個臉色白淨、長著鷹勾鼻的，正是『鐵血衛』頭領，鎮道司魏一石。他是倫公公的鐵桿心腹。」

于潤生早就聽過「鐵血衛」。這衛隊源起自開國太祖皇帝尚未登基、仍在南征北討之時，一次險遭部下暗殺，故此設「鐵血衛」負責帥營安全；太祖登極後仍將之保留，改編爲獨立於禁軍之外的部隊，漸漸演變成爲朝廷裡一個情報機關。

及至約五十年前，其時朝中外戚勢力坐大，佔據著禁軍大部分要職，連「鐵血衛」亦納入掌中，並借助之誣陷誅戮異己，展開長達十年的恐怖統治；當朝帝主深感皇位受到威脅，最終密詔南方諸藩會師京都勤王，將外戚清掃殆盡。

鬥爭平息後，禁軍與武官系統的影響力隨著外戚而衰落，皇帝轉而重用文官及內侍；同時爲了打發南部諸藩，封賞了三位異姓王及數十個爵位，又解除各藩許多禁制與賦稅——這些舉措正是造成近代朝廷積弱、南方野心坐大、太師府文官與內務府太監把持朝政等等形勢的遠因。

「鐵血衛」卻依然在這場政治風暴中存活下來，重新成爲直屬皇帝的密探團，當時原意是借它來箝制和平衡朝中各勢力；無奈接著的兩朝皇帝皆軟弱而疏於政事，「鐵血衛」漸漸落入太監集團的控制中。

「京都的平民百姓，日常對這三個字連提也不敢提；犯了事的人都求神庇佑，被差役抓也好，給禁軍殺了也好，千萬別落在『鐵血衛』手裡——他們有個叫『拔所』的地方，許多犯人給送進去之前，都想方設法自盡。」花雀五說著時，聲音有些顫抖：「我們黑道的比起他們來，簡直就是聖人。」

「看來我對朝廷和京都的情形還是認識得不夠。最好找一些局中人來談談。好像一些下級官吏、太監之類。」

「這個我可以安排。」花雀五回答。

于潤生點點頭，又默想了一會，然後問了另一個問題。

「剛才那個滿臉鬍鬚的男人是誰？」

這次花雀五更意外。他想了想，才確定于潤生問的是哪個。

「他叫蒙真。是當年戰死的『三祭酒』蒙俊遺下的唯一兒子——他兩個哥哥都跟父親一同陣亡。那時候他才十八、九歲。」

「這麼說……他跟我同年？」于潤生撫撫唇上的鬚。

「大概是吧……蒙祭酒其實是北方蠻族，原本姓『蒙札孚』，後來歸化了……你也看見蒙真那眼珠的顏色吧？」

「再告訴我多一些關於這個男人的事。」

花雀五不明白，何以于潤生對這個二線人物如此感興趣。「你想知道他是個怎樣的男人嗎？我告訴你一件事情。大概是六、七年前的舊事了。當時蒙真已經是容小山的部下——沒辦法，一個孤兒，父親的部下也都戰死得七七八八，不託庇在容家之下實在很難存活。另外那個茅公雷情形也是一樣。

「當時蒙真有個已訂親的表妹，名字叫帖娃，也是來自北陲。這娃兒可真是個大美人，皮膚白得像雪，水靈的大眼睛，當時還只有十四、五歲……

「那時候容小山這小子毛也沒長齊，卻已經是個好色痞子，看見這樣的姑娘還得了……有一晚就借醉把她強佔了，還帶回自己家裡軟禁。蒙真被人家搶了老婆，你道他有甚麼反應？」

「馬上娶另一個女人。」于潤生說。

花雀五瞪大眼睛。

「你怎麼知道的？對，他娶了一個部下的女兒。就在那事情發生後不夠一個月。是個很沒出息的男人吧？」

于潤生沉默著沒有回答。

□

鎌首一踏進龐文英故居，就有一種身心放鬆的親切感。

他踩踩門前平整的石階，撫摸一下寬大門框的古舊木頭，想了一會，才知道這是甚麼感覺。

——是家。

回想起來，自己從來就沒有眞正的家。當兵以前的事情鎌首已經不記得；軍營、猴山的石洞、破石里貧民窟的木屋、漂城大牢囚房、陰暗的「老巢」地牢，也都不能算是「家」。之後就是那次漫長的流浪旅程；回到漂城後，每天則睡在不同的妓院和客棧……從來沒有一個地方，能夠讓他安頓下來。

可是這座大屋很不一樣。那佈置與色調、廳堂燈火的明暗、室內空氣的味道……都令他有種曾經住過這裡許久的錯覺。

鎌首牽著寧小語，在不同的廳房間穿梭。他明明第一次進來，卻不靠任何人帶引，就清楚每一道門通向哪裡，經過幾個還沒點燈的房間，他摸著黑暗依然來去自如，龐大的身軀沒有碰上家具雜物，反而是小語不小心把一個花瓶碰倒跌碎了。

寧小語看著愛人像個稚童般興奮，一時無法理解。

「五哥，你去了哪裡？」狄斌在前廳那邊呼喊。葉毅和田阿火等幹部正在指揮手下，把車子搭載的各種用品器物，包括一直收藏的兵刃，全都卸下來搬進大屋。于潤生、花雀五跟抱著阿狗的李蘭，坐在一張小圓桌前休息，一個年長的僕人在爲他們沏茶。

「這裡只得三個老僕，都跟了義父十多年，可以信任。」花雀五呷著茶說：「還有其他必要物事，陸隼已經在外面為你們打點。」

狄斌環視著廳堂四周，那樸素的陳設風格，跟老大在漂城的府邸很相像，四處打掃得一塵不染，花瓶上插著新鮮的梅枝，整座大屋就像從來就沒有一天失去過主人。

「自從進軍漂城之後，義父留在這屋裡的日子，本來就不太多。」花雀五看看四周。「可是我知道他一直很喜歡這地方。幾年前，有個京裡的糧油商，出了個很好的價錢，義父也不肯賣給他。」

這座宅邸雖然很大，但總不成七十多個「大樹堂」成員都住進來。不過龐文英也跟于潤生在漂城時一樣，把大宅附近多座物業都買下來，以供下屬居住，作為護衛的屏障。花雀五已經通知其中一些龐系舊部的家眷，暫時搬去客店居住，把房屋騰出來給于潤生的人，之後才再作長久安頓。

鎌首和寧小語這時回到了前廳。狄斌看見五哥那興奮的表情，不禁笑起來。

「白豆，這間屋我很喜歡。」鎌首說：「後面還有個很棒的花園。嫂嫂可以在那邊種許多東西。就像在漂城時一樣。」

李蘭也笑了：「五叔，你現在知道，有個家是好事吧？」然後她滿懷深意地瞧了寧小語一眼，再看著丈夫說：「潤生，我們安頓好以後，我想把在漂城那些孩子都接過來。」

「就按你意思。」于潤生拍拍她的手，又伸手捏了捏她懷抱中的阿狗。

狄斌看在眼裡，心頭頓時升起一股暖意。雖然龍爺和齊老四不在，可是他們幾兄弟跟眷屬，現在又再漸漸恢復一家人的模樣了。看見李蘭似乎已無大礙，狄斌更是格外感到寬慰。

「大樹堂」部下已把各種器物搬停妥當，這是聚集在前廳內外喝著茶水休息，聽候堂主的分配指示。

「有人來。」站在大門附近的田阿火忽然說，語聲帶著警戒。廳堂內眾人聽見都收起了笑容。

率先踏進前廳大門的，正是滿臉濃鬍的蒙眞。他此時換穿了一襲深藍色的文士衣衫，與那雄奇相貌與寬壯身材不是太相稱。比他還要高壯的茅公雷則跟在後面，並且帶著四名精悍手下。茅公雷臉帶笑容，神色明顯比先前在宴席上輕鬆了許多。

花雀五瞧瞧于潤生的反應。他記起剛才在馬車上的對話。

于潤生直視蒙眞，嘴角微微牽起來，彷彿早就預料對方來臨。

「于兄。」首先說話的卻是茅公雷。他與于潤生早在漂城的龐文英喪禮上已經見過面：「剛才沒有機會向閣下問安，失禮了。」茅公雷聲音洪亮，說話時舉手投足都帶著豪氣。「讓我來介紹，這位是我拜帖義兄，姓蒙名眞。」

狄斌從旁注意到：茅公雷在介紹義兄時，語氣顯得極是自豪，一語聽出這對兄弟情誼非常深厚。

于潤生起立行禮，卻沒有打招呼。蒙眞同樣不發一言，兩人只是相視一笑，好像彼此都看穿了對方些甚麼。

「是容公子吩咐我們來的。」茅公雷繼續說：「漂城眾多兄弟遠來京城，我們必得盡地主之誼。公子著我帶各位去找找樂子，一洗旅途勞頓。」

對於男人——尤其是黑道的男人——「找樂」的地方只有幾種。

眾多「大樹堂」漢子聽見，不免心頭一熱，可都沒有發言，只把興奮期待放在臉上，等候堂主准許。

蒙真掃視他們一眼，濃眉揚起來，對他們的紀律甚為欣賞。

「好的。」于潤生沒有多想就回答。「盛情難卻，你們都去吧。」

「是！」部眾齊聲回答，那語氣猶如歡呼多於覆命。

「他們全都去了，會不會有點……」花雀五低聲在于潤生耳邊說。于潤生卻搖搖頭回答：「不要緊。」

茅公雷示意後面的四個部下負責帶路：「你們先帶他們去。我在這裡聊聊，接著就過來。」

田阿火站在狄斌面前，臉上有些猶疑。

「你也去吧。」狄斌的回應，令田阿火的臉鬆開來了。「可是別玩得太過火。看顧一下兄弟們。」田阿火猛力點頭，隨著眾人魚貫步出前廳。

葉毅則一動不動，繼續站在于潤生後面。他心裡不是不想去玩，可是察覺到堂主對這姓蒙的態度很特別，寧可留下來，觀看他倆會面的情形。

「又見面了。」茅公雷走到鎌首跟前，伸出手掌與鎌首用力相握。「你不去嗎？我預備了很好的地方。京都的女人，絕不比漂城的差。我親自帶你去玩。」

鎌首搖搖頭：「我以後再也不去那種地方了。」

茅公雷皺眉想了想：「是因爲……那個死了的女人？」

鎌首再次搖頭。

茅公雷瞧向鎌首牽住的寧小語。在漂城時他已經見過她幾眼，現在仔細端詳，仍然爲她的美貌而感嘆。

——是因爲這個活著的女人。

「太可惜了。」茅公雷故作嘆氣狀，但掩蓋不住目中羨慕之色：「那些女人，只好我代你去應付啦！」

「酒館我倒還會去。」鎌首說：「改天我們再去，好好喝一頓。」

「就這麼說定了！對啦，我有東西給你看。」茅公雷說著，把衣襟扳下來，露出豐碩的胸肌。

在右邊胸口上，有一個巴掌大的刺青，是一隻在火焰中騰舞的鱗甲異獸，四隻足爪彷彿緊抓著周圍肌肉，動態十分生猛，墨色仍然新鮮，刺上去才沒多久。

「好看吧？刺的時候痛得我直喊娘，差點要哭出來！」茅公雷這話引得鎌首和寧小語哈哈大笑。

狄斌在旁看著，也是忍俊不禁。他對茅公雷這個男人很有好感。

蒙眞跟于潤生對坐下來，兩人互相敬茶，卻沒有交談半句。

伏在李蘭懷中的阿狗，已經抵不住疲倦睡著了。李蘭撫撫他的頭髮，向丈夫說：「我把他抱上床去。」她抱著阿狗站起來，帶點害羞地朝蒙眞略一點頭致歉。

「你也先睡吧。」于潤生說著，目送妻子離開廳堂。

「令郎的不幸……」蒙眞終於第一次開口。他的聲線跟在宴席上很不一樣，褪去了那股深沉的卑恭，變得像在跟一個許久沒見的好友談話。「我聽說了。可憐的孩子。」

于潤生當然知道，蒙眞口中的「令郎」，不是這個從飢荒中逃脫的于阿狗，而是在漂城沒能出生的嬰兒。他進京都以來，這是第一次有人就此慰問他，其他人都只關心他胸口的箭傷。

「那是無可奈何的事。」于潤生無意間把手伸向胸口創疤，察覺後又垂下手來。「孩子是屬於將來的。然而要是我過不了那一關，根本就沒有將來。」

蒙眞點點頭：「我明白。我也有孩子。」

「多少個？」

蒙眞豎起兩根指頭。「都是女的。還有一個，今年夏天就要來了。」

「恭喜。這個必定是男的。」

于潤生對蒙眞展露的笑容，令旁觀的狄斌有點詫異——過去老大只有對義兄弟和嫂嫂，才會笑得這麼燦爛。

「在他滿月的時候，我會送他一份禮物。」于潤生又說。

「那先謝了。」

葉毅和花雀五都感到納悶：兩個在黑道打滾的大男人，首次正式見面，卻淨在談家事。

「多謝你的茶。」蒙眞站起來：「我們以後還有很多見面的機會吧？若是有甚麼事情要幫忙，或是想知道京都裡的情況，隨時來找我。」

「這當然。」于潤生離座，略略低頭道別，神情仍是很輕鬆隨便。

目送著蒙眞與茅公雷離開，狄斌不禁想：這個方臉虬髯、胸膛寬廣的異族人，長相與身材都跟于潤生完全相反；可是他感覺得出來，老大待蒙眞就像對待朋友一樣——而老大從來沒有朋友。

「老大，你怎麼看這個人？」等到蒙眞二人離開好一會，確定不再有外人在場，狄斌才低聲在于潤生旁邊問：「你要收服他嗎？」

花雀五聽了也說：「如果能夠在容氏父子身旁佈下這只棋子，確是不錯的一步。」

「別小看這男人。」于潤生說著，視線仍對著蒙眞離開的大門。「他一直在等待時機。只要一到那天，他將會變成一個可怕的傢伙。」

鎌首點頭同意：「茅公雷站在容小山身邊時，神情跟剛才完全不一樣。對著蒙眞，他才是眞心的佩服——不只因為兩個人一起長大。能夠令茅公雷這麼尊敬的，必然不是個簡單的男人。」

「我看你倒像在說自己跟老大啊。」狄斌笑著說。「老大，那你要怎麼做？」

「我就送給他這個時機。」

于潤生把杯中剩下的茶喝光。

「要令一個人按照你的意思行事，不一定要把他臣服。只要知道他的慾望是甚麼就行。」

□

「老大，你怎麼看？」幾乎同時，茅公雷輕聲問了和狄斌相同的話。

「跟你形容的一樣。」蒙眞回答。

他們坐在回程的馬車裡，各拿著一只酒瓶，不時淺啜一口。

「于潤生不會等太久的。他很快就會有動作。」茅公雷預測：「形勢也不容許他等——所有人都想從他身上得到些東西。」

「我們也等很久啦。」蒙眞說著大大喝了一口。「太久了。」

「那我們要怎麼做？」

「于潤生需要我，正如我需要他。只要知道他想得到甚麼就行了。我們就順著他的方向，借著他的力量向前走。」

蒙眞仰頭，把整瓶酒乾了。

「章帥，你眞他媽的好眼光……」

□

「小葉，以後你不用再跟在我身邊了。」

葉毅聽見後愕然，但盡力不把失望流露在臉上。

這裡是大宅二樓的書房。于潤生就坐著龐文英常常坐的那把鐵木交椅——不同的是，現在椅上鋪墊了紀念他們六兄弟結義的斑紋虎皮。

房裡只得書桌上點了盞油燈，于潤生的臉半掩在陰影中，眼袋因爲欠缺睡眠而浮腫，目光卻因此顯得更銳利。

「是因爲棗七後天就到了嗎？」葉毅壓抑著心底的嫉妒。

「這是一個原因。」于潤生沉默了一會才再說：「小葉，你已經跟了我多久？」

「快要五年了。」

「你今年多大？」

「廿三。」

「對。你很年輕就入伍……你知道我最欣賞你的甚麼嗎？」

葉毅清了清喉嚨。他可不敢在于潤生面前自誇。「講究力氣，我遠遠不及五爺；講頭腦謀略，我也比不上四爺、六爺；殺人的本事，我也許連吳朝翼也不及，更別說二爺或是棗七……我不知道。」

「我欣賞的是你的忍耐力。」于潤生靠向椅背：「許多人都忽視了忍耐。因此他們才會犯下許多不必犯的錯誤，錯過許多看似瑣碎的細節。忍耐也是一種才能。所以我決定給你一個新的工作。」

葉毅雙眼亮起來了。

「過幾天我會先派二十人給你，以後還會增加。你將會擁有自己的班底，也可以在京都裡招些新人，不過選人必要非常謹慎。你的工作是：在京都裡替我收集消息，還有調查幾路不同的人馬。」

「這些事情，不是有江五爺來做嗎？」情報消息一直是花雀五的強項，更何況京都就是他老家。

「花雀五，你也要替我看著他。」

葉毅馬上會意——只依賴單一情報來源，是十分危險的事情。

「堂主要我調查甚麼人？」

「先從今天下午那件事開始。」于潤生拿起書桌上一個雕刻成飛鷲的紙鎮，在手掌裡來回把玩著。「那支『鐵血衛』的編制如何？有多少人？他們的指揮魏一石，也就是今天遇見那個鷹勾鼻傢伙，我要知道他的一切，包括家室、習性和喜好，還有他跟倫公公的關係如何。

「另外那個叫『飛天』的教團，也給我調查一下。他們有多少徒眾？都是哪幾類人？教主是誰？」

葉毅想不通，堂主何以對這兩幫不屬於黑道的人馬如此感興趣，但他只是默默點頭，接下了命令。

——我在「大樹堂」，終於成為眞正的人物了……

樓下廳堂突然傳來人聲哄動。葉毅驚覺，馬上走向房門。

「不必理會。」于潤生揮手止住他。「有老五在，你擔心甚麼？」

□

狄斌拿著明晃晃的菜刀，把砧板上的蔥切得很細，傳來一陣陣刺激的氣味。整整一個月的旅途裡，他們雖然也有在客店停留，但是吃到新鮮菜餚的機會總不太多。這陣氣味，令狄斌滿足地微笑起來。

回想起來，他已經好長一段時候沒有下廚了——自從去年冬季那個要命的日子之後。平時只要有空，特別是難得與結義兄弟一同吃飯，他總喜歡親手弄些菜式。這讓他懷緬起從前住在破石里的日子：六個大男人，擠在狹小破舊的木屋裡，雖然很窮困，可卻每天都能夠見面談天；他會在屋外的爐灶上，張羅得來僅有的材料，盡力煮得好吃一點。每當炊煙才剛冒起，龍爺就會開始催促，大喊著肚餓……

——那種日子，以後大概不會再有了。

有人站到他身後。他嗅到對方身上的幽香，臉皮頓時緊繃起來。

「六哥……」寧小語的聲音顯得戰戰兢兢。「……這麼晚了，你還造飯？」

他咬著牙，不知道該不該回答。他想起齊老四。這個女人，令他們兄弟間出現了一道難以修補的裂痕。他無法原諒她。

——可是他心底裡最清楚：自己並不是恨她，而是妒忌……

狄斌回頭盯著寧小語。她急得把臉垂下來。過去她從來沒有試過不敢直視一個男人。自從十二歲那年，她就知道自己美麗到甚麼程度——這種美麗，對著男人時相當於一種控制的權力。她從來沒有恐懼。

可是現在不同了。她發現當自己只愛一個男人的時候，一切都改變了。她害怕失去鐮首。而當你開始害怕一件事情時，其他的恐懼也會陸續出現。

看見寧小語的臉再無往昔媚態，變得像一頭可憐的小動物，狄斌有點心軟。可是他沒有忘記她是個婊子，甚麼都假裝得出來。他不禁回想那天在「萬年春」的大廳裡，她與鐮首於血泊中交歡的奇景……

狄斌深吸一口氣，揮去這些回憶，才終於開口：「剛才宴會裡，老大跟五哥都沒怎麼吃。

我想弄些東西給五哥，也預備一點給老大——假如他睡不著的話。」他說時盡量保持著平和的語氣，然後回頭繼續切菜。

「我可以幫忙嗎？」寧小語像個不得寵的孩子，輕聲詢問。

狄斌過了好一會才回答：「隨便你。」

寧小語把衣袖捲起來，站在狄斌身旁洗菜、淘米。狄斌斜斜偷瞄她幾眼，發覺她很熟練。

「我小時候也是農家人。」寧小語說。她畢竟是個有閱歷的女人，對別人投來的目光十分敏銳。

他們就這樣無聲地一起造飯，沒再交談一句。

鎌首發現了這個情景，雙手交疊倚在廚房門旁，笑著從後看他們。

狄斌發現了五哥的視線，感到有點尷尬。「快弄好啦。你餓了吧？」

「餓得可以把你們倆都吃進肚裡。」鎌首笑著走進來，一手搭著一人肩膀。

「都是青菜，沒甚麼肉。」寧小語靦腆地說。

「臨睡前少吃些肉比較好。」狄斌探頭看看粥煮透了沒有。

「我好高興。」鎌首說：「白豆你還記得嗎？有一次我問你：我們活著所幹的一切，是爲了甚麼？你記得自己怎麼答我嗎？」

「是爲了吃飯。」

「我現在開始明白了。」鎌首露出狄斌從來沒有見過的眼神，那雙眼裡再沒有疑惑和孤寂，彷彿瞥見某種眞理。「我知道我活著是爲甚麼了。我好喜歡這間屋子。好喜歡看見你們在廚房造飯的模樣。」

鎌首瞧著廚房四周的杯盤和爐灶。

「有一天，我也要擁有一間這樣的屋。」

他搭著寧小語肩膊的手滑了下去，變成摟著她的腰。「我要跟我喜歡的人一起擁有它。」他吻了她的臉一下。

狄斌低頭瞧著躍動的灶火，沒有讓鎌首看見自己。他感覺心胸像被一隻嫉妒的利爪緊緊抓著。

「白豆，我知道過去我曾經令你很失望。可是以後再也不會了。」鎌首臉上洋溢著興奮之色。他正沉醉在對未來的想像裡，沒有察覺狄斌的身姿變得很僵硬。「我再沒有疑問了。爲了老大，爲了『大樹堂』，我會殺掉所有阻礙我們達成夢想的人。直到最後。」

狄斌乾咳幾聲，用衣袖拭臉。「這柴有點濕，燒出來的煙嗆得很。」

那隻抹過眼睛的衣袖，濕了一片。

狄斌聽得出鎌首的意思：五哥已經決定，把自己往後的人生，寄託在所愛的這個女人身上。

——而當有一天「大樹堂」再沒有敵人；當老大登上權力的頂峰時，也就是他帶著她離去的時候……

寧小語也是第一次聽見鎌首表白。顧及狄斌就在旁邊，她壓抑著心頭的喜悅。

「對……這煙很嗆眼。」她抹著淚說。

只是她心頭還是蒙著一層陰影：為甚麼不可以現在就帶我走？黑道上風高浪急，將來的事情誰也沒法保證……但是她明白鎌首的想法。要他在此時背離兄弟的情義——特別是現在于潤生最需要他的時候——是不可能的事。「我曾經發誓要把性命交給老大。」她記得他這樣說過。

她心中深處，有一股無法言說的不祥預感。

「那很好。」狄斌回身，用力與鎌首擁抱了一下。「直到最後，我都跟你在一起。」然後他拿起擱在砧板上的菜刀，盯視著那銳利的刀鋒。

「叫于潤生那混蛋滾出來！」

外面廳堂響起了這記洪亮的喊罵。原本塡塞在狄斌胸中的悲傷，瞬間轉化為暴怒。他提著菜刀，馬上衝往廚房門口。可是鎌首已比他快一步，抄起擱在門旁一柄劈柴用的斧頭，迅速奪門而出。

從大廳正門湧進來的人，一下子就有二、三十個，門外還有叢叢人影。他們都雙手空空，可是鎌首一眼掃視就看出，每個人衣服底下或衣袖裡都藏著暗器短兵。

喊叫出剛才那句話的，是站在人叢前頭最中央一個年近五十的男人，臉上泛著老黑道獨有的悍氣。他的站立姿勢有點不自然，左邊腋下支著一根沉棕色的木枴杖。鎌首往下看去，發現男人的長袍底下沒有了左腿。

闖進廳裡的這群人，原本還鬧哄哄的，已經一副準備打架的模樣，可是看見鎌首的魁偉身姿出現，馬上都靜默下來。有人開始不安地摸摸收藏身上的兵刃，確定沒有掉落。

「我給你一個機會……」鎌首空著的左手，戟指那名跛子：「收回你剛才那句話。」

跛子發覺自己這邊的氣勢，竟被對方孤身一人就壓了下來，又羞又怒。「在這大屋裡，我要罵誰就罵誰！你，還有姓于的，誰准許你們進來龐祭酒的故宅？」

拿著菜刀的狄斌，此時才從後頭出現。他看了兩眼，從對方跛了一腿的特徵，已經猜出其身分，悄聲在鎌首耳邊說：「這傢伙就是曹功。」

鎌首微微點頭。他之前已經聽花雀五提起過：曹功是龐文英在京都最倚重的老部下，職位雖然不高，與文四喜平起平坐，但論資歷和聲望，在龐系勢力裡只僅次於「四大門生」。他投拜龐祭酒門下極早，更參加過當年京都的黑道大決戰，一條左腿就是當時被砍的，爲「豐義隆」霸權立過血汗功勞。正由於曹功行動不便，龐文英當年沒有帶著他遠征漂城，而任用他處理旗下勢力在京都的事務。

「曹功不算幹練，但也不是可以小看的無能之輩。」花雀五在于潤生面前曾經如此評價他：「否則義父就不會派他負責與太師府聯絡。沈師哥跟卓師哥死了之後，他們留在京都的舊部礙於多年人情，恐怕也全部都會支持曹功……」

「怎麼了？」這時曹功有點焦急，想挽回闖進大門那股氣勢。「你們兩個都不姓于吧？他在哪裡？不敢見我嗎？心中有鬼？」

「我們于老大，是龐祭酒的門生。」狄斌傲然回答：「他上京來，住在龐祭酒的家，理所當然。」

其實他大可以亮出容玉山的名號，加一句「是容祭酒叫我們來住的」。但狄斌知道，這種時候如果倚仗容系的勢力，會令場面更糟糕。

「他甚麼時候拜入門的？呸！我跟在龐祭酒身邊三十年了，可不知道有他這號傢伙！」曹功訕笑一輪後，聲音繼而又變得憤怒：「還有，龐祭酒、沈師哥和卓師哥在漂城死得不明不白，這筆帳還沒有跟你們算！他以爲捱了一箭，這事就脫得了關係嗎？以爲『豐義隆』的都是三歲小孩嗎？」

「姓于的敢情就躲在上面！」其中一個最接近階梯的大漢呼喊，騰身扳著攔杆，就登上通向二樓的梯級。

突然那大漢感到一股風聲從右面襲來，他本能停住了腳步。那陣風掠過他鼻前僅僅一寸，緊接就聽見左側牆壁發出一記「奪」的怪聲。他側頭瞧過去。

一柄劈柴斧頭，深深嵌入了牆壁。

下一刻他才理解：剛才自己要是沒有停下來，斧刃將不是砍進泥磚，而是他的腦袋。

木階梯發出滴答聲響。大漢被嚇得失禁了。

鐮首站在階旁，直接伸手越過欄杆，就把大漢像小雞般單手抓下來，隨意一揮擲向人群！

曹功從來沒有見過這種力量——大漢不是「跌」，而是眞的「飛」過來，彷彿腰間綁著隱形的繩索，被人在半空中猛力拉扯。

試圖接下他的八個同伴，統統被撞得倒地。

「這是我們到達京都的第一天。」狄斌負手說，把菜刀收在身後。「不想今天就殺人。」他想了想，又加上一句：「尤其是同門的人。」

曹功瞧瞧眼前兩人。大塊頭固然可怕──曹功後悔沒有多帶一倍的人手來──但是連這個穿白衣的矮子，竟然也散發著股莫名的威勢。

──他們只有兩個人，真的就敢如此托大嗎？還是有其他手下在，都躲在樓上？……

曹功悶聲不響，就拄著枴杖轉身離開──既討不了便宜，折了的威風也無法靠嘴巴搶回來，不如甚麼都不說。其餘手下亦都一一跟隨退卻。當然，有的人還是留下幾句狠毒髒話。

待腳步聲全部遠去後，狄斌才鬆了口氣。剛才對方要是一湧而上，他不知道會變成甚麼局面──即使他對鎌首的武力擁有絕對信心。狄斌剛才說的也並非全是謊話：要是剛到京都就殺傷「豐義隆」同門，對于老大的地位名聲確實不利。

「這姓曹的背後必定有人撐腰。」狄斌瞧著門口，嚴肅地說：「老大會知道是誰。」

說完後他發現，鎌首站在一邊，雙手交疊在胸前，正微笑瞧著自己。

「你還有心情笑？」狄斌沒好氣地說。

「我只是察覺了一件事。」

「甚麼？」

鎌首眼裡閃出洞察的光芒。

「當老大不在時，你說話的樣子和語氣都很像他。」

□

兩天後，于潤生、鎌首、狄斌、葉毅、田阿火與二十名「大樹堂」部下，再次穿戴喪服，在花雀五帶領下出了京都，到位於城郊三里外的墓園，正式拜祭龐文英的墳塚。

這座位於山崗的墓園，是「豐義隆」特別請占算風水的名師挑選出來的福地，歷來為「豐義隆」霸業而犧牲的英靈皆安息於此。

「義父很早以前就選定了這位置。」花雀五指著那副雕刻著龍虎圖紋的石碑說。「就在燕師哥旁邊。」

于潤生瞧著燕天還的墳墓。碑石上的刻痕，已因風霜變得模糊。過去他從龐文英口中，斷斷續續知道不少關於這個夭折天才的事蹟。

「不管是誰殺死他，我很感謝那個人。」于潤生摸著那副石碑說。他的大膽坦白，令花雀五吃驚。「假如他還活著，恐怕我現在不會在這裡。」

「我不這麼想。」鎌首說：「即使那樣，我覺得老大還是會用另一個方法到京都來。」

于潤生微笑著沒有回答。

田阿火將一把把紙錢撒向天空。狄斌默默俯瞰著山崗下的道路，任那些吹飄的紙錢落在身上。

于潤生在墓園間走著，掃視四周每一座墳塚。終於他看見「三祭酒」蒙俊的墳墓。墓旁雜草除得很乾淨，前面插著一束還沒有完全凋謝的白黃鮮花，顯然不久之前才有人來拜祭過。

——看來他也已經下定了決心……

「來了。」狄斌說著，指向山下的道路。于潤生眺視過去，看見那堆黑影，目中露出喜色。

到來的二十多人之中，只得棗七一個人徒步——他至今還未學會騎馬。但是從漂城一路到來京郊，他從來沒有喊累。

隊伍中間押送著兩輛載貨馬車，車上的「貨物」是十多口大箱，全都用油布緊裹，外面貼了已被雨水溶化的封條。

棗七一看見于潤生，就跑過去跪在他跟前，雙手握著堂主的手掌，貼在自己額上。這崇拜的舉動，其他人看見都覺得誇張，可是棗七毫不在乎，而于潤生也理所當然地接受。

「堂主，我把東西送來了。我沒有一刻離開過車子。晚上也伏在那些箱上睡覺。就連解手，我也只蹲在車旁……」

「我知道。」于潤生撫摸著棗七的頭髮，像在讚賞一頭聽話的忠犬。

狄斌知道車上載的是甚麼——整整十二口木箱，載滿了黃金、白銀和其他值錢的珍寶，還有比等重的黃金還要貴重的罕見藥材及幾卷已經超過三百年的古畫。

把這些財寶另行押送是他的決定，以減低于老大的人身危險。狄斌原本想自己親自押送的，老大卻意外地堅持把這個任務交給棗七。

「他要是知道這些箱子的價值，會帶著它們一走了之。」出發之前，狄斌曾經這樣警告。

「其他人會。他不會。」于潤生肯定地回答。

即使以于潤生今天的財富地位，要拿出這個額度的錢財，還是一件十分驚人的事。漂城新埠頭工程還沒有完成，已經鎖住「大樹堂」的不少資金；而他們接管了南面的私鹽生意還沒多久，積存的利潤也有限。

于潤生沒有說，可是狄斌知道，這筆錢有大半是從何而來。

——那個由南方來、名叫「小黃」的男人。

「白豆，待會你負責把車押回去。」于潤生說：「然後把錢分成四份。」

狄斌知道，其中一份當然是正式上繳給「豐義隆總行」的「拜門禮」；另外一份私下送給容氏父子；一份留作在京都調度經營支用。而最後那份……

——太師府。

于潤生拖著棗七的手，在叢叢墓碑之間走過。

「這裡也一定預留了容祭酒的墓地了吧？」他不經意地問花雀五。花雀五點頭，指向一株大槐樹底下的空地。

于潤生瞧著那片空地。

——很好。足夠埋葬兩個人。

□

宅邸內堂只點著兩盞油燈，氣氛顯得陰沉。

狄斌雙手捧著鎮堂刑刀「殺草」，高舉過額，神情肅穆地走過兩旁的部眾，把刀安放在新造的神龕木架上。

鎌首早就拿著三支點燃的清香等候在一旁，緊接將之插進刀前供奉的灰爐裡，然後雙手猛力合十——那掌聲，震撼了整個靜默的廳堂。

「謝本堂副堂主、刑規護法葛三爺英靈護佑，我等得以平安進京。」狄斌莊重地宣講。他銳利的視線掃過去，確定每名部下的神色都保持恭敬虔誠，就連與葛元昇素未謀面的棗七，亦誠心地合掌閉目。狄斌深感滿意。

他和鎌首退到部眾之間，餘下于老大一人站在神龕前，面向著所有人。

于潤生抬起臉來，視察著這些神情肅穆卻也充滿野性的兄弟與部下。他記起四年多前，在漂城以北屬於他岳父的那座倉庫裡，自己站在木箱上，向著一百九十三個腥冷兒講話的情景。

那一年他發動了一場戰爭。現在他又要發動第二次。

舞台都已經設定好了。

——開始吧。

第十八章
無智亦無得

趙大倫感覺得到：暴力正在接近。

春霧籠罩廣場。潮濕而鬱悶的空氣，令他額頭不斷冒汗，沿著臉頰與衣領滾下來，把寫在衣服上那些字體都滲糊了。

今天早上，他照常如每月初一、十五，把那件寫滿斗大墨字的白紙衣披上身，額頭纏了白布條，走到位於東都府衙門前的小廣場，跟其他農民默默站一整天。

鬼哭神號

冤

天道昭昭

趙家村上下老少

七十三口性命身家

白紙衣胸前這堆歪歪斜斜的大字，是趙大倫自己親手寫的。這已是第三件。第一件被雨水淋壞了，另一件被差役撕破。這一件再破掉，他還是會再造第四件。

——從進來京都那天開始，他就有了無法平安回鄉的準備。

其他農民見了，也開始自己造起紙衣來，然後請趙大倫爲他們寫字——這些人裡，他是唯一識字的一個。

趙大倫上京已經快一年，他不知道自己還要留在這裡多久。他也不知道，自己將首先死在京都街頭或是牢獄中，還是松林鄉趙家村的人先餓死。

在這一年，他眼看著跟他一起上廣場伸冤的農民每天增加。當中許多來自比他更遙遠、更窮困的鄉村。

他沒有想過自己的人生會變成這樣。可是他別無選擇。

沉重的賦稅他們可以忍受；從州裡、縣裡、鄉裡一層層壓下來的種種苛捐雜項，他們也照樣繳付；各種無理的強迫苦工，還有地方官吏進鄉「視事」時如同搶掠，他們沒有吭聲；開一口井、宰一頭老牛、生一個嬰孩、葬一個親人，都有種種不同名目的「抽徵」，他們從未拒交；當年「平亂戰爭」，趙家村有十四個壯丁被強徵去打仗，全部沒能回來，遺屬半分錢軍餉沒收過，縣裡卻先抽稅，他們一樣沒有反抗。

他們知道：生在農家，註定就是要被人欺侮。除非連最後那口飯也沒得吃，他們都得忍下去。

去年由於農田欠收嚴重，四個村民在村長首肯下，走到縣城衙門，請求暫緩稅項。那四人在縣牢裡關了五天才回來。有一個永遠不能走路；另一個右手變成軟巴巴一堆肉；其餘兩人在床上躺了三個月。

趙家村的人依然沉默強忍，以為事情就此完結。

過兩天從縣裡來了十個人，硬說是村長煽動村民抗稅而要「嚴加查問」。他們待在村長的屋裡一整晚。門鎖上了。

沒有人知道那夜屋裡發生了甚麼事情。他們只看到村長的十三歲女兒雅花的屍體。每道傷痕都暴露在眼前，只因衣衫全都撕破了。只長著稀疏陰毛的下體，結著一團血痂……

已經是一年前的事情。趙大倫每次想到那屍體，心裡感到的不是如火的憤怒，而是結冰般的寒冷。

到了京都，跟這些來自不同農村的人認識了，他才發現：跟這許多人家鄉裡發生的許多故事相比，趙家村這一宗，竟然還並不算最悲慘。

他的心更冷。出發上京時原本懷著那股希望，早已經死了。他總算讀過點書，比這裡所有的人心都雪亮：根本就無法指望甚麼。我們只是向著一道鋼鑄的牆壁伸冤。

但他無法放棄。不是因為趙雅花那具屍體常常出現在腦海裡；不是因為這些同病相憐的難友；也不是因為他知道，縣裡的人肯定已經得悉他上京，正拿著刑棍在家鄉等候他回去。

趙大倫不放棄，只因他已經放棄了人生的其他。他甚至不再在乎，是否有人看見紙衣上那些字。他的腦袋麻木了。他茫然站在廣場中央，甚麼也沒想。

——直至現在。

他驀然預感到那迫近的暴力。他腦袋的一角好像猛然活過來。恐懼與想像，同時點燃。

令趙大倫如此不安的，是廣場跟平日不同了。過去每次伸冤的農民集結時，在外圍總是包圍著虎視眈眈的差役和禁軍，可是今天他們全都不見了。甚至連平時把守著廣場入口的衙差，也不知去了哪裡。

眼睛看不見那些可怕的人，趙大倫卻更感覺到一股隱形的壓迫。

其他人並沒有趙大倫這樣警覺，反而因爲沒看見官差，情緒比往日高漲，彷彿掌握到某種力量。

這一年趙大倫跟著群眾行動，有時也會想像：假如自己不是孤身一個人上京，而是趙家村七十三人全體到來，那將會是怎樣的光景？

——不只我，還有廣場上這千百個來自不同村落的人；還有許多沒能上京的、走到半路就被抓的、已經絕望回鄉的、病死或餓死的……這些伸冤的人，假如他們的鄉民，統統都一起朝京都這裡進發，會不會有所改變？

黑壓壓的人頭，每一張疲倦飢餓的臉，每雙粗糙的手掌，成千成萬……

趙大倫想像著那浩大畫面，同時在廣場上漫步。然後他發現了一個人。

一個不屬於他們的人。

那人蹲坐在人叢間，全身從頭到腳都披在骯髒粗布斗篷裡，像塊石頭紋絲不動。他擁有趙大倫平生見過最高大的坐姿——即使縮身屈膝，頭頂仍然幾乎高及趙大倫的喉嚨。

那人略一抬頭，似乎發現了趙大倫的目光，看了他一眼，又把臉藏在斗篷裡。

那短短一瞥裡，趙大倫看見：這個男人好像有三隻眼睛——額頂上多了一顆……

——他永遠不會知道：**許多年後，這個巨型的男人，將以一種震驚世界的方式，實現他一直的想像。**

因爲這一眼，趙大倫恐懼得渾身顫抖。他忽然很渴望，在自己還能呼吸走路的時候回到家鄉。他想再看一眼鄉裡高大的松樹，還有趙家村美麗的田野，在夕陽之下發亮……

然後他聽見那悽絕的叫聲，看見噴濺的鮮血。他哭泣了。

□

曹功撐著一根用破布條包裹的枴杖，身上穿著到處都是補釘的粗布短衫，跟二十幾個打扮同樣寒酸的手下，混進了廣場。

有的農民似乎已經認出他們這些陌生人，正在不住打量，卻被對方凶狠的視線嚇唬得移開目光。

曹功捏著鼻，低聲喃喃說：「這些鄉下來的廢物，臭得像豬……」

要不是太師府特別委託了這個工作，曹功才懶得親自上場。這次任務要是幹得圓滿，必定能夠增加何太師對他的信賴，因此他不敢怠慢。

自從龐祭酒歸天後，曹功知道自己的地位十分微妙：「四大門生」既然也都死光，在龐系勢力裡他突然就變成最具資歷的頭目。花雀五的職位雖然稍高於他，但「豐義隆」裡所有人都知道，江五多年來只不過活在義父庇蔭之下，根本不是獨當一面的將才；相反龐祭酒轉戰漂城的這些年，曹功一直把龐系勢力在京都的事務，處理得井井有條。

他當然很清楚，「大祭酒」容玉山及其背後的大太監倫笑，這時候必然渴望吞掉龐文英留下的勢力。因此爭取太師府的支持，就成了曹功繼任的成敗關鍵。

收到龐祭酒的死訊後，曹功馬上就主動跟何泰極聯繫。「豐義隆」的私鹽販運，對太師府而言是最巨大的財脈，龐文英則是太師府在「豐義隆」裡的代表，何泰極絕不可能坐視這支勢力就此煙消雲散。

曹功果然很快已經得到太師府的安撫和鼓勵；各種利益輸送，在沒有了龐文英之後，繼續如常運作。雖然還沒有得到何太師親自召見和正式表態支持，曹功深信自己已經獲得太師信任，走在正確的道路上……

可是半路卻出來了那個姓于的。

——那叛徒！

曹功調查到：于潤生一進入京都，就先跟容玉山接觸，已經暴露出這傢伙的野心。他竟然還把龐祭酒的大屋佔據了！一個陌生的外來人，還沒在「豐義隆」的「海底」上登名，一踏足京都就想把我多年辛苦經營、失去一條腿換來的江山搶走？休想！

然而那夜見識過鎌首的氣勢和力量後，曹功知道必需重新估量于潤生的實力。

他不是沒有想過，趁著于潤生進京還不夠一個月，就馬上全面開戰。對方腳步還未站穩，正是個絕佳的時機，而且以現時兵力差距，曹功一方可說具有壓倒優勢。但是他無法確定，己方的勝利將要付出多大的代價，單是鎌首這頭怪物就可能十分難纏。而且曹功擔心一旦直接打起來，容玉山將趁機以「平息糾紛」爲由，插手染指龐系的勢力。

他心裡決定了，目前首要做的，是爭取成爲何太師認可的繼承者。一旦確立這個地位，他根本不必耗費一兵一卒，單是借助太師府無邊的朝政力量，要消滅于潤生這夥人，就如捺死一堆螞蟻般容易。

──那個時候，你會見識到京都的可怕……

曹功從沉思中回過神來。現在不是想這些的時候，先得把眼前的事情做好。他抬頭看看半隱在雲霧中的日光。差不多了。

他知道這些不斷聚集在京都的伸冤農民，已經令朝廷大感頭痛。東都府衙門每逢初一、十五開放讓各地平民「進狀」伸訴，原本只是開國以來訂立的象徵政令，幾乎從沒有認眞執行過──歷來只有寥寥十數宗獲得衙門受理，但亦不過發些公文，責令地方官府調查而已，結果如何從不過問。

想不到即使是如此微小的希望，也像燈火吸引飛蛾般，惹來如此大量的伸冤者；他們長年聚居在武昌坊及合和坊兩個相連貧民窟，不管衙門如何拖延拒絕他們的申訴，仍然不肯回鄉。

以何太師爲首的朝廷文臣，自然一直極力掩飾隱瞞。年輕的皇帝對於來生和仙界，遠比對現世還有興趣，絕不愛聽這種煩人的消息。但是伸冤的農民越聚越多，廷臣已經漸漸隱藏不住問題。是時候來一次「清場」了。

——需要的只是一個藉口。

出發之前，曹功已經把計劃告知手下：先扮成伸冤農民，在廣場上發起不滿騷動，吸引人群附和起鬨；接著引起推撞，繼而拿幾個傢伙毆打，就算出了人命也不要緊，把火煽起來後就馬上撤退，其餘的事情，自有藏身在衙門和附近街道的禁軍出來善後。

這不算是太困難的工作。曹功正在廣場裡尋找適合的起事地點，既不可以距離出口太遠，以免撤退困難，卻也要找人群最密集的位置，而且最好有比較多年輕的冤民在附近，最容易煽動起來。

他的一行人在髒破的衣服底下都藏著護身的短刃，不過非到無法脫身時，都不會拔出來，以免惹起懷疑。

曹功看著群眾，卻發現就在前面不足十尺外，有個人站了起來。

這人很容易就看得見，只因他比四周乾瘦的農民都高出了一個頭。那張臉罩在一件到處都是補丁的破舊斗篷底下，無法看得清。

曹功驀然緊張，牢牢握住枴杖，掌心冒出汗水。

那人正盯著他。

他回憶起來，這種不安的感覺十分熟悉。一如當年的黑道大戰，他在京都的街巷裡，面對敵對幫會伏擊的時候。一模一樣。

「他好像……」曹功身後的部下也留意到這人，不禁低呼。

——沒錯，是他！

那人的斗篷掀開來。露出凸顯在額頂的烏黑疤記。

曹功那二十六名手下，同時指著鎌首，吐出短促的驚叫。四周的農民全都轉頭過來注視他們。

——他怎會在這裡？

曹功等人集中注視著鎌首的黑臉，卻沒有留意來自後方的赤足急奔聲。

一個怎麼看也像鄉下農民的男人，赤著兩條毛腿，在人叢間跑了七、八步，乘著奔勢如猿猴般猛力蹤起——

越過所有人的頭頂。

曹功感覺一團熱暖的東西朝自己後腦襲來。他還沒來得及扭轉頭頸，就感到雙肩遭重壓。然後是肩頸肌肉被擒住的感覺——那個男人赤腳踏在他肩上，足趾如獸爪般抓緊。

只得一條腿的曹功無法承受這壓力，身體向前仆倒。

男人雙足在空中巧妙挪移，變成踩在曹功背項，繼續向下蹲壓。那力量太過猛烈，曹功來不及伸手支撐，臉龐重重摔在廣場冷硬的石地上，鼻骨頓時歪裂，鼻孔噴血。

蹲騎在他背上的怪人，雙手合握高舉過頭。人們這才看見，怪人的手上拿著一塊相當於拳頭兩倍大的麻石。

男人運用全身之力，把石頭朝自己兩膝之間狠狠砸下——

在場許多人平生第一次聽見，人類頭骨被擊碎的聲音。

以曹功的頭顱爲中心，廣場地面散濺出一幅太陽般的血紅圖案。

男人拋下沾滿鮮血的麻石，以曹功的屍身作跳台再次躍起，在農民之間穿插奔逃，那速度快得可怕，卻沒有撞上任何人。

那二十六個「豐義隆」打手，全部都像被釘死在地面，沒有移動半步。一切突變實在發生得太迅速——從發現鎌首，直至那凶手離開曹功的屍體，他們當中還沒有人眨眼超過四次。

只得一個最接近曹功的打手來得及反應。他拔出藏在衣襟下的短刀，朝著逃逸的怪人追過去。

鎌首卻像一堵鐵壁般，攔在他跟前。

那打手猶如出於本能，舉刀刺向鎌首的腰腹。

刀尖到達鎌首衣服前僅僅數寸，卻無法再前進。鎌首像跟對方心靈相通，右手準確地擒住那握刀的手腕。

鎌首踏前半步，左掌砍擊那打手的肘彎內側，那手臂不由自主地屈曲，令刀尖反轉了方向。鎌首右手再往前推送，短刀爽快地刺入打手的胸口。

鎌首的殺人動作，輕鬆得像搔癢。

他伸出刺滿荊棘圖案的手，指向地上兩具死屍，再瞧著那二十五個活人，搖了搖頭。

——別來送死。

他隨之把斗篷拉回頭頂，轉身隱沒在驚惶的農民之間。

這時廣場邊緣傳來馬蹄聲，前方衙門的正門也打開來。農民看見門裡整齊排列著明亮刀槍。

在京都禁軍陸續出現，展開清場工作之時，棗七和鎌首早就安全登上停在廣場旁、由陸隼負責駕駛的馬車。

□

頸上掛著的那個小小佛像護符，早已因為撫摸得太多，變得平滑模糊。木質因為長期吸收了身體濕氣而變成深棕色。

狄斌站在武昌坊貧民窟街心，不經意地輕撫胸前佛像，瞧向四周的眼神帶著憐憫。

這地方有點像破石里。可是當年狄斌他們終究還有座像樣的房屋可住，而這裡聚居的外來流民，卻只能用薄得像紙的木板草草搭建小屋，像蜂窩般密麻麻擠在僅有荒地上。京都的天氣比漂城寒冷得多，狄斌想像不到，他們到底如何度過冬天。

有的人再無空地可用，就索性把木板小屋搭上別人屋頂。最稠密的是東面那一帶，木屋歪歪斜斜疊成三層，四周滿佈著蛛網般的繩索木梯；有些小屋角落傾斜了，就隨便找幾根木頭釘在下面支撐，似乎只要風稍大一點就要崩倒；劣等的木材因雨霧而發脹變軟，無數小屋結合起來，彷彿一頭會呼吸的龐然生物，這些人就活在牠腥臭的肚子裡……

這天仍然留在屋裡沒有去廣場伸冤的，都是因爲患病或殘廢走不動的人。偶爾有些發現了狄斌這個外來者，都用驚恐絕望的眼神偷偷看他。

這些外來伸冤者已然變成滯在京都的無業流民，佔據了武昌坊和接鄰的合和坊的大片區域；而兩坊原有的居民，生活本來就好不到哪裡，否則這一帶就不會變成遊民的聚居地了。狄斌很清楚，貧民窟是每個城市必然生長的毒瘤。不管是多麼繁榮的地方。不管是漂城還是京都。

矮壯得像顆鐵球的田阿火，緊隨在狄六爺身旁。

「想不到京都也有這種地方。」田阿火搔搔頭髮：「我還以爲，皇帝腳邊的房屋，他媽的都用琉璃瓦砌成……」

狄斌沒有回話，只是注視著垃圾堆中一個正在尋找剩飯的老人。

——簡直活得連狗也不如。

——而我將要把他們僅有的東西也奪去……

這時他聽見：西面隔在一條街外的大路上，傳來一陣急密鈴聲，迅速接近又再遠去。

那是一匹掛著鈴鐺的快馬疾馳而過，發出給狄斌的信號。

——五哥和棗七已經完事了。

田阿火瞧著狄斌，等待他指示。

狄斌仰天閉目，雙拳捏得血管賁起。

「他們沒有把命運掌握在自己手上的勇氣。」于潤生的聲音再次在他心裡響起：**「這是我們和他們之間的分別……」**

他伸手到胸前，把佛像握在掌心。

——沒有猶疑的餘地。

「點火吧。」

正午時分，東都府武昌坊與合和坊內總共十七處，同時燃燒起烈火。

□

根據正史記載，這一年春季發生的「東都大火」，燒了整整兩天兩夜才完全撲滅，武昌、合和兩坊被徹底夷爲焦土敗瓦，死者三百四十餘人。

大火起因於半刻之前，聚集在東都府衙門前廣場的外省流民爆發了浴血毆鬥，禁軍出動三百兵馬鎮壓平暴，期間逃逸的暴民遂縱火搶掠洩憤。從暴動發起至大火熄滅，軍方共就地正法八十四人，另拘捕四百一十餘名暴民，經審判後於三個月內一律處斬。

大火後受傷、患病、流離失所的災民數目並無統計。後按坊間稗史紀錄，有一于姓藥商出資賑災，施派藥品、衣服、米糧等達百日之久，傳爲京城一時佳話。

□

千載穀豐登
忠義貫乾坤
氣運永昌隆
日月鑑此盟

黃紙中央以硃砂書寫著這樣一首似通非通的詩歌，四周繪畫著花紋似的符咒。最下方則是兩行小字，寫著一個人的名字與生辰年月日。

剛被斬斷頸項的雄雞流淌出鮮血，混進一碗米酒中。一隻手指往碗裡沾了血酒，向黃紙彈下數滴。

那黃紙繼而被遞到紅燭上點燃，再投入大銅盆，化作灰燼。

一本外表十分殘舊、以繩索穿扎、用牛皮做封面的沉重厚冊給打開來，並揭到中間沒寫滿的一頁。它看來已經很久沒有被揭開，在燭光下揚起許多灰塵。一隻手握筆蘸墨，在冊頁空白處添上剛才寫在黃紙上那個名字：

「于潤生」。

□

位處東都府九味坊的「豐義隆總行」，比許多人想像都要殘舊矮小，跟「豐義隆」今日稱霸京都黑道、私鹽生意遍達六州的顯赫地位，極不相稱。

然而它就是四十七年前第一代老闆韓東的發跡地，由此可見前人開幫立道之艱辛。許多年來總行經過了無數修葺，但主要的建築格局並沒有多大改變，仍然保存至今，據說是爲了避免破壞幫會的氣運。

「豐義隆」日常的運作事務，其實早就全數轉移到西都府「鳳翔坊分行」——那是一座比總行大八倍、堅固雄偉得多的兩層建築，單是住宿在「內院」負責護衛和通信的常駐部下已達百人，素有「第一分行」之稱。

而總行這裡平日已不再開門，獨留四名老幫員負責日常維持打理，只有舉行如「開冊」這等重要儀式才會使用。

于潤生在章帥引領下，登上了二樓階梯，每一步踏著木板都發出吱啞怪響。他的眉心處有一點紅印，是剛才「登冊」儀式時用混著雞血的酒捺上的。

章帥是這次儀式的執行人。他穿著一襲半僧半道的古怪長袍，樣子看來有點滑稽。他仍然跟剛才進行儀式時一樣木無表情——這次「登冊」容玉山父子也有來觀看，章帥當然不希望讓他們察覺出，他跟于潤生暗中有任何特殊關係。容氏父子並未顯出異樣，看完儀式後，對于潤生恭賀了幾句，也就匆匆離開了。

到達二樓，章帥把一道窄小木門打開，朝于潤生招招手。于潤生點頭，跨進了小門。

於是他終於與韓老闆見面。

書房裡頗是昏暗，陽光只透過兩道紙窗射進來，微塵在光柱中靜靜飄浮。房間的最後面有一張書桌，桌面空空如也，顯然已經很久沒有人使用。

桌後有個端坐的人影。

于潤生走到房間中央，半跪在地，朝那人影低頭。

「起來。」聲線很溫柔，令人無法聯想其屬於一位黑道王者。「抱歉，無法起身迎接你。自從那次大病後，我的下半身已經不能再動了。」

「韓老闆不必爲任何人站起來。」于潤生起立，直視向那人。適應了房內光線後，他才看清韓老闆的面目：一張白淨紅潤的圓臉，沒有鬍鬚，眉毛也十分稀疏；耳朵、鼻子和嘴巴都長得細小，在相學上絕不是手握大權者的特徵；單眼皮的雙目狹長，眼瞳大而眼白少，瞳色顯得有點混濁；整張臉給人說不出的古怪感覺，卻又帶著一股安慰人心的祥和。

「我還記得小時候看見爺爺坐在這裡的模樣。」韓亮的細目看看房內物事，伸手撫摸一下大書桌。「那時候我不敢進來這房間，只是站在門外偷看。有許多人常常在這裡出入。每個進來時都掛著焦急不安的表情，然後大多都帶著滿意的笑容離去。我那時候經常想：這房間裡到底有甚麼東西，吸引了這麼多人進來？

「後來爺爺去世了。這房間的主人變成我爹。那時候我已經長大了，明白許多生意上的事情。我看見進來這房間的那些人，樣子比從前還要焦急，可是離去時卻再沒有滿意的笑容。於是我知道：我爹是個沒用的人。

「他們是親生父子，為甚麼會差這麼遠？就是從那時候開始，我不相信血統這回事。我雖然沒有生半個孩子，卻不覺得遺憾。」

于潤生回頭瞧了章帥一眼，然後看著韓老闆說：「容祭酒的想法，顯然跟老闆不一樣。」

「『豐義隆』是我的心血。」韓亮伸手按著自己胸口：「它確實是我爺爺創立的，可是他死時，『豐義隆』不過是京都十幾個幫派裡其中一個；我爹更不用說。

「像今天『豐義隆』這樣的幫會，過去從來沒有；假若『豐義隆』倒下了，以後也可能不會再有。這麼強盛又巨大的事業，如果因為一個人的愚蠢想法而毀掉，不管那個人曾經為它貢獻過多少，也是一件十分悲哀的事情。我不想看見這樣的事情發生。

「所以我很慶幸，龐祭酒找到像你這樣的人才。啊，但願他在土下安息。」

韓亮這些想法，于潤生早已經知道。去年章帥就透過花雀五傳達了韓老闆的意思。要不是有這麼重大的契機擺在眼前，于潤生沒有必要刺殺龐文英——他知道自己本來就是龐文英心目中的繼承人。

現在他只要聽韓老闆親口再一次允諾。

「我將會得到甚麼？」于潤生很直接。韓亮露出欣賞的目光。

「一切平定之後，我將宣布退位，由章祭酒繼任『豐義隆』老闆。」韓亮直視于潤生的眼睛：「而你則晉升祭酒之位。你的義兄弟，也都論功獲得幫會裡各個重要職司。在章帥一人之下，你將擁有指揮萬人的權力。」

「我只是個過渡的角色。」章帥補充說：「兩年之後，我正式宣布你為繼承人。之後我會在五十五歲時遜位。這是韓老闆的意思，為的是保持『豐義隆』的活力。」

于潤生沉默著。

「你還需要考慮嗎？」韓亮微笑。「難道你認為屈居在容小山之下，比我開出的條件還要好？」

「我是在計算代價。」于潤生撫著鬚，那動作跟章帥有幾分相似。「從我踏上這條路開始，就明白一個道理：要殺一個人不困難；最困難是承受殺那人帶來的後果。」

韓亮和章帥都聽得出，他憂慮的是大太監倫笑。來自皇宮的強大力量，不是任何黑道中人所能承受。

「這正是我們需要你的原因。」韓老闆撫弄著腕上那只銀手鐲。「你到京都來，是爲了繼承龐祭酒擁有的一切。那不僅止於他的府邸和人馬吧？」

——當朝太師何泰極。能夠與倫公公對抗的人，只有他。而能夠取得何太師支持的人，也只有于潤生。

于潤生進入京都僅僅一個月，就站在這場權力風暴的風眼裡。

——他早就有這樣的準備。

□

那片紅色琉璃瓦屋頂，朝著東、西兩方伸延，氣勢猶如鷲鳥展開寬長羽翼，遠隔在數街之外，也引得人仰首注目。

在京都皇城以外，能夠擁有如此氣派的宅邸，只得一人。

大宅選在西都府北部晴思坊興建，位置接近皇城內郭西門，這當然是爲了方便上朝辦公。宅邸正門外就是晴思坊最大的街道，這裡每天從早上開始就停滿了各式豪華馬車，全都屬於當天等候謁見太師的官員或商賈。

這天下午，于潤生的馬車也夾在其中。

「太師要召見你。」蕭賢昨天這樣告訴他。

身材瘦削、一臉冰冷的蕭賢，是何太師五個心腹文佐之一。于潤生第一次跟他見面，就確定對方是個幹練的人——他從來沒有說過半句多餘的話。

「太師託我跟你說：那件事你辦得很漂亮。」

于潤生當然知道，「那件事」就是指廣場血案和二坊大火。全因為有太師府的指示和配合，于潤生才會發動那次事件。

可是直等到今天，何泰極才第一次召見他。聽到蕭賢通知，于潤生馬上沐浴更衣，帶著棗七和狄斌登上馬車，後面還有另一輛車子跟隨。

他已經在太師府門外輪候了整整一個上午。其他等待的車子陸續減少，于潤生卻仍然在等。

狄斌坐在悶熱的車廂裡低聲咒罵。還有很多事情等著他做。單是武昌與合和兩坊，他就要負責指揮部下在災場搭建臨時的「大樹堂」藥行，又要在城內籌措大量賑災糧食、藥物和衣服……他卻只能坐在這裡浪費時間。

于潤生則顯得很安靜，在車廂內閉目養神。棗七像一隻馴良的狼狗，乖乖侍候在主人旁，不時為于潤生遞送茶水與手帕。

過了午時，車廂終於響起敲聲。

「可以進去了。」是蕭賢一貫無感情的聲音。

□

何太師這個狹小的書齋，與宅邸的恢宏外貌毫不相稱，更難以想像就屬於一位權傾朝野、可斷無數人生死、決定天下官僚性命前途的大人物。

房間的兩邊牆壁，從地板到天花都是書架，密密排滿了各樣經史刑法的書籍和卷宗；地上各處也疊滿一堆堆等腰高的文書紙張，幾乎找不到立腳地；書桌上凌亂不堪，筆墨文具和各種批示文件散滿了桌面，就只有椅子前的案頭空出了一小片。

那裡放著一碗只伴著青菜的熱湯麵。

何泰極的外貌與于潤生想像中一樣：既爲太師，非凡氣度與威嚴自然不可少。何泰極今年已六十二歲，但滿是皺紋的臉上仍具有一股旺盛精力，雙鬢、唇側和下巴鬍鬚蓄得甚長，而且梳理修整得尖細齊整；這樣的天氣下，坐在如此狹小偪促的房間裡，他仍是一絲不苟地穿戴全套正式衣冠。

于潤生靜靜站在書齋一角，看著何太師把那碗清淡的湯麵吃完。何泰極就像所有年老的人，吃得很慢，每根青菜也都嚼得很仔細，不時又停下來，拿一方絲帕印了印額上汗珠。吃完後他在那把陳舊的大椅上坐直，吁了口氣，又呷了口清茶，拭拭嘴角，這才第一次直視于潤生。

「這幾十年來，我每天午飯都只吃一碗青菜麵。」何泰極說話與吃麵同樣緩慢。「我這麼做不單是爲了讓自己記著，今天的一切得來不易；也是爲了記住一個人的恩惠。

「四十年前我到京都來應殿試，卻把盤川都耗盡了，幾乎就要餓死街頭。我在街上遇上這個人，他就請我吃了一碗青菜湯麵。他只請我吃這個，不是因爲吝嗇，而是因爲他身上就只得那點錢。我還記得四十年前那碗麵的滋味。

「爲了接濟我，他一直替我張羅。有時候他自己餓著肚子，也要拿東西來給我吃；有時候他爲了些許錢，就冒上了性命或是坐牢的危險。直至我進入試場爲止。」

何泰極說著時閉起眼睛。他突然一拳擂在桌面上，那麵碗彈跳了起來，剩下的麵湯濺到旁邊公文上。他暴睜雙眼，憤怒地看著于潤生。

「四十年後，我收到這個人的死訊。他死在漂城。」

于潤生沒有作聲。

「別跟我說另一套！你在漂城玩甚麼把戲也好，要瞞誰也好，瞞不了我！竟然還有膽量來京都？你憑甚麼？」

于潤生沒有馬上回答，而是等待何泰極的怒容稍微緩和了才開口。

「因爲我相信太師是個生意人。」于潤生神情肅然地說。「太師放棄了曹功而選擇我，就證明我的判斷正確。」

何泰極的臉沒有放鬆，但顯然把于潤生的話聽進去了。

「我還沒有『選擇』你。」

「太師沒有多少選擇。除非你願意看見，『豐義隆』逐漸落入倫公公和容玉山之手。」

「你這是在威脅我嗎？」

「我只是說實情。」于潤生恭敬地垂頭。

何泰極當然也知道這現況，否則他不會接見于潤生。

「豐義隆」是極爲重要的財脈，假若失去它，何泰極就無法維持官場上的勢力；更壞的情況是，如果倫笑眞的壟斷了「豐義隆」，在朝廷裡將對太師府威脅極大。在龐大又複雜的官僚體系裡，忠誠永遠只跟隨利益走。

何泰極急需找人來塡補龐文英遺下的空缺，繼續在「豐義隆」內部代表他的利益；連龐文英也敢弒殺的于潤生，確實具有足夠的魄力和野心，擔當這個位置。

——這小子全都算準了……

外面傳來敲門聲。

蕭賢踏進書齋，沒有看于潤生一眼，逕自走到書桌旁，向何太師耳語幾句。

何泰極聽了，目中發出光芒。

于潤生知道是爲甚麼：他帶來貢獻給何太師那裝滿了一輛馬車的「見面禮」，蕭賢已經在外面點算過，現在報知太師。

蕭賢離開後，何太師才寬容。

「看來你在漂城的生意幹得很不錯……」他捋著鬍子，考慮了一會才說：「好吧。你去做吧。」

于潤生明白太師這句話，是把二坊大火後的重建工事交給他辦。這當然不僅是建築生意：京城內的建造工程，國庫必然要撥出一個大數額去支援，只要在造價的帳目上花點工夫，將是一條可以吃上好幾年的大財脈。

「沒有重要事情的話，不必再來見我。」何泰極把碗挪開，重新握起朱筆，開始批閱文件：「蕭賢是我的代表。有事就找他。記著不要玩花樣。」

他略抬頭，盯了于潤生一眼。

「我不是龐文英。」

□

在馬車上聽完老大的指示後，狄斌才露出笑容。

何太師的支持，對於「大樹堂」發展極是重要。這次得到二坊重建的權利，不單可以利用工事賺錢，也將靠它取得採購物料的批文；有了批文，他們就可以大模大樣地在各州徵購軍需物資，再走私往南藩。狄斌估計，半年之內，漂城埠頭的私貨流量，將會急增三、四成。

「老大，太好了！各方面都這麼順利……你知道嗎？上京以來，我一直都在擔心。」

「現在看是很順利。」于潤生的神情卻並沒有特別興奮。

「甚麼意思？」

「他們每一個都很需要我。」于潤生說時看著車窗外的街道：「也就是說，**我要是沒法滿足他們當中任何一個，就可能被幹掉。**」

□

即使京都黑道裡，不少人也聽聞過：遠在南方漂城，有一個名叫「拳王」的人物。

關於他的傳聞，有許多不同說法，當中一點是共通的：

——**他是頭殺不死的怪物**。

這一年，京都的人終於親眼見證了這個傳說的真實。

□

桂慈坊臨近鎮德大道的東側中段，地點十分便利，而且屬於早期「舊京」最古老的地帶，全京都最大的市集即坐落於此。

正因城街比較老舊，建造的時候並沒有怎麼規劃，桂慈坊的無數巷道既狹窄又曲折，猶如一座複雜的迷宮。市集裡自有其生態秩序，臨街的房屋全都是店鋪，販賣蔬菜穀物、肉食禽畜、醬油雜貨、布料衣物、器具家當等等的商號，各自聚集在不同區域，類別分明。

至於商店街的更外圍，則滿佈著用帳篷搭建的攤販，賣的東西雜亂許多：五顏六色的甜點糕餅、用多種動物內臟煮的補身濃湯、來路不明的舊家具桌椅、僞冒的玉石古玩、工藝粗劣的春宮秘畫……這些攤檔胡亂地比鄰營生，排列每天都在改變，今天你看見這攤檔，過兩天再去找就可能換了另一家。

每天傍晚收市後，這些臨時攤販都不敢馬上離開。他們會整齊排列在已經收拾乾淨的帳篷跟前，靜靜等候著代表「二十八舖總盟」的「袋主」到來收取規錢。

京都裡誰都知道，桂慈坊市集是「雙么四」（「二十八舖總盟」的暱稱）的根據地。他們每天會派出八名「袋主」，各在肩上掛著一個裝得下小孩的大布袋，沿街向每個攤販收取二兩七分的規錢——這個數目往往就等於他們賺到的一半。

不管你當天生意如何、生病受傷、死了老婆還是孩子……你交不出那二兩七分，以後就不用再回來擺攤。沒有討價還價或是拖欠的餘地。要是你偷偷再來，被「二十八舖」的人看見，保準你無法用自己雙腿走出市集的大牌坊。

這一天收市比往常要晚。天色仍未暗下來，可見夏季已經悄悄接近了。身爲「袋主」之一的羅茂芬，如常肩負著那個已經殘舊的厚布袋，沿著一座座帳篷走過去，點算每人交出的規錢，一一拋進袋口裡。

他很喜歡聽銀錢跌撞在一起的清脆聲音。對「袋主」這個工作，羅茂芬十分自豪，從來不會悄悄伸手進布袋裡偷錢。他堅信正是靠著這份榮譽與忠誠，「二十八鋪總盟」才能夠如此團結，在「豐義隆」的陰影底下存活這許多年。

羅茂芬收著錢，心裡在想：上天待我眞好，不用怎麼幹活就每天都有錢花；雖說也算是黑道中人，但是這份工作根本就沒有任何危險。大概能夠幹到六十歲。

他微笑低頭，瞧著袋裡越積越多的銀錢，頭也不抬就伸手向下一個攤販索取。

落在他手裡的，卻不是那熟悉的硬邦邦、重甸甸的觸感。

而是柔軟、濕潤和微暖。

羅茂芬疑惑地看向自己的手掌。

手心裡，是一隻剛剛斬下來的耳朵。

羅茂芬嚇得朝後跌倒，身上的大布袋也翻過來，好些碎銀銅錢散出，落在污水遍地的街道上。

他撐起上半身，抬頭看去——

一隻憤怒的眼睛正在盯著他。

下一刻羅茂芬才看清楚：那並不是一隻眞的眼睛，而是一個繞著肚臍紋上的刺青圖案。

他沿著那肚子向上看。是一個上身赤裸上的男人，後腦剛好背著太陽，無法看得清臉孔，只見到身影的輪廓。

——好巨大。

羅茂芬感覺，站在自己跟前的是一座山。

□

佟八雲走進市集西門的三號巷口一刻，那觸目的震撼，令腦袋一陣暈眩。

三號巷是專門販賣豬牛肉食的地帶。「二十八舖」有許多出身屠戶的打手，都是集中在這裡謀生，是桂慈坊市集一支重要的鎮守武力。

此刻整條街巷卻都化爲屠場。

東歪西倒的帳篷和招牌、店舖牆壁與門板、狹窄的鋪石巷道……四周全都灑滿一層厚厚的血腥。佟八雲沿著通道深入，每步都被血污黏著鞋底。

目光可及處，就有七、八具屍體像死豬般橫躺。有的斷去了手腿，有的暴露出白森森骨頭。水溝裡滾落一顆頭顱。地上散著牙齒和指頭。一隻手掌仍然握著釘在砧板上的切肉刀，還沒來得及把刀拔起就被斬斷了。還有被踏得稀爛的不明內臟……

京都已經許多年沒有發生過如此慘酷的血鬥。

佟八雲繼續走了幾步，發現五個部下都沒有跟著進來——他們全都奔出巷口外俯身嘔吐。

他拔出腰間那柄刃尖如彎鉤、刃身掌寬的短砍刀，左手又從後腰掏出一把粗糙的飛刀，往巷道裡繼續深入，並且垂頭專注搜尋。

他雙眉一揚。終於發現了敵人離去的血足印。

佟八雲緊咬著牙齒，右腮那道三寸長舊傷疤，因爲充血而在發亮。

腳印共有兩列：一列的印痕異常長大，步幅亦比常人寬廣，顯然是個身材極高大的男人；另外一列細小得多，前掌的血跡比較深色——此人要用跑的，才能夠緊隨那高個子。

——只有兩個人！

不對。所有人都被殺傷於同樣的兵刃、同樣的重手法之下。

——出手的只得一人。高大的那個。

佟八雲手中刀在顫抖。不是因爲恐懼，而是亢奮。身爲「二十八舖總盟」年輕一輩最頂尖的「椿手」，他體內戰鬥的血液正在沸騰。

他知道，自己很快就會跟這個敵人見面。

□

洪棚大口喘著氣，全身衣服都被冷汗濕透，雙腿發軟，背靠在貨倉的木板壁上，一動不動。

他勉力壓抑呼吸聲，卻聽到自己的心臟像瘋馬般狂亂跳動，彷彿快要從胸口爆開來。

在這座「聯昌水陸」倉庫裡，燈光甚是昏暗——四處堆滿了木料建材，爲了防範火災，燈火要盡量減少。「聯昌水陸」爲了在兩坊大火之後的重建工程裡大撈一筆，本月從外地輸進了大量物資；而洪棚主持的這個倉庫，是儲存貨量最多的一座。

洪棚在京都黑道已經混了廿多年。十五年前的幫會大戰，他也曾經在陣前爲「聯昌水陸」立過汗馬功勞，才換來今天這個「倉主」的職位。許多年來他最喜歡教訓年輕部下：「我們咧，走在道上的傢伙，死在人家刀下，也算不上死於非命——你們都得有這種打算，要不現在就給我捲鋪蓋！」說時一臉老江湖的自豪。

可是今夜，他無法壓抑心裡的巨大恐懼。

——那傢伙，簡直不是人……

背上的汗水把板壁染濕了。呼吸稍稍平緩，頭腦才開始恢復運轉。他察覺外頭似乎已經靜下來。

——走了嗎？

洪棚用最微細而緩慢的動作，側頭把右耳輕貼在板壁上，探聽倉庫外的狀況。確實已經聽不見任何聲音。

手下都被殺了嗎？洪棚希望他們當中有些人能夠逃得掉。即使掉了身體某些部分也好……

他慢慢伸手，探向門把——

就在距離鼻頭不足三寸處，板壁被轟然洞穿，一段又長又尖的銀白刀刃，突進倉庫裡來！

洪棚發出女孩般的尖呼，猛按板壁逃開，朝倉庫深處拚命奔逃，卻被橫放在地上一條枕木絆倒，重重摔在幾疊堆高的瓦片上。

碎瓦把他手腿割傷，他卻渾然未覺痛楚，只管爬起身來，惶恐地回頭。

那柄長刀「嗖」的一聲消失，只餘板壁上一個菱狀小洞。

洞孔後出現一隻眼睛，直視跪在地上的洪棚。

眼睛透出凶厲無比的光芒，瞳孔深處卻帶著一點看著將死之人的悲憫。

□

自從京都黑道大勢平定後，這十五年來孫克剛的生活規律都沒有改變過：每天從清晨到中午在石場裡幹活一個早上，然後跟夥伴到西都府曲路坊的「何老記」飯館吃午飯，喝一斗淡酒。即使京都颳起風沙或下雪的日子，也從來不更改。

每天從石場走到「何老記」，孫克剛必定經過鎮德大道中段的兩尊「鎮惡祀靈持護法王」神像：立在道旁左右那兩座石像各高達二丈，左法王握火炎劍，右法王持蛇鱗鞭，無生命的眼睛，俯視著大道以南所有車馬行人。它們的雕鑿工程，孫克剛也有參加，每次經過時他都站著仰望一會，並且展露出自豪的笑容。

勞動、米飯與淡酒——這就是他健康的秘密。在石場裡，他雕鑿的方石與碑牌比誰都工整。他深信人也是一樣：規律最重要。

當年黑道混戰裡，孫克剛是「隅方號」名聲最響亮的戰將。可是沒有人知道，當時他心底裡最崇敬的人，卻是曾經一度敵對的「豐義隆」二祭酒龐文英。他並非僅僅敬佩龐文英的勇猛，還佩服龐文英以一副年逾五十的身軀，展示出這等力量和意志。孫克剛當時就下定決心：自己也要成為這樣的人。他今年四十五歲，但是外貌、身材和精力仍跟三十歲時無異。

現今豎在城郊那塊龐文英的墓碑，也是由孫克剛親手雕造，是另一件他引以自豪的作品。

今天他照樣與五個「隅方號」的石匠，一同坐在「何老記」飯館中央的木桌前，把從不離身的鐵鎚擱在凳旁，用長滿厚繭的雙手拿起飯碗竹箸，準備吃第一口——

然後他看見鎌首站在飯館門前。

待在鎌首身旁的，是以布帶纏著額頭和雙拳的梁樁，雙手抱著一柄四尺多長巨大彎刀，烏皮刀鞘上釘著飛鳥頭骨形狀的銀徽章。梁樁神情傲然——能夠為「拳王」提刀，是他的光榮。

兩人身後還有廿多名「大樹堂」部眾，把整條街道都封鎖了。孫克剛看見這個陣仗，知道「何老記」後門必定也有人守住。

他把飯碗和筷箸放下來，看著鎌首。

「你就是『三眼』？」

「三眼」是鎌首新近在京都獲得的稱號——原因當然是他額上的黑疤。「二十八鋪」和「聯昌水陸」先後遇襲，孫克剛早就聽聞。

鎌首沒有回答。沒這個必要。誰也看得出他要來幹甚麼。

其他食客、夥計跟掌櫃都呆呆一動不動。他們當然恨不得馬上逃走，卻只能無言看著擱在門外的人。直至鎌首舉手輕輕揮了揮，他們才敢奪門而出。不一會，「何老記」裡就只剩下六個人。

鎌首踏進門檻一步。除了孫克剛，其他五個石匠都已經提起放在腳邊的鐵鎚。

「我可以等你們先把飯吃完。」鎌首說時並沒有嘲弄的表情。他是認眞的。

「不必。打完我再吃。」孫克剛笑著回答：「我們可以去外面打。你們這麼多人，這裡似乎太擠了些。」

鎌首搖搖頭，指一指隨他而來的部眾：「他們在這裡，只是不讓你們逃跑。」他回身，右手伸向梁椿，把彎刀緩緩拔出來，往飯館三道大門一一踏進一步。

梁椿按鎌首預先吩咐，自外頭把飯館三道大門一一關起。

孫克剛笑了，站起來雙手猛拍飯桌。他雖然比鎌首矮小一個頭，厚碩的軀體穩實如岩石，雙臂格外發達，從肩頭到手指每個關節隆起像樹根。其他五人的身材也不比孫克剛差——畢竟他們全是日夕與石頭「戰鬥」的男人。要不是具有這樣的個人武力，幫眾人數最少的「隅方號」，早就從黑道版圖消失了。

孫克剛提起鐵鎚，瞧著它若有所思。

——想起來，已經許久沒殺人了……

他那五個夥伴——「隅方號」並沒有嚴格的上下階級，所有人互相認識，只籠統地按資歷排輩——盯著鎌首手上彎刀，各自用左手從背後腰帶拔出六寸來長的尖鑿。

右手的沉重鐵鎚，加上左手短鑿，是「隅方號」石匠獨有的戰法：鐵鎚的重擊威力驚人，但動作幅度大，回擊緩慢，故此在每一擊之間以輕巧的鑿刺來填補，抗拒對手貼身糾纏。

殺氣充塞於飯館每一角。所有人的皮膚都像被寒風吹拂般繃緊。

六個石匠裡，孫克剛是神情最淡然的一人。他舉起鐵鎚，輕輕將鎚桿擱在右肩上，看似無甚準備——左手卻突然抓起桌上飯碗，一擰指掌把碗摔向鎌首面門！

站得最接近鎌首左側的石匠，彷彿與孫克剛心靈相通，時機配合十分完美，就在飯碗快將擊在鎌首臉上同時，從上而下垂直把鐵鎚揮向對方腦袋！

鐵鎚和飯碗同時飛往鎌首的頭臉——

雪白刀光閃起。

三記聲響先後爆發：

首先是飯碗在鎌首額上砸碎的聲音。他不閃不避，眼睛完全無視那旋飛而來的瓷碗，只是死盯著來襲的石匠，右臂反手橫揮出。

接著兩記聲響，都來自飯館的木板天花——兩件東西急激高飛，撞了在上面。

一件是被斬斷柄桿的鐵鎚頭。

另一件是帶著血尾巴的人頭。

那石匠的屍體，自斷頸處噴灑鮮血，向前俯倒。

六個男人的喊殺聲，在「何老記」內爆發。

站在外頭的梁樁和「大樹堂」部眾，聽了不禁全身震動。梁樁十指緊捏著刀鞘——即使他對「拳王」擁有絕對的信心。

五柄鐵鎚與一柄彎刀，視飯館內一切桌椅杯盆如無物，不斷狂亂迴轉運行。碎木與瓷片或如雨雪翻飛，或因強烈衝擊而亂射，在皮膚衣物上劃出一道接一道破口。沒有人感覺痛楚——「隅方號」的漢子，平日幹活就對石屑彈射習以爲常。

石匠們原本吃飯那張木桌，已然被兵刃絞碎。六人不斷走動變換方位。慣於孤身擊眾的鎌首步法最迅捷，經常斜向移動，利用一個敵人來阻擋其他對手。「隅方號」五人無法包圍他，又怕鐵鎚傷害夥伴，攻擊不免放緩。

一條握著鐵鎚的手臂自肘彎處被斬斷，因爲離心力而飛出，鎚頭在磚牆上撞凹了一個大洞。

臉色煞白的斷臂者強忍痛楚與恐懼，左手反握鐵鑿，欲撲前跟鎌首纏鬥，卻被鎌首一腿重重蹬中心窩，整個人捲曲向後飛開。

孫克剛因爲紛飛的碎片而無法睜目，垂頭半閉眼瞼，瞄著地上足腿來分辨敵我所在。

他一發現鎌首接近，馬上往斜下方揮鎚，擊向鎌首右膝。鎌首正忙於招架另外兩柄鐵鎚，他卻像眞的擁有第三顆眼睛，臉不必向下看，已然及時提膝縮腿，避開了這一擊。

孫克剛的鐵鎚擊打在磚石地上，他卻巧妙地利用這撞擊的反彈力，迅速把鐵鎚拉起，往上撩打鎌首下陰。

鎌首雙手握刀，用厚刃背擋架著一柄上路攻來的鐵鎚，緊接將刀刃迴旋，引動那鎚頭往下降，剛好擋住了孫克剛的撩擊，兩柄鐵鎚交擊出激烈火花，握鎚兩人同時手掌激震痲痺。鎌首趁著這個空隙，把第三人的臉劈裂了。

孫克剛心頭一懍：這個「三眼」的戰鬥本能簡直就像野獸，每個動作沒有浪費絲毫力氣。一直在外圍待機的另一個石匠，終於逮到這個時機，橫揮的鐵鎚已臨及鎌首左肩，眼看無法閃避——

鎌首卻硬是把彎刀反轉架在左側，把刀面當成盾牌，接下了這一鎚！

在鐵鎚重擊下，彎刀劇烈顫動，鎌首的手掌幾乎握不牢刀柄，更無法控制刀身。那石匠看準這點急步欺近，左手的鐵鑿猛刺向鎌首眼目！

——教你這「三眼」變成「二眼」！

鎌首力量的驚人程度，卻超過了對方的估計。他左手揪住剛被劈破臉那敵人的頭髮，以單臂之力就將那整個人拉過來擋在跟前，尖鑿深深插進了屍體的胸口。

同時鎌首的右手已經把彎刀重新穩住，他咬牙抽插，長彎刀將屍體和那敵人一氣貫穿！

孫克剛與餘下那個石匠，這時才把交擊的鐵鎚控制住收回來，發覺又失去了另一個夥伴，兩人發出悲鳴，同時朝鎌首後腦和背項揮鎚攻擊。

插在兩具屍體裡的彎刀已經無法拔出。鎌首果斷放開刀柄，往前俯身翻滾，避開了後面夾攻而來的兩柄鐵鎚。

可是鎌首在戰鬥裡，從來不會只做單純的閃避：他在翻滾中已瞄到地上遺著的一柄敵方鐵鎚，順著滾動的去勢，一探手把它抄到手裡。

一擊落空後，石匠哭叫著繼續追向落在地上的鎌首。孫克剛在後面要叫他小心，可是已然來不及。

身軀如此巨大的鎌首，翻滾時卻靈活如貓，那石匠的鐵鎚只能在磚地上擊出另一個凹洞。鎌首順勢變成半跪，左手把鎚朝後反揮，準確把石匠的左膝粉碎。

石匠慘叫著橫身倒下，同時鎌首已經站起來，雙手舉鎚準備補上致命一擊。

另一柄鐵鎚呼嘯著旋飛襲來，鎌首及時把攻擊由直變橫，將那飛鎚擊去，手腕一時震得發麻。

他看著雙手空空的孫克剛。

「爲了救同伴，你甘願捨棄兵器？」

孫克剛鐵青著臉沒回答。剛剛失去了四個夥伴，他不想說任何話。

鎌首把鐵鎚垂了下來，緊握仍然震顫的右手。他低頭，看著自己這顆拳頭。

「這種又沉重又粗糙的打法……你們令我想起從前殺過的一個敵人。」

鎌首攤開那拳頭。掌心處有當年被鐵釘六爺貫穿的傷疤。

他把鐵鎚拋去。雙掌伸前，擺起格鬥架式。

「繼續吧。」

孫克剛也舉拳，一顆顆指節隆起，看來就如一雙佈滿稜角的武器。他吶喊前衝，右拳高架到肩頭上準備揮出，動作粗糙一如先前揮鎚。

鎌首算準了距離，左腿迴掃，蹴向孫克剛舉臂露出的右肋。他心裡已在預想對方躲避這一腿之後的三種追擊方式。

可是孫克剛卻不閃不避，以身體硬接這一腿。兩根肋骨被踢斷的同時，他強忍痛楚，右臂往下把鎌首的腿挾著，左拳則擊向鎌首的太陽穴！

眼看只有單足著地的鎌首已經無法閃躲，他卻巧妙地放鬆被擒那條腿，只用站立的右足捨身躍前，膝彎屈曲，膝尖轟然頂在孫克剛下巴上！

孫克剛仰天吐出鮮血與斷牙，重重地仰倒在地。鎌首順著衝勢墮落，騎乘著孫克剛胸口。以這樣的體勢，鎌首要把孫克剛的臉打爛，實在是容易不過的事。他卻只是俯視著孫克剛已然半昏迷的臉一會，就站了起來。

「今天我心情很好。」鎌首找回彎刀，猛力從屍體上拔出，檢視刀身上被鎚打過的位置。刃面絲毫無損。「不想殺你這種漢子。」

他把刀背擱在左肩，轉身步向正門，那輕鬆的神情和身姿，就像個剛剛完成一天勞作，擔著鋤頭歸家的農夫。

鎌首推門步出「何老記」。原本緊張站在店外的「大樹堂」眾人，看見如此輕快走路的頭領，再瞥見店內橫豎躺臥著的敵人，不禁向天振臂高呼。

「拳王！」

鎌首微笑著把刀交給梁椿。梁椿謹慎地把長刀收回鞘裡，並仔細看鎌首的身體。衣服給碎瓷和木片割破了許多處，但皮膚擦過的地方，還有被碗砸過的額頭，全都沒有破裂，只遺下一些淺淺紅印。他身上沾著的鮮血，全部都是屬於別人的。梁椿目中崇拜之色更濃。

——**真是個鬼神庇佑的男人……**

「今天天氣眞好。」鎌首仰視正午陽光。「我們走路回去。」

「大樹堂」眾人一路走過冷清的街道。附近商店早就被嚇得關門閉戶，直至走到三條街外，市面才算正常，但路人全都被他們這股氣勢唬得縮在兩旁。

鎌首駐足在一家賣仕女飾物的店門外。他大步踏進去，掌店的老闆驚呆了。

鎌首掃視桌上陳列的貨品，拿起一支釘著紫色珠飾的髮釵，仔細看著。

「我要這個。」鎌首朝著嘴巴張得大大的老闆說。店外一個「大樹堂」部下馬上進來，從錢袋掏出銀兩。老闆久久都不敢伸手去接。那個部下只好把銀兩硬塞進他手掌裡。

鎌首步出商店，在陽光下把玩著髮釵，看著它反射的紫色光華。

他繼續向前走，心裡想像著髮釵插在寧小語髻上的美態。

□

甫踏進龐文英的府邸——現在已經正式成為于潤生的府邸——鎌首就看見兩個孩子蹲在前院空地上玩石彈。那是于阿狗和黑子。兩個孩子都穿著簇新漂亮的衣服，頭髮整齊地結成朝天的小辮。阿狗比黑子年長幾歲，正在耐心教著黑子遊戲的規則。只有四歲的黑子成長得比一般孩童都要快，身高已差不多跟阿狗同高。他靜靜瞪著圓眼睛，瞧著地上滾動的石彈。

阿狗一看見鎌首就興奮地奔過去。「五叔叔！」鎌首笑著把他抱起來，在半空中轉了幾個圈，逗得阿狗不住大笑怪叫。

鎌首把阿狗放回地上，撫撫他的頭髮，然後走向黑子。黑子站起來，嘴巴吮著拇指，眼睛一動不動，瞧著這個他不知道就是自己父親的男人。

鎌首看著這很少見的兒子，心裡感覺異樣地複雜。他蹲下來，想摸摸黑子的臉。可是在接觸之前，黑子卻已經走開了，一直奔向大宅前門，又站在階前，回頭定定地看著鎌首。

鎌首站起來，以無奈的眼神看他。

——他心裡想著甚麼？母親嗎？……

——他長大以後會變成怎樣的男人？他長得很像我。他會怨恨我吧？……

——我能夠給他甚麼？當我和小語有了家以後，他會願意跟我們在一起嗎？

黑子終於走進屋裡。鎌首茫然站著，又隔著衣服撫摸一下懷內的髮釵。

他開始明白了：從前老大和白豆如此努力建立「大樹堂」，背後是一股怎樣的力量在驅策他們。

為了守護自己珍視的東西。

□

每逢季節變換的時候，京都裡最有名裁縫店「常寶記」的老闆就會親自帶著二、三十套衣衫到訪容祭酒府邸，讓容公子試身和挑選。

各式質料上乘的夏服，整齊排列在又闊又大的睡床上。容小山站在等身高銅鏡前，仔細審視身上那襲青袍。常老闆神色緊張，不斷替容公子整理袍角、袖口與襟口。這已經是容公子今天試穿的第七套衣服，常老闆期待他這次能看得上眼。兩名身材嬌小的美貌婢女，站在容小山身後左右，爲他細心梳理頭髮及戴上冠帽。

蒙眞和茅公雷自從走進這房間之後，就一直沒有說話。容小山繼續細看鏡中的自己，好一會後似乎才記起這兩個部下的存在。

「還不說？」容小山的聲音裡透著一點不耐煩。

蒙眞還是沒有開口，只是看看常老闆。

容小山察覺了，失笑說：「你擔心甚麼？他聽到又怎樣？老常，你不會出賣我吧？」

常老闆不知要怎樣回答，笑得很勉強。

「還是先請老常出去比較好。」蒙眞堅持。

「你再不說，就馬上給我滾。」容小山轉過臉來，直視著蒙眞，原本神色輕鬆的俊美臉龐立時鐵青，喜怒間變化快得令人吃驚。

兩個婢女被嚇得渾身顫抖，表情卻要強裝鎭定，站在原地不動。她們都知道發怒的容公子有多可怕。這種場面，最好的反應就是不要做任何反應，否則惹起他注意，那股怒意的發洩對象，隨時就會換成自己。

蒙眞和茅公雷卻並未動容。他們早就習慣容小山這股脾氣。

「好吧。」蒙眞略點頭，開始向容小山報告于潤生近期的動向。

最重大的消息，當然就是「二十八舖總盟」、「聯昌水陸」和「隅方號」接連遇襲的事情。襲擊在半個月內就發生了十六宗，當中「聯昌水陸」更有兩座倉庫在同一日先後受攻擊，一座被放火燒了，另一座的貨物遭搶劫一空。桂慈坊市集隔天就有血腥事件，但是由於市集範圍實在太廣大，「雙么四」的人馬根本無法捕捉敵人的來去行蹤。

「現在道上的人，都在談論那個鎌首。」蒙眞說時聲線沒有任何情緒起伏。「甚至開始有人拿他跟當年的龐祭酒相比。」

容小山繼續瞧著銅鏡的反映，側身細看衣袍夠不夠合身。「他有這麼厲害嗎？公雷，你在漂城親眼見過他出手吧？怎麼想？」

「我敢說，他比現在人們口中所說，還要厲害三分。」茅公雷馬上回答。

「哦？」容小山好奇問：「那你有把握打倒他嗎？」

茅公雷笑而不答——他不愛說謊。但是要他承認自己有被打敗的可能，卻是絕對無法說出口的話。

「于潤生爲甚麼要挑釁他們？」容小山對鏡撥撥髮鬢。

「顯然是爲了搶奪武昌、合和兩坊的建房生意。」蒙眞說：「那是非常大的丁事，『三條座』本來志在必得，也許彼此早就爲瓜分利益談判妥當了。現在卻橫裡殺出一個于潤生來，打得他們人仰馬翻，直到現在都來不及還手。」

「三條座」就是「二十八舖」、「聯昌水陸」和「隅方號」三個幫會的總稱。當年京都黑道十年混戰，這三個幫會在最後關頭臣服於「豐義隆」之下，爲「豐義隆」的霸業立過一定功勞。憑著當年訂立的盟約，十五年來「三條座」獲許在「豐義隆」羽翼下繼續存活，經營京都各種較小的黑道生意。韓老闆把精力集中於拓展利潤豐厚的私鹽販運上，只求京都保持太平，也就無意爲了呑併他們而再啓戰事。

容小山其實對這些事情並沒有多大興趣。他根本就不把「三條座」放在眼內：與財雄勢大兼擁有朝廷深厚人脈的「豐義隆」相比，「三條座」在市井的力量就算結合起來，根本不足以構成任何威脅或影響。

「他們不是來不及還手，而是不敢呀。」容小山帶著教訓的口氣說：「于潤生是『豐義隆』的人，他們敢動嗎？」

蒙眞點頭同意。「所以我估計，『三條座』不久就會派人過來，請求容祭酒准許他們向于潤生宣戰，甚至希望得到援兵。」蒙眞頓了頓，觀察容小山有否在用心聆聽，才再問：「公子會作甚麼打算？」

容小山濃眉一揚：「你呢？是你的話會怎麼辦？」

「于潤生若是壟斷了兩坊重建，將會撈到好一筆，還能夠藉助這麼大宗的工事，逐步把自己的人馬安插進京都。」蒙眞分析說：「他不是個簡單的傢伙。要是讓我來決定，我會借『三條座』挫挫他的氣勢，別讓他這麼輕易就在京都站穩。」

「笨蛋。」容小山說時展露出優越的微笑：「這豈不是違反了爹的吩咐嗎？爹正要扶植于潤生對付章帥啊。想養一頭咬人的狗，能不給牠吃飽嗎？聽我說：『三條座』的人要是來求見，你就給我擋回去。我才懶理他們死活。」

被揶揄的蒙眞沒有動容，只是低頭答應：「是。」容小山揮揮手，他就跟茅公雷識趣地退出去，留下容公子繼續在房裡試穿新衣。

走在廊道上時，茅公雷忍不住偷笑。蒙眞看見皺眉。

「別在這裡。」他悄聲說。

茅公雷馬上收歛神情，可是心裡知道：剛才與容小山的對話和結果，大哥全部都早就預料了。

他們走過一個荷花塘。在池畔樹蔭底下，有個高貴少婦坐在草地上，跟一個五、六歲大的女孩玩耍嬉笑。初夏陽光映照裡，這母女倆的皮膚格外顯得雪白，彷彿散發著光芒。她們笑起來時，瞇著同樣美麗的大眼睛。

茅公雷看見她們，臉色沉了下來，偷眼瞧瞧蒙眞有甚麼反應。

蒙眞只是負手站在走廊上，遠遠瞧著這對母女。她們自顧自在玩，並沒有發現他。

蒙眞默默看了一會，就繼續向前走。茅公雷無言緊隨在後。

「**不用再等多久了**。」蒙眞忽然低聲說。

只有茅公雷這個多年義弟，知道他話裡的意思。

□

在「豐義隆鳳翔坊分行」寬廣的前廳裡，林九仁已經坐了超過一個時辰。他神情緊張地不停用手帕拭抹汗水。

林九仁看來只是個平凡矮小的老頭，外人難以想像他就是「二十八舖總盟」的領袖——隨他而來那十五名護衛，哪一個看來都比他有威勢。

「二十八舖總盟」，顧名思義最初就是市集裡二十八家大商號結成的勢力，米糧、屠宰、布匹、香料、家具……種種買賣都包攬在內。當然到了今日，「二十八舖」沾手的生意早就遠不止這些，而是擴張到其他利潤更豐厚的黑道勾當。

初代盟主孔道財在七年前病逝，「雙么四」裡實在找不到一個突出的人才來繼位，幾乎因此陷入分裂的危機；最後在各方妥協下，就由林九仁這個無甚野心、卻又通曉聯盟內運作的「執數人」暫時充當頭領，遇有重大事情要決定，則召集各「鋪主」會商。這個原本屬於過渡的安排，一直沿用至今。

佟八雲在林九仁跟前，不耐煩地在來回踱步。他因為害怕盟主會在往返途中遇襲，堅持要陪著來。佟八雲的擔心不無理由：桂慈坊市集近月來已被「三眼」突襲八次，「雙么四」的大本營彷彿一個沒有關蓋的雞籠，任由敵人出入自如。

今天他們無論如何也得討個公道。可是「二十八鋪」求見許久，卻連容小山的影子也沒看見。

「媽的，還要等多久？」佟八雲忍不住咆哮。林九仁聽見嚇了一跳，示意佟八雲噤聲，並且瞧瞧守在前廳裡的「豐義隆」的護衛。那些人分別站在堂內四角，冷冰冰毫無表情，林九仁無法斷定，他們有否聽到了剛才佟八雲的說話。

再等了好一會，蒙眞和茅公雷第三次從內堂步出。林九仁看見他們身旁並沒有容小山的身影，失望地緊皺眉頭。

「抱歉，我們已經派人請容公子趕來，可是……」蒙眞恭謹地朝林九仁拱手：「實在說不準，公子今天會不會回來辦公。」

「既然如此……」林九仁急忙站起回禮：「我們可不可以直接面見容祭酒？這事情萬分要

緊，蒙兄務請代爲通傳……」

「容祭酒有事在身，現時也不在這裡。」蒙眞那雙藍色的眼睛裡，透著誠懇的歉意。

「這麼大的一家『豐義隆』分行，就沒有半個能夠拿主意的人嗎？」佟八雲切齒說。林九仁試圖按捺著他，但佟八雲把對方推開，指著蒙眞說：「你呢？你在這裡沒有說話的身分嗎？」

「別太過分。」一直站在蒙眞身後的茅公雷，沉著臉從齒間吐出警告。

蒙眞舉手止住義弟，然後朝佟八雲拱拳：「佟兄請別動氣。我再派人催促公子就是。」他轉頭朝著堂內的手下吩咐：「再拿些酒茶果品過來。」

「不必了！」佟八雲打斷他：「我坐在這裡每喝完一杯茶，桂慈坊那邊又不知要死掉多少個兄弟。我喝不下。」

蒙眞肅然看著佟八雲。

——這麼愛惜部下的人，如今在道上已經越來越少……

「我們走吧。」佟八雲接著說，拉住林九仁的胳膊：「你這還不明白嗎？那姓丁的根本就是他們放出來咬人的狗！還指望他們主持公道？」

「別亂說！」林九仁斥責：「堂堂『豐義隆』，難道會背棄當年的血盟嗎？」

「二十八舖」、「聯昌水陸」和「隅方號」三幫，在當年黑道大戰末期，眼看「豐義隆」稱霸之勢已難逆轉，因此先後向韓亮俯首求和，結成互不侵犯的盟約，並且在最後關頭給予「豐義隆」助力；「豐義隆」此後一直遵守盟誓，把京都本地的黑道行當交給「三條座」代爲經營，借他們穩住京城的地下治安，自己則專注於遠爲龐大的天下私鹽買賣。「三條座」每年只需向「豐義隆」繳納一定分成的「孝敬金」，作爲臣服的表示，就可以得到「豐義隆」朝廷人脈的保護。這個互利的關係已經維繫了十多年，從未動搖。

蒙眞知道林九仁說的是反話，其實是對他這個「豐義隆」幹部講的。

——這隻老狐狸……

「『豐義隆』當然說話算話。」蒙眞說：「可是這事情……」然後露出一臉難言之色。

佟八雲冷笑：「既然你們背信棄義，我們『二十八舖』也不會束手待斃！」

他說著左手往上一甩，一道寒光閃現。

茅公雷迅速擋在蒙眞身前，卻早就判斷出那光芒並非向前而是往上飛出。

「鳳翔坊分行」前廳那相當於一般樓房三層高的屋頂上，發出了一記異響。一柄飛刀狠狠釘在上面的橫樑，刀柄仍在顫動。

茅公雷雙眉揚起。佟八雲這手飛刀技法極是厲害：一般飛刀的殺傷距離不過七、八步，但佟八雲這一擲不但遠遠超出，更是逆著往天發射，刀刃依然深入樑木。

守在四角的「豐義隆」護衛，立時緊張地一擁上前。

「這是甚麼意思？」

「竟敢暗藏兵器進來『豐義隆』的地方？」

蒙眞舉手著他們退去。佟八雲則揮揮手臂，向同來的部下示意要走。

「林老，你不跟著回去也無妨——假如待會你有膽量獨個回家。」佟八雲說著就轉身揚長而去。其餘十四個「雙么四」的漢子看看林九仁，又瞧向佟八雲的背影，結果全都決定隨他往大門走。

林九仁忙向蒙眞賠不是，也硬著頭皮跟從眾人離開。

過不多久，門外再次傳來佟八雲的聲音：「這柄刀留在那裡，是讓你們記著：我要是死不了，一定會回來！」

蒙眞仰頭瞧著高高釘在樑上的飛刀，暗裡感到喜悅。

——對。你不要死啊……

這柄刀一直釘在那裡六天之久，直至「豐義隆」的人買到一把特別訂造的長梯，才爬上去將它拔了下來。

□

一頭由二十人合抬的巨大紙紮白虎，領著一支達千人的隊伍，沿著鎮德大道巡行，無數百姓，包括先前大火裡失去生計的災民，夾道觀看著這場奇特的表演。

隊伍裡夾雜各式古怪人物，當中最多是僧侶道士，也有穿著鮮色異服的修行者、滿身掛著符咒布條的占算師、裝扮成神仙或天兵的兒童、臉上滿佈刺青的蠻族巫師、金髮曲鼻的西方教士……

按御用占星術士的說法，京都這次發生大火災，全因爲吉星晦暗、火妖凶星上升所致。依照大太監倫笑的建言，皇帝下旨召集四方有能者，舉行長達一個月的「祀禳大典」，以祭告蒼天並超渡凶靈。

在武昌坊災場，一切工程都暫停，集中人力全速興建一座雄偉的「慰靈殿」，日夜趕工下才及時於「祀禳大典」最後一天落成。而殿宇四周的災民，頭頂則仍然沒有半片屋瓦。

爲了塡補「祀禳大典」及重建武昌、合和二坊的府庫支出，另一道聖旨又下來：天下農田每畝加徵「禳納」七文錢。

這本來不是甚麼大數目。然而倫笑得到御令後，親點五十一名太監擔任「外納使」，派往各地州縣直接監督和收取這份額外緊急稅款。這些出差的外納使，同行親信爪牙少則二、三十人，多則近百人，到達各處後與地方官吏及強豪勾結，借收納之名進城下鄉大量搜掠，又私下橫加各種名目的徵費，所經之處強索大量酒食財物，甚至姦淫婦女兒童，稍有反抗者即遭嚴酷拷打甚至當眾虐殺。

——此後兩年間，這旨令在大地上刻出一道又一道血腥的軌跡。三地因此爆發民變，有兩名外納使被群眾包圍殺死。叛亂最終全數遭官軍以武力鎮壓，誅殺及處決暴民多達四千餘人……

狄斌藉著「祀禳大典」人流複雜的時機，將漂城「大樹堂」三百多名精銳移調進京都，其中多數安插在災場工地，裝扮成外來的民工。兵員增加了，加上鎌首的驚人武力，還有太師府的影響力支援，災場有七成的工事都已經落入于潤生手裡。

那隻龐大的紙紮白虎，在皇城外的祭壇點燃焚化。熊熊烈火催激下，夾帶紙灰的黑霧飄升往半空，整座京城的人都看得見。

□

五副竹編雞籠。四個裝著米酒和酸菜的瓷缸。飯店門前的紅色大燈籠。六種顏色的錦帛。十四根木柱。八座帆布竹棚。烘烤著紅燒肉的炭爐。曬乾辣椒用的大盤。兩排共十一個香料瓦罈。七把木椅和三張飯桌。十六塊勾掛的豬肉。二十六個茶杯。八個酒瓶。十一個飯碗。兩尊木雕的神像。七束香燭。十八具紙紮的奴婢和馬匹。一頭看門的黑狗。兩鍋炸油條用的沸油。四幅廉價字畫。十二包胭脂粉。三札合抱的木柴。七盞油燈。二十二件掛賣的衣袍。三對鞋。九籮筐瓜果和蔬菜……

還有二十七個男人的身體。

它們是從桂慈坊正門到市集深處五條街巷裡，被鐮首那柄長彎刀斬斷、絞碎、打翻、砸破了的東西。

這股狂暴的破壞力量，仍在繼續前進。

□

「『三眼』又來了！」前來報信的「雙么四」大漢渾身被汗濕透，喘著氣在門前呼喊。

這叫聲傳到二樓偌大廳堂內。堂裡東、西兩面牆壁各有一列十四個比人還高的大櫃，全部以水火不侵的鋼鐵鑄造，櫃門上掛有拳頭大鐵鎖，從東面左首第一個到西面右首最後一個，分別用紅漆寫著「一」到「廿八」的大字，代表「二十八舖」每一家盟舖所有帳目、卷宗和契約存放所在。

這座「總帳樓」位於桂慈坊市集正中央，是「二十八舖總盟」的本部。齊集堂內的眾人本來還在激烈爭論，一聽到「三眼」這兩個字，全都馬上靜默下來。

坐在堂內長桌首座的是林九仁，左右次席則是「聯昌水陸」的少主崔丁和「隅方號」頭領巴椎，其後是「二十八舖」各舖主；佟八雲、下巴仍然戴著木架的孫克剛，以至「三條座」其他頭目和好手則站在廳內各處，一個個凝視著那名報信大漢子的臉。從這張臉的神情，他們都直接感受到他所目睹的恐怖。

「媽的！」巴椎碩大的拳頭擂在桌上：「早晚不來，偏偏就這個時候！早知道我把石場的兄弟都帶過來！」巴椎的方臉與粗頸筋脈賁起。他這股暴烈的脾性，比他年輕時的鐵椎殺人工夫還要有名。

佟八雲走到南面窗前，俯視下方正門前那大片空地。還沒看見任何動靜。他知道自己的部下正在市集巷道間流血。他想像得到，那個可怕的「三眼」正握著一柄巨大彎刀，在店鋪間狹窄街巷裡狂亂揮舞前進的情景。沒有任何東西，能夠擋在這種力量面前。

「他知道我們在這裡。」佟八雲的聲線仍然冷靜。「這次是眞正的攻擊。他必定帶了人來。」

「沒錯！」報信者確定了佟八雲的預測：「我看不清楚，但恐怕最少也有二、三百人！我們已經失去大概三十個兄弟，現在也許更多……」

「對方的折損呢？」林九仁問。在市集裡，「二十八鋪」佔著地利，正面群戰未必沒有勝算。

那大漢苦笑搖頭。「沒有……只有『三眼』一個人在前面開路，他那些手下都跟在後頭，踏著我們兄弟的死屍向前走……不管我們多少人，都擋不下他……」他說著已哽咽。

「那傢伙是怪獸嗎？」崔丁怪叫，黑瘦的長臉異常緊張。自從老爹崔延五年前因病癱瘓，崔丁才接手「聯昌水陸」，如此慘烈的戰鬥，他從來沒有親身經歷過。

「三條座」中以「聯昌水陸」最會做生意，可是戰力卻也最弱。在于潤生的攻勢下，「聯昌水陸」極有可能成爲「三條座」裡最先被吞滅的幫派。這次三方會議就是崔丁提出的。

「怎麼辦？我們都還沒有準備好……」

「無論如何，不可以讓他攻到這裡來！」

「我們『三條座』好歹也在京都立足廿幾年了，那姓于的才來了幾個月，難道就這樣被他打垮嗎？」

「不如現在再派人去『豐義隆』求助……」

廳內眾舖主七嘴八舌地爭論起來。

「沒用的。」佟八雲冷冷說，打斷了他們的聲音。「『三眼』好幾次來生事時，你們看見附近有半個禁軍的影子嗎？這次甚至出動了這麼大群人……事情實在已經明白不過：是容玉山在後面替姓于的撐腰。」

眾人聽到這句話，陷入了靜默。他們早就知道這個事實，只是沒有人願意承認和說出口。

「我們不可能與『豐義隆』對抗。」林九仁神色凝重地說。「跟姓于的議和吧。這是唯一的活路。把武昌、合和兩坊的肥肉讓給他，他應該願意收手。」

「不行！」佟八雲反駁。「他絕對不會講和。這次大進攻，明顯是看準了我們『三條座』眾頭領都集合在這裡，而『聯昌』和『隅方號』的主力人馬都不在。我要是于潤生，也不會放過這種時機。」

崔丁和巴椎點頭同意。

「他必定派了另一支伏兵在市集外守候。」佟八雲繼續說：「我們要是逃走，也只有被撲殺的下場。」

在座眾人十分佩服佟八雲的分析。他們注視著他，希望從他口中聽出一絲希望。

「說得不錯。」這次說話的是孫克剛。他的聲音有些含糊——每吐出一個字，他的下巴就傳來刀切般的痛楚。他站起來，拿出一柄鐵鎚。「我明白了。就在這裡一決勝負吧。」

「把市集的兄弟都召回來吧。」佟八雲說：「他們在街巷裡，只有繼續被『三眼』屠宰的份。」

林九仁馬上會意：「在下面的廣闊空地佈陣迎擊，才有可能壓制『三眼』的蠻力。」

佟八雲點頭：「殺死他，我們才有活命的機會。」

林九仁立時下達了命令。「二十八鋪」眾鋪主都急忙離開，準備前往召集本鋪駐在市集的兄弟——即使只是多添幾十人，總也比沒有好。他們此刻都很清楚，正如佟八雲所說，已經沒有退路了。

幾個鋪主率先下樓，不一會卻全都慌張奔回樓上來。

「甚麼事？」林九仁緊張地問。

一個肥胖的鋪主大口吁著氣，指著窗口：「你們看！」

佟八雲搶到窗前往下俯視，視線轉向東面街巷。

他看見了，訝異得說不出話來。

□

在「總帳樓」正門前空地，出現了極爲奇妙的形勢：

南面擺開一個尖錐狀戰陣的乃是「大樹堂」人馬，站在最前端的當然就是鎌首。他赤著紋滿刺青的上身，長髮用布帶束成馬尾——那副容姿就像當年在漂城大牢「鬥角」裡出戰的模樣。有兩個年輕部下站在他左右，正用濕布替他抹拭結在胸腹、雙臂和臉上的血跡——全部都是屬於別人的鮮血。梁椿也緊隨在鎌首身後，半蹲在地上，用清水洗滌著那柄剛剛斬殺了三十七人的長彎刀。

鎌首帶來的部眾個個氣勢逼人，他們毫髮無損，甚至連一刀也沒出過，就攻到這裡「二十八舖」的核心，靠的就是前面這個猶如神祇的男人。眾人臉上沒有絲毫作戰時的緊張，彷佛正沉醉在某種神秘氣氛裡。他們目睹了剛才市集街巷發生的一切。每個人都虔誠地相信，只要跟著這男人的步伐，他們不可能受傷死亡。

這二百多個「大樹堂」部下裡，有近半是一群還沒過二十歲的年輕人，他們都是「拳王眾」成員，每人額頭和拳頭整齊地以黑布帶束纏。去年冬季漂城那一役之後，鎌首從自己的崇拜者裡親自挑選出這百人，半年來交給了吳朝翼調練，直到一個月前才由狄斌安排送來京都，成爲了鎌首的親兵。今天是他們首戰，雖然還沒能看得出實力，但是看起來不論紀律和膽量都沒有被「大樹堂」的老兵比下去。

在場的「大樹堂」好手，許多是從腥冷兒時代就已經進幫，他們有些甚至曾經見識過「關中大會戰」的陣仗。對於「拳王眾」這批新兵，他們本來還有些擔心，可是現在看見這樣的表現就放心了。在集團戰鬥裡，士氣和紀律，往往比個人戰力更具有決定作用。

當然，鎌首是唯一的例外。

在空地北面，背向守在「總帳樓」大門前的則是「二十八舖總盟」的陣容，另外加上「聯昌水陸」和「隅方號」護衛十數人。他們成長列排開，與「大樹堂」正面對峙。

站在戰列中央是包括了佟八雲和孫克剛。佟八雲左手反握寬短砍刀，右手指間挾著兩把飛刀；孫克剛把大鐵鎚垂在腿側，鎚頭擱到沙地上。兩人靜靜並肩站著，沒有交談。他們過去從未正式見過面，但彼此都聽過對方的名聲。這個時刻，能夠與一位公認的好手並肩作戰，總是令人寬慰的事情。

孫克剛轉一轉頸項，總覺得下巴的木架礙著動作。他咬著下唇，伸手把那木架扯脫。本已痊癒了一半的碎裂顎骨發出格格聲響，紫青色的腫傷頓時又再擴大。孫克剛把那股劇烈痛楚，當作是催生戰意的一服猛藥。他狠厲的目光，緊緊盯著數十尺開外的鎌首。

至今在整座京城裡，孫克剛是極罕有遇上「三眼」的彎刀而沒有死去的人。因此沒有人敢取笑他碎掉的下巴。

孫克剛是老江湖，不輕易相信傳說。他親身參與過無數血鬥，親眼見過許多厲害的打手倒在自己的血泊裡。無論多強大的人，也只有兩條手臂兩條腿，身體也只是一堆骨頭血肉。假如世上真有殺不死的男人，孫克剛一向只知道兩個：年輕時的龐文英，和幽靈般的章帥。

他現在卻開始相信，眼前的鎌首就是第三個……

「三條座」眾頭領都留在後面的大樓上面觀戰，唯有「隅方號」的領袖巴椎一人例外。他並未帶同愛用的鐵椎來，只臨時從「總帳樓」兵器庫裡挑了一柄最沉重的六角鐵棒來使用，可還是覺得太輕。

孫克剛當然知道，叫巴椎站在戰陣後頭是不可能的事，因此也就沒作聲。可是頭領畢竟已經快六十歲了。待會一旦發生大混戰，孫克剛決意必定要緊隨在巴椎身邊。

其餘三百名「二十八舖」漢子，也各自握起兵刃，當中三分之一都已有些年紀，挺著養尊處優的凸肚子。「三條座」自從臣服於「豐義隆」之後，這十餘年已經難再吸引年輕人入幫，想闖黑道的都會首先選擇日中當中的「豐義隆」；除了靠家族傳承之外，「三條座」很少能補充新血，現有的年輕一代，大都是上輩幫眾的子侄或者親人。

「三條座」的人一直深信：自從十五年前那場大戰奠定一切，京都的街頭秩序無比穩固，他們有生之年都將不會再看見另一場戰爭。好像「二十八舖」的部眾，從來只在市集經營買賣，有的人連拿刀砍人也沒幹過半次。

長久的和平，令他們遺忘了黑道的本質：權力，始終源於武力。

即使如此，此刻空地上的「二十八舖」人馬，還是努力壓抑著恐慌，士氣並未渙散。桂慈坊市集是他們的家。為了保護這個家，他們已作了戰死的準備。佟八雲本來很憂心，部眾的骨頭早就被安逸泡得酥軟。現在他感受到他們半步不讓的戰氣，很是自豪。

佟八雲亦是因為繼承父業，才會成為「二十八舖」的「椿手」。他因為晚出生，錯過十五年前那場大戰，心裡一直覺得上天對他很不公平，覺得自己的身手和統率能力都被這個和平時代埋沒了，暗裡甚至曾經祈求發生另一次戰事。現在他才了解，自己當初的想法是多麼地幼稚。假如可以選擇，他絕不希望自己有生之年，會遇上這麼一場足令「二十八舖」覆滅的戰爭。

眼前這個危機，令佟八雲更深刻領會：自己曾經如此渴望在戰鬥裡展示能力；但眞正的戰爭來臨時，才發現一個人的力量，在這風暴裡是多麼地微小。

此刻他遠眺向空地的東方。足以左右這場戰爭的人，就在那裡。

停駐在東面的第三股戰力最小，只得寥寥廿多人，全都騎著馬，乍看似乎只是這場戰爭的旁觀者。可是正因爲他們出現，令南、北雙方久久僵持。

只因領導著這支騎隊的，就是數天前令佟八雲痛恨得想用飛刀射穿心窩的那個異族男人。

蒙眞帶著茅公雷與一干親隨，靜靜坐在馬上不動。他們的兵器都仍掛在腰間或鞍旁。茅公雷的馬鞍後，橫放著一個長形的黑色大布包，不知道是甚麼神秘兵刃。

這時蒙眞發現佟八雲投來的視線，與他遙遙對視，並展露出一副能安定人心的微笑。佟八雲見了不知如何回應，只略點點頭。

蒙眞抽動韁繩，單騎往「三條座」陣營接近過來，直到十步外才停住。

「對不起。」蒙眞並沒有呼喊，但那洪亮的聲線，卻讓「三條座」所有人都聽得清楚。「我只能帶自己的人來。就這麼多。」

「你來是爲了甚麼？」佟八雲說時帶著警戒的神色。

「爲了『豐義隆』與『三條座』之間的盟誓。」

蒙眞說完就撥轉馬首，沒有理會「三條座」眾人驚奇的眼神，逕自再朝鎌首的戰陣接近。

「請收兵吧。」蒙眞直視鎌首，語氣不卑不亢。「今天流血已經夠多了。」

鎌首揮揮手，示意那兩個正在替他抹血的「拳王眾」退下。「這是『豐義隆』的命令嗎？還是你一個人的意思？」

蒙眞沉默了一刻，接著攤開雙手。

「沒分別。今天在這裡，你要殺我身後那些人，請先跨過我的屍體。」

佟八雲、孫克剛和巴椎吃了一驚，以燃燒般的熱切眼神，凝視著蒙眞坐在馬上那張臂成十字的背姿。

「三條座」的部眾也一樣，並且感受到原有的恐懼和緊張，好像頓時減退了不少。

——能夠跟這樣的男人一塊死去，也不是壞事……

鎌首的面容絲毫不爲所動。梁椿抱著彎刀上前，將刀柄伸向他身側。鎌首搖搖頭。

「你這是在爲難我。」鎌首冷冷向蒙眞說。「這次進攻，是奉了老大的命令。我要帶三十一顆人頭回去。」他指的當然就是「二十八舖總盟」各舖主、盟主林九仁、「聯昌水陸」少主崔丁和「隅方號」頭領巴椎。「除非有更好的理由，否則我就只得把你當場斬殺啦。」鎌首說得輕鬆，就像在跟老朋友閒談。

蒙眞搔搔腮鬍，微笑回應：「好吧，我就給你一個理由：繼續打下去，你身後那些兄弟將會死傷許多人。」

鎌首揚起眉毛：「這是不可能的事。」他語氣中充滿著強烈的自信。後面的「拳王眾」也都笑起來。

「可能的——假如在這裡，有一個你打不倒的人。」

「你？」

蒙真搖搖頭。茅公雷同時策馬來到他身邊，從鞍上躍下來，脫去了上身衣袍，袒露出圓渾而呈淡褐的肌肉，胸口的地獄犬刺青被汗水反射出亮光。

他取下鞍後的黑布包，把袋口繩索解開，亮出了一根形貌古怪的大棒：全長四尺有餘，握柄一邊只得酒杯口大小，往上卻漸漸變粗，直到頂端更是大如人頭；烏黑的棒身形貌異常醜陋，好像長滿腫瘤般凹凸不平，有數處更突出有如畸形的生物器官；通體色澤沉啞，看不出是甚麼物料。

「我已經許久沒在戰場上用這東西了。」茅公雷單手握棒，輕鬆揮舞了幾圈，動作雖然隨便，但所有人都看得出來，這根黑棒必然異常沉重。

鎌首露齒而笑，就像看見了新玩具的孩子。他往後伸手，梁椿急忙再次把刀柄遞過去。

蒙真也下了馬，雙手各牽著自己和茅公雷的坐騎韁繩，返回東面陣地。他走出數步後還是不禁稍停，回頭說了句：「公雷，小心。」

茅公雷撥撥鬈曲長髮，點了點頭，視線一直沒有離開鎌首。

鎌首拔刀，並往後揮了揮手，示意部下退後一些。

空地裡和「總帳樓」上數百對眼睛，全都注視著這兩個赤著半身、提著兵器對峙的男人。鎌首感覺到，此刻情景簡直有如另一場「鬥角」——只是今次押上的賭注，比過去他打過的任何一場都要高許多。

「你認識茅公雷嗎？」佟八雲從遠方緊張地注視著兩人，悄聲問孫克剛。

「在街上碰過幾次。沒聽說他有甚麼戰績。」孫克剛說話時，下巴不斷發痛。「我只聽說，他老爹茅丹心是個硬漢，當年被敵人抓住，用了各種方法拷問，到嚥氣時也沒吐露過半個字。」

巴椎在旁聽著，心裡十分擔憂。他很清楚部下孫克剛的斤兩，亦因此十分了解「三眼」有多可怕。茅公雷要是眞的具有對抗「三眼」的能耐，早就應該名震京都了，怎麼到今天還沒打出過甚麼名堂？道上的人都只知道，他跟蒙眞是跟在容小山屁股後面的兩條狗……

鎌首和茅公雷眼也不眨地對視。在其他人還沒有察覺之時，他們之間的距離已經拉近了。鎌首把彎刀架在胸前，刀尖斜斜指向茅公雷眉心；茅公雷則把黑棒收在左肩側，右手握著柄端，左手輕托棒中段，隨時準備橫揮出去。

兩人以極細的移步，繼續不斷向對方一分一寸地接近。他們手上的兵器長度相差無幾，即將進入非攻擊不可的距離了——

同一時刻，鎌首和茅公雷以完全相同的動作，反手揮動兵器，劈向對方的頸項！

彎刀與黑棒在半途猛烈撞擊。握柄的手都因爲衝擊而麻痺。刀棒各自反彈而去。

兩人就好像約定一樣，同時借著這反彈力，往自己的左邊旋身半圈，變換成正手橫斬，動作仍然是一模一樣。

刀棒再一次猛力交擊。場上數百人發出驚嘆。

這次二人各退兩步，才將那強橫的反撞力卸去。他們同時驚異地看著對方——自己的全力攻擊，就這樣被對手硬接下來，對於彼此而言，都是是極其罕有的事情。

——只是鎌首的驚訝，要比茅公雷小一些。畢竟他曾經面對「十獅之力」儂猜，有過力量上不利的戰鬥經驗。

正因爲這微小的精神差異，鎌首恢復得比茅公雷稍早一些。他躍前一步，雙手握著彎刀，像砍柴般垂直劈向茅公雷頭頂！

茅公雷已來不及回招，只能雙手托著長棒橫捧在頭上，硬生生將刀刃架住！

「糟糕！」佟八雲忍不住脫口呼喊。

在遠處看著的蒙眞卻異常鎭定。

刀棒再次交碰，但這次並沒有反彈開來。

刀刃砍著的位置，是黑棒中段一個凹槽，被卡住動彈不得。

鎌首知道這絕非偶然，是茅公雷準確地運用了黑棒這個部位，去迎擋他的刀。

茅公雷以極古怪手法，雙手拿著黑棒兩端，像搖船櫓般前後扭絞——

彎刀「嘣」的一聲，從中被硬生生扭斷！

鎌首愕然瞪著眼睛，身體朝後急退。

茅公雷這記扭鎖招式極是精熟，黑棒將刀身拗斷後並無半點停滯，在他身體右側旋了半圈，從高垂直而下，朝著鎌首的顱頂攻擊！

巨棒的黑影，已然臨到鎌首額前。他瞬間判斷出自己已經後退閃避不及，雙腿頓時煞止蹲成弓步，拋棄了手中斷刀，雙掌往上迎托——

黑棒僅僅在鎌首頭頂上一寸停止。他身後的「拳王眾」發出驚呼。

這次吃驚的人輪到茅公雷。鎌首的雙掌捧成杯狀，托住了黑棒中段。雖說這樣接擋已經避開了殺傷力最強的棒端，但是瞬間以肉掌接下如此剛猛的劈擊，仍然令人難以置信。

鎌首趁這個空檔猛蹬後腿，身體迅速欺前，雙掌順著棒身滑下，擒住茅公雷握棒的右腕；他緊接向左旋體蹲身，揹負起茅公雷，雙手發力拉扯，把茅公雷朝地面重重摔出去！

茅公雷的反應卻也十分驚人：被鎌首拋到半空時，他果斷放棄了黑棒，腰腿閃電朝後彎挺，在極短距離下完成半個空翻，像一頭貓般以腳底著地。

鎌首施展出摔技後，卻仍未放開茅公雷的手腕，左手把茅公雷猛拉向自己跟前，右臂屈曲成肘，橫向揮擊他臉龐！

茅公雷把左臂肘屈曲收在面前，牢牢把鎌首的肘擊擋下來。骨頭與骨頭衝撞，兩人的臉卻都沒有動一動。

鎌首右臂連續伸出，好幾次想攀擒茅公雷的喉頸，卻都被茅公雷扭頭避過。茅公雷更趁著鎌首分神時，把被擒的右腕掙脫。

兩人就這麼近貼站立，四條手臂交纏扭打，都想去拿對方的肢體關節。鎌首三次趁空隙施以膝擊，但茅公雷機警地用腰身把它們一一卸去。第三次時，茅公雷還藉機踹踏鎌首站著那條腿的足趾。鎌首忍著痛楚，近貼用額頭撞向茅公雷的臉。茅公雷及時把頭垂下，以額硬接這一擊。

在沉厚的響聲裡，兩人的身體往後盪開，都因暈眩而腳步蹌踉。

他們隔著數步，面對面站定，身上汗水淋漓，發出粗濁的喘息。

「夠了！」蒙真從遠處呼喊：「我沒說錯吧？」

「我還沒有輸。」鎌首的呼吸慢慢恢復平緩。

「我沒說公雷能夠打倒你。」蒙真說：「我只是說，他是你打不倒的男人。」

「我們還沒打完。」

「就算你打倒了他，接著的戰鬥，你已經不會再有力氣。」

鎌首沉默瞧著茅公雷。

茅公雷已經從戰鬥狀態鬆弛下來，卻露出一副奇怪的神情。他並未直視鎌首，而是看著遺在地上那根黑棒。

鎌首不再說話。他抹抹額上汗水，又瞧瞧自己雙掌——因爲剛才接下那一棒，掌心的肌肉都腫起來，蓄著紫紅瘀血。

他默默走回部眾之間。看見梁椿仍然抱著彎刀的皮鞘，他語氣平和地說：「扔掉吧。」

在「三條座」眾人振臂歡呼聲中，鎌首帶著「大樹堂」部下從原路離去。

□

同一天的深夜，鎌首穿著一件寬闊大袍，盤膝坐在城郊龐文英墓碑前。

在他身旁地上，排列著十八罈各種的酒。他伸出包裹著草藥的手掌，拿起其中一罈，拍開泥封，先把一半傾倒在龐文英墳頭，再仰首把其餘喝光。

他一直在喝，也一直在等待。直至喝到第三罈，他等待的人終於在山崗下出現。

用布帶包著額頭的茅公雷朝鎌首笑了笑，坐到他身邊，也拿起一罈酒來喝。

這兩個剛在早上激烈對打的男人，就這樣於黑暗中一起喝酒，許久都沒有說話，也沒有對視過一眼。茅公雷偶爾仰頭，凝視著將滿的月亮，似乎看得出神。

直至大半的酒都已進肚，鎌首才先開口。

「恭喜。你大哥得到了許多好部下。」鎌首說時只是瞧著土地。月光映照下，一草一石都看得很清楚。

茅公雷回應以一聲嘆息。他思索許久，然後才說：「對不起。」

「你有甚麼對不起我？」

「今天早上……我沒有留手。」

「我也沒有。」鎌首這時才看著茅公雷，微笑說。

「不一樣的。」茅公雷說話有點結巴，失去平日的爽朗。「我是說打向你頭上那一棒……」

鎌首沒再笑。他繼續喝酒。

茅公雷又嘆了口氣，下定了決心才坦白說：「是我大哥的意思。他叫我試試看，是不是真的能夠殺掉你。」

鎌首只是聳聳肩，似乎早就了然於胸。

茅公雷再喝了一大口。

「大哥跟我說：『于潤生有太多好部下了。我有點妒忌他……』」

茅公雷沒法再說下去，只好仍然喝酒，卻發覺酒罈已經空了。他生氣地把它摔得遠遠。

他坐著默然想了想，瞧著鎌首再次開口：「這些事情，請不要告訴你老大。」

鎌首把自己手上的酒遞給茅公雷。

「我答應你。」

茅公雷重現平日豪邁的笑容，把酒接過來，一口氣喝光。

「人間的際遇眞是很奇妙……」茅公雷打開另一罈時說，聲音中已帶醉意：「假如你先認識我大哥，那是多麼好的事情啊……」

「我也這麼想。」鎌首嗝出一口酒氣：「假如你先認識我老大……」

茅公雷苦笑：「沒辦法呢。」他瞧瞧鎌首包著藥的雙掌。「也許以後我們還會再打一次。而且是玩眞的。」

「那也不錯。」

兩人相視一眼，同時仰頭大笑。

「這麼說，今晚是我們最後一次一起喝酒。」茅公雷說時，目中露出淡淡的哀傷。

鎌首在餘下的酒罈裡，挑選了最烈的一種。

「既然是最後一次，就喝個爛醉吧。」

□

十天之後，「二十八舖」、「聯昌水陸」和「隅方號」通過秘密決議：「三條座」合併爲「三十舖總盟」，並暗中奉蒙眞爲總盟主。

再過兩天，蒙眞的孩子出生了。是個男的。

于潤生果然送了這孩子的爹一份很貴重的禮物。

□

空闊的破屋中央，生著一堆熊熊柴火。搖動的火光掩映。四周的陰影裡，隱隱可見幾十個赤裸肉體在交疊、翻轉、蠕動。圓渾的乳房與臀股閃著汗水的反光。粗濁的呼息。受刑般的呻吟。交媾中散發的獨特氣味。

葉毅站在大門前，忍受著這股氣息。看見屋內亂交的景象，他無法自制地勃起了。畢竟他還年輕。爲了轉移注意力，他把視線投向火堆。火上正烤著一具動物。葉毅一時無法分辨那是豬、牛，還是羊。他再看清楚一點……

——好像是人……

烤肉的氣味鑽進葉毅鼻孔，他感覺胃酸快要湧上喉頭。他猛力吞嚥唾液，壓抑著欲嘔的反應。

「飛天」教派的祭禮，完全出乎葉毅想像。他回想當天剛進京都，目睹「鐵血衛」圍捕「飛天」教徒時的情形。奇異的紙符、狂喜的信徒、舞蹈與鼓聲……當時已經感覺到這些人有點邪門。只是沒想像竟然邪到這種地步。

除了男女氣息和烤肉的味道，葉毅還嗅到第三種氣味：帶著某種陌生的香甜，令他有點暈眩。

——是藥嗎？……

葉毅往門口退後少許，努力放淺呼吸。他要保持頭腦清醒。這是一次重要的會面。

他足足花了一個月，才調查到「飛天」教徒較常活動之地；又用另一個月與幾個教徒接洽，加上總計超過二千兩白銀的「奉獻」，對方才答應讓他謁見教祖——但是堅持葉毅必得單身赴約。

他等到今天傍晚，才知道這個會面地點。「飛天」教派被朝廷明令禁絕，因此經常要轉換舉行祭禮的地方。據葉毅的調查，「飛天」自從三年多前出現之後，儘管不斷受大力封禁，但仍然如野火般蔓延。看著眼前這肉慾放縱的景象，葉毅明白是甚麼吸引了這些京都的年輕男女。

仍然沒有人過來迎接葉毅。他忍耐著站在原地。籠絡「飛天」教派，是于潤生給他的重要任務。葉毅不太肯定于潤生的想法，可是他了解：這些瘋狂信徒人數眾多又易於指揮，總有它的用途。

呼吸著這些難受的氣味，葉毅心裡其實很興奮：只要辦好這件事，自己在于堂主心目中的地位又必然再度提升。這段日子裡，葉毅組建的探子班已然初具規模，他掌握的實權雖然還遠遠不及狄斌和鎌首，但日夕近在堂主身邊，地位已隱然高於留在漂城的龍二爺和齊四爺，成爲「大樹堂」幹部裡的第三把交椅。

而且他預測，在未來的「豐義隆」權力鬥爭裡，自己這個負責情報消息的頭領，角色必然日益重要——在京都這麼複雜的地方，有許多事情不再單純依靠武力就足以解決。

葉毅看見一條光明的道路，已經鋪在自己前頭……

終於在亂交的男女當中，有人看見了葉毅。那個光頭的肥胖男人，離開了伴侶雙腿間，赤條條朝著葉毅走過來，仍然拔挺而沾滿淫液的陽具在左右搖晃。葉毅盡量控制著不往下看。

「你來啦……」男人的眼神像醉酒，嘴角溢著泡沫。「餓嗎？那邊有烤肉，你隨便撕來吃。在祭禮裡，我們無私地分享一切……」他舐舐嘴唇：「女人也是。你看見喜歡的就爬上去。還是你喜歡男的？那邊也有……」他指向破屋一角。

「我來是謁見教祖。」葉毅盡量保表情平靜，不顯出心裡的厭惡。

男人雙手合起來，神情變得更興奮：「你這麼急於得道嗎？太好了！是天賜的慧根……你知道嗎？我們這個祭禮，就是要『填慾』；慾念填滿之後，才能夠靜心聽道。你卻比我們走得快許多！教祖必定很喜歡你！你聽過教祖講道，就知道甚麼是無上喜樂——」

葉毅不耐煩地打斷他：「教祖在哪裡？我是代表一位很重要的人物來見教祖，並且做功德奉獻。」

「你不知道啊？……」男人仰頭，誇張地雙手朝天舉起：「教祖就在天上！他在看著我們，也在看著你。」

葉毅再也無法忍耐：「你究竟——」

他忽然語塞。隨著男人的視線，他看見在屋頂破瓦的洞孔間，出現了一個白色人影。

「可以請教祖下來說話嗎？……」

「成道之路不易走。」男人搖搖頭。「是人求道，非道求人。」

葉毅嘆息。他無法再忍受這些瘋言瘋語。看來沒有別的辦法。他左右瞧瞧有沒有爬上屋頂用的梯，又到屋外繞了一大圈。沒有。這個「教祖」是怎麼上去的？難道真的會「飛天」？葉毅失笑。

在東南面牆角，他終於發現一個比較容易攀爬的位置，有殘存的窗格和突出的磚石。葉毅畢竟是搬運兵出身，爬牆還難不倒他，可是衣袍卻被破瓦劃開了一道。他不耐煩地皺眉。這件新衣服花了他不少銀兩。

葉毅手足並用地蹲在屋脊南端。眼前一切豁然開朗。正好是月圓的日子，月亮似乎顯得格外巨大，表面泛著一層詭異的黃。

「飛天」教祖背朝葉毅，筆直站在屋脊最遠的另一端。葉毅想起那道到處貼滿牆壁的紙符。教祖的打扮衣飾，就跟符上繪畫的仙人一模一樣：披散的黑長髮，高瘦身軀裹在一襲白袍裡，右手衣袖短及肘部，左袖卻長得幾近觸地……

葉毅看了一眼教祖的背影，腦海裡像微微觸電：這個背影他彷彿見過。是個很重要的人……卻一時無法想起來。

他仔細端詳著教祖的身姿。從這裡看，連對方是男是女也無法確定。教祖的頭似乎微仰著，正在觀看月亮。

葉毅小心翼翼沿著狹窄的屋脊爬過去。他再往前看看，教祖的身體紋絲不動，站在只有寸許寬的屋脊瓦面上，表現出極度驚人的平衡力。

葉毅爬到屋頂中央，卻發現前面兩邊瓦面都破缺，不知道是否足夠承受他的體重，也就不再前進。反正他已經爬到能夠說話的距離。

「在下姓葉，在此覲見教祖猊下。」他說著教徒預先吩咐自己使用的言辭。

教祖並沒有任何反應。葉毅頓了頓，只好繼續說：「在下實在是代表我家主人來的。他十分仰慕貴教宣講的道理，希望做點功德奉獻，並與教祖交誼論道。」

教祖還是沒有動作，但似乎含糊地發出了一聲答應。葉毅無法確定有沒有聽錯，也依然分辨不出那是男聲還是女聲。他注視月光之下教祖那一頭烏黑柔亮的長髮。暴露在短袖外那條手臂很蒼白，五根手指格外修長。不對。整條手臂都長得有點怪，似乎能夠碰到膝蓋……

「教祖猊下，不知是否聽過于潤生這個名字？」

教祖有動作了。他伸出右手，撫摸自己的左臂。在五指弄捏下，左臂的形貌在長長雲袖底下顯現：前臂斷去了。

——這麼古怪的衣服，就是爲了掩飾這個缺陷嗎？……

葉毅微微失笑。原來是個獨臂人。先前的緊張消退了一些。可是他再細看教祖的五隻手指，指甲蓄得很長，卻打理得十分乾淨，並且修成了尖形，就像某種猛獸的利爪……

他再次打量教祖的背影。他笑不出來了。

——我見過他……我見過他……

冷汗瞬間滲滿葉毅背項。記憶都回來了。他勉強作出鎮定的表情。

——是那一年……

「教祖猊下……」葉毅吞吞喉結，盡量保持聲線自然：「似乎不想被人打擾呢……在下就此別過……我會著人把奉獻的金銀送來……」

葉毅躡手躡足地往後退，努力不發出聲響。他恨不得就這麼躍下去。忍耐。他想起于潤生的說話。忍耐著，就能挺過這一關。

可是他無法壓抑心裡如潮的回憶景象。

——在漂城和岱鎮之間的官道上。黑夜。許多人。殺戮。有一條身影來回跳躍。白衣。飛……

葉毅像條狗般四肢爬行後退，眼睛一直沒有離開教祖的背影——

可是一瞬間，教祖的身影就在他眼前消失。

葉毅朝著天空看。月亮裡有一個人的剪影。彷彿凝在空中。彷彿會飛天。很美。

那人影掠過月亮，再度消失。

——是跳下去了嗎？還是……

葉毅已經流出眼淚。他發狂般拚命往後爬。卻聽到背後傳來一把令人發毛的聲音：

「你認得我吧？」

葉毅咬著顫抖的牙齒。他沒有膽量轉頭看。

「認不認得，沒有分別。我本來就要殺你。**只要是跟于潤生有一點點關係的人。**」

葉毅驚叫，躍向屋頂一個破洞，可是人在半空，卻沒有落下去——他的後腦被一隻強壯的手掌握住。指甲深深陷入皮肉裡。

葉毅在半空中失禁。他眼前發黑，甚麼也看不見，只感覺身體突然又再快速下墜，腦袋爲之昏眩，接著頭臉和胸腹傳來劇烈的撞擊。鼻骨跟三根肋骨斷掉。他知道自己著地了。一隻腳狠狠踏在自己背項。

接著傳來的是頸項肌肉撕裂的劇痛。葉毅如被宰的豬般發出悽慘嚎叫。頭顱被左右扭動。頸動脈破裂後，痛楚才消失。

意識結束之前，他聽見自己頸骨被折斷的聲音。

葉毅的頭顱被硬生生拔離頸項，斷口處血肉一片狼藉。

白衣身影再次飛回屋頂。手裡揪著葉毅首級的頭髮。

他蹲在屋脊最前端，再次仰視月亮。夏風把白袍與黑髮吹得飄飛，展露出他飛揚入鬢的雙眉和煞白得像鬼的臉。

他把葉毅的頭顱放在身旁瓦面，沾成赤紅的右掌伸往嘴巴，舐吃著指頭上的鮮血。血液沾污了他烏亮的髭鬍。

在黑夜空中，「飛天」教祖——這個曾經名叫「挖心」鐵爪四爺的男人——瞧著圓月的眼神充滿瘋狂與孤寂。

《殺禪》卷五【黑闇首都】．完

卷六【食肉國家】

Karma Vol. 6 Army Of Flesh

第十九章
無眼耳鼻舌身意

狹小的木屋裡，四面門窗全都密封了，唯有屋頂中央一個細小天窗打開著。

每天只有正午時分，一束浮游無數微塵的陽光，會從這個天窗透射下來。

容玉山勉力睜開傷腫的眼皮，透過僅有的細縫往上仰望。

從這裡看，京都的天空，很遙遠。

□

靠著這束陽光，容玉山才能夠在心裡默算日子。

已經是第四天。

四天以來，他只吃過兩塊東西：

他自己的右手拇指和食指。

□

「京都黑道第一美男子，就這麼完蛋了。」

一隻手掌捏住容玉山下巴，擰過來又轉過去。那人仔細觀察容玉山臉龐兩邊的創傷，彷彿工匠檢視著自己的成品。

「聽說你玩過不少女人啊？以後沒有了。」那人說話的語氣裡並不帶譏嘲，只像在陳述事實。倒是屋裡其他三個大漢，不約而同發出齒冷的笑聲。

那人又伸出手指，輕輕彈擊容玉山已經斷塌的鼻樑。容玉山的臉頓時扭曲，卻沒有呻吟半聲。

「這副模樣，連妓院也不知道進不進得了。」那人放開容玉山的臉，轉而提起他的右臂。拇、食二指的斷口並沒有包裹，只是用草繩緊緊縛著止血。傷口已經變成紫黑，結著半乾的濁白膿液。

化膿的氣味令那人皺鼻。「再過一、兩天，大概這整條手臂都不能要了。否則膿毒逆流攻心，神仙也沒救。相信我，我從前是學醫的。」

那人一放開手，容玉山的臂膀就軟弱無力地垂下。

容玉山坐在木椅上，沒有任何動作。身上的繩索昨天已經解開，可是他不可能站起來——左右腳掌各被一枚小指粗細的鐵釘貫穿著，牢牢釘在地上。

那人走到小屋中央。陽光剛好灑在他禿頭上，映出一張消瘦得像髑髏的臉。大眼珠在眼窩裡轉來轉去，令人擔心快要跌出來。

他從容地從衣袋掏出煙桿火石。打火點煙的手指靈活又穩定。他先把火石收好，才慢慢地、深深地吞吐了一口。

「我們還得待在這裡多久啊？」屋裡一名大漢抹著額頭問：「熱得要命啊。窗口都封死了，悶得透不過氣。」

另一個同伴也附和：「我們老大相信你是好手，才花銀兩僱你來，結果弄了這麼多天，這傢伙連嗝也沒打一個！」

那髑髏臉的男人沒有答理他們，仍然瞧著容玉山滿佈傷疤和血污的臉。「你聽見他們說了吧？對啊，我確是好手。當著誰的面承認，我也不臉紅。之前我幹過十七個。沒有一個到最後都不說話。」

他自信滿滿地抽了口煙：「可是我從來沒有殺過人。這方面我可是很有分寸的。這些粗暴的事情，總是留給僱主的手下自己幹。比起讓人開口說話，殺人這事情，太容易了嘛。」

髑髏臉舐舐嘴唇，把煙桿擱在小屋中間的桌上。「我不得不承認，你是至今最難搞的一個。我以後會記得你。」

桌上整齊排列著各種稀奇古怪的刑具。他從中挑了一把小木槌。槌木色澤深沉，似乎已經使用了許多年，但表面還是保養得很光滑。

「別亂動啊。」他的聲音輕柔得像看病的大夫。「否則會打到肋骨。」

容玉山感覺腹間一股深沉的痛楚，彷彿直貫脊骨。胃囊、食道和嘴巴像被人扳動了機括，全部自動張開。一地盡是嘔吐的苦水。

相比那股痛楚，更令容玉山感到可怕的，是肉體完全被人控制的感覺。

「看見了嗎？你的身體任由我使喚。」髑髏臉說時十分自豪：「人的每個臟腑怎麼動、有甚麼反應，我全都知道。」

容玉山終於停止嘔吐。他垂頭看著地上那堆穢物。裡面有兩根已被胃液融化大半的斷指，露出森森白骨。

「比如說……」髑髏臉放下木槌，又從桌上揀來一柄帶鋸齒的小刀，在手指間靈活地翻轉把玩。「一個男人身上最受不了痛楚的，是哪個部位？」

容玉山臉上仍然沒有絲毫表情。體內卻不由自主冒起寒意。

「這還用問？」在旁看守的其中一個大漢狠狠說，突然一腿猛蹴在容玉山下陰上。

腦袋爆閃出暴烈的白光。下體的劇痛一陣接一陣，彷彿有隻無形魔爪從下方伸進了腹腔，不斷在猛力掏挖拉扯。

容玉山從椅上向前翻倒，像蝦般縮成一團，蹲踞在自己的嘔吐物上。鐵釘仍把他的腳掌牢釘在地。三個大漢一湧而上，又朝他踹踢了好一輪。

「夠了。要死人啦。」髑髏臉說話的聲音並不大，卻足夠教三人停止。他做了個手勢。兩名大漢左右托著容玉山的腋窩，迫使他的身體站直起來。容玉山無法停止地顫抖。

髑髏臉緩緩把那柄鋸齒小刀伸向容玉山襠部。

容玉山看不見刀刃，恐懼卻只有加倍。

髑髏臉在微笑。他觀察出來，面前這個「豐義隆」年輕幹部的意志，已經開始動搖。

容玉山感覺那冰冷的刀刃，貼上自己的下腹皮膚。

割裂的聲音。

束帶被切斷了。早就沾滿糞尿的褲子褪落地上，暴露出腫脹成梨般的陰囊。大漢們不禁哄笑。

「唉！變成這副模樣，還能用嗎？」

「看見這個，別說女人，連母豬都嚇跑！」

髑髏臉卻沒有作聲。他默默從口袋裡掏出一段幼繩，小心地束緊容玉山的陰囊根部。

刀鋒在容玉山眼前晃動。

「看見上面的鋸齒嗎？用這個來割，比用普通的刀要痛苦許多啊。跟前天切手指時那種感覺完全不一樣。」髑髏臉的語氣並沒有威迫意味，反而像帶著一種仁慈。「現在就說吧。一旦動手了，到半途受不住痛才開口，我也不知道還能不能治好。」

一陣靜默。

就在這個寧靜的時刻，外面隱隱傳來敲擊金屬的聲音。大漢們沒有理會。大概是附近哪戶人家在補鐵鍋吧。

那四人都沒有察覺：容玉山聽見這金屬敲打的節拍，濃眉微微聳動了一下。

他的嘴巴開始嗡動，似乎想說甚麼。髑髏臉示意大漢拿水來。

容玉山吞不下那冷水，嗆咳了好一會，才用微弱的聲音呻吟：「你……叫甚麼名字？……」

髑髏臉不禁失笑：「你爲甚麼要知道呢？沒有意思嘛。我只是收錢來做事的。他們才是你的敵人。」

「我……」容玉山說著，臉上的傷口全都裂開，流出了血水。「我……要殺死的人……我都想先知道……他們的……名字……」

髑髏臉嘆息著搖頭：「別再作夢了。也許眞的有一天，我會被人殺掉。但那人絕對不會是你。好了，開始說你應該說的話吧。」

「不。」容玉山的聲音衰弱卻堅定。「殺你的人……是我。就在今天。」

小屋前後門同時被轟然撞開。

門外閃著兵刃反光。

三個大漢驚呼，放開容玉山的身體，撲向擱在屋角的兵器。

髑髏臉仍然握著小刀，整個人僵住了。

失去了支撐的容玉山，卻仍然站著。

浮腫的眼皮暴睜，露出依舊清亮的雙瞳。

吼叫聲在屋裡迴響。

腳掌離地而起。鐵釘仍留在地板上，釘頭帶著撕裂的血肉。

容玉山像一頭猛獸，撲向那個髑髏臉男人。

髑髏臉本能地舉起鋸齒小刀，斫向容玉山頸項。

容玉山伸出左手，準確把刀鋒握緊。鋸齒深陷在指掌間。他渾如未覺。

被恐懼吞沒的髑髏臉，把一切生存希望都寄託在這柄小刀上，用盡了全身氣力拔拉。

容玉山左手的尾、無名二指，從此永遠脫離身體。

他不在乎。

眼中只有這個髑髏臉男人的咽喉。

容玉山張開嘴巴。兩排仍然整齊完好的牙齒。

他即將品嚐仇敵的血肉。

□

隱約的馬蹄聲，把容玉山從睡夢中喚醒。他想從柔軟大床上坐起身來，可是腰背的骨頭僵硬得像上了鎖。

守在睡房的侍從聽見容祭酒的呻吟聲，馬上撥開紗帳趨前攙扶，又拿起掛在床角的錦織披風，輕輕蓋在容祭酒肩上。

容玉山瞇眼瞧著這侍從圓胖的臉，正要說話，卻一時記不起對方的名字。他猶疑了一會，然後只無言招手。侍從把早就準備好的一盆熱水拿來，上面漂浮著淡香的花瓣。

——從前在幫會裡，下至洗馬的小弟，我全都記得名字……

六隻指頭掬著水，緩緩淋上滿是舊傷疤和皺紋的臉。

——真的老了嗎？……

外面的馬蹄聲持續，他知道騎者是自己兒子。

穿上雙鞋，拿起枴杖，容玉山緩緩步出了房門。

此時是初夏午後，可是室外一陣輕風颭過，還是令他身體哆嗦。

「容祭酒。」守在房門左右的部下俯首行禮。他們的名字容玉山倒還記得。這兩個人已經在他身邊做事兩年了。容玉山正在盤算，是不是到了該把他們換走的時候。

自從十年前決心培養兒子作接班人開始，容玉山就不斷撤換身邊部下。從前開幫立道的心腹要員，不是死掉或者告老還鄉，就是被調到外省的「豐義隆」分行去，多年下來的近身幹部早已換過好幾批人。他不想自己的勢力裡存在任何擁有特殊地位的人——任何具有足夠資歷和實權，能在他去世後威脅到他兒子的人物。

容玉山缺少了像龐文英「四大門生」般的心腹，後果就是大小事務都得親自視事。可是他依然能夠憑著過人的魄力，把本系親兵勢力維持得井井有條。

也許正是因爲這個緣故，我比龐老二衰老得多吧——容玉山常常如此想。

他倚著二樓的朱木欄杆，俯視下方廣闊的花園。

容小山赤著上身，策騎那匹西域運來的純種黑馬，繞著鯉魚池盡情奔馳。汗珠在他白得像雪的健美胸膛上，反映出點點陽光，烏黑長髮披散，迎風飄飛。人與馬都充滿不安分的能量。

容玉山微笑。這孩子實在太俊了。**世上沒有比他更漂亮的物事……**

他曾經以爲，自己已經無法生兒子。

——自從那次拷問之後……

花園東側有一塊闢作練武場的空地，兵器架旁邊豎立了一根高高的旗桿。黑色的「豐」字旗在夏風裡懶洋洋飄動。

容玉山曾經誠心相信，自己能夠爲這面旗幟而死。許多次他幾乎眞的走上了這命運。在最痛苦和危險的關頭，他也從來沒有猶疑過。

可是自從「豐義隆」雄霸京都黑道，壟斷了天下私鹽販賣之後，他無可避免涉足了朝廷政治。思想漸漸有所改變。

所謂忠義，不過是一種關係而已。世道就是如此簡單：人與人之間的關係；**誰的手伸進誰的口袋。**

喪失了過去的信念，容玉山越來越堅信，自己餘下的人生只剩一個意義。

就是正在下面騎馬的兒子。**他的血和肉。**

他要把世上所有最好的東西，留給這個孩子。

容小山這時把駿馬勒住，輕鬆地從鏤金的馬鞍躍下來，愛惜地撫摸著馬鬃。一直侍立在涼亭前的蒙眞和茅公雷走上前去，蒙眞接過了韁繩，茅公雷則遞上汗巾和衣服。

抹乾臉上汗水後，容小山瞧見站在二樓的父親，笑著朝他揮手。

容玉山看著他們三個，卻沒有回應。

很早以前，他就把蒙眞和茅公雷派到兒子麾下，原本希望兒子能夠善用這兩個故人之後，建立自己的堅實班底。

——可是看來不行了。小山並沒有足夠的器量用這兩人。

「叫公子上來。我有話跟他說。」容玉山一聲吩咐，部下立即飛奔下樓。

——日子已經越來越少。我還能夠多活幾年？五年？三年？即使小山正式接了班，也得有我在身旁看著他好一段時候啊。不可以再等了……

容玉山默想的同時，兒子已經站到了他身旁。那青春肉體散發出的熱力，令父親感到欣慰。他拿過兒子手上布巾，替兒子抹拭身上的汗水。

「爹，這匹馬是義父送的！你剛才看見嗎？那步蹄又密又帶勁！」

容玉山把布巾交給部下，舉手示意他們離開。容小山知道父親要說正事，頓時收歛起興奮笑容。

「于潤生……他來京都已經好一段日子了吧？」

「嗯……滿一年了。」容小山交疊雙臂。「他可賺了不少呢。單是武昌坊跟合和坊的建築生意，他獨自包攬了一半以上。還有西南方押鹽的抽紅也很豐厚……」

「我已經給了他許多。」容玉山打斷兒子的話。「可是他還沒有替我們做過甚麼事。」

他別過臉，俯看著花園中央的魚池。輕風吹起了一圈圈波紋。水底下鯉影游動。

「是時候了。」

容小山那雙遺傳自父親的濃眉聳動起來，他舉起拳頭，一副躍躍欲試的表情。

「要是他……不聽話呢？」

「把他的臂膀縛起來。」容玉山用枴杖輕輕敲了敲地板。「讓他知道：我們給他的東西，隨時也會收回。」

「我知道怎麼做。」容小山咧嘴。

「還有一件事情，你必定要牢記。」容小山正要轉身離開時，父親又拉著他說。容玉山瞄瞄仍然站在下面花園裡的蒙真和茅公雷二人，然後湊近兒子的臉。

「爹不知道還能夠活多少天。不管我生病也好，出了甚麼事情也好，我要是去了，你第一件要做的事情，就是**殺了他們兩個**。」

容小山愕然。他俯視那兩人一眼。「可他們不過是——」

「你記著就行。」

□

弓弦刮過耳畔空氣的聲音，仍然這麼動聽。

龍拜默默把長弓垂下來，看也沒看遠方天空裡中箭墮下的獵物。一個少年部下已經策馬前往收拾。

「這些野雉，實在吃膩了。」蹲在旁邊石上的吳朝翼沒精打彩地說，拍拍附在綁腿上的泥塵。

「大概明天就到了。」龍拜把長弓交給隨從，撫摸著唇上的鬍鬚。「回去漂城後，我請你喝酒。」

吳朝翼聳聳肩。相比一年多前，他的臉胖了不少，從前擔當攻城兵鍛鍊出的一身肌肉，如今也已經有些鬆弛。儘管他經常要親自指揮馬隊押送鹽貨，但是這工作遠不如昔日在前線撲殺般緊張，當然就再沒有吃苦去保持身體的理由。

「說回去就回去嗎？也得廿來天呢。」吳朝翼解下腰間竹筒，打開木塞輕輕呷了口，再遞給龍拜。龍拜接過來嗅嗅。「你這個酒筒造得眞不錯！這他媽的暑天，放了這許久，酒味也沒變。」他也喝了一口。

「這個東西，是從前在行伍裡學會造的。」吳朝翼接回竹筒，瞧瞧四面的山野風景。烈日下樹葉和長草綠得發光，五十幾個部下都躲在樹蔭裡乘涼休息。站在樹旁的馬匹偶爾發出輕嘶。

「二爺，你覺得這是不是有點令人想起打仗的時候？」

「也是呢。」龍拜看看四處後點點頭：「不過相比那時輕鬆得多啦。當年我們不過是任人差遣的小卒……」

兩人相視一笑。一年多前于潤生進軍京都之後，龍拜和吳朝翼就漸漸變得親近。雖然大多時候他們都會各自出差——吳朝翼負責押送「豐義隆」的西南內陸路線鹽貨，龍拜則主理私運物資往南藩——但只要同時在漂城，就會約一起喝酒玩樂。

他們雖然仍擔負著吃重的崗位，可是相比在京都開闢新勢力的鎌首和狄斌，兩人在「大樹堂」的地位明顯遜色，只能算守在二線。他們沒有抱怨。過去賣命的日子，今天都得到了豐厚的回報，手上又握著一定的權力，在漂城是地下霸權的代表人物，走在城內任何一角都迎來無比的尊崇。而在「豐義隆」旗幟保護下，他們走私押貨的路線永遠暢通，除了旅途勞頓外，根本沒有甚麼風險，每走一趟就有可觀的抽成送進口袋……在黑道上混的人，還能多求甚麼呢？

早前收到葉毅的死訊，他們互相並沒有怎麼談論這件事，但心底裡不免為自己沒有跟隨上京而慶幸……

「說起來，我們很久沒有一起押貨了……」吳朝翼說著，瞧向停在野地中央那輛大馬車。十幾個「大樹堂」的部下此刻仍然抵著陽光，寸步不離守在車廂外四周。「要出動龍二爺跟我親自出馬，這『貨物』可真了不起啊。」

「當然。」龍拜湊近吳朝翼悄聲說：「『他』的價值，大概抵得上我們半個『大樹堂』

啊……」

車門這時打開來。

雖然早已不是第一次看見，可是隊伍裡所有人，還是不禁注視那步出車門的高大身影。

龍拜上前恭敬地拱手行禮。在漂城他早已不必再向任何人低頭。可是每次面對這個人，龍拜仍然十分謙卑。他是自願這麼做的。對方絕對有這種資格。

「有甚麼需要嗎？」龍拜略垂頭說，沒有正視這個人的雙眼。「是不是車裡太熱？」

「從前三天三夜穿著鐵甲，都熬過來了。」陸英風大元帥說時，眺視著遠方的山峰。「馬車反倒有點坐不慣。我只是下來舒展一下。」他說時擺動著左手上握著的一卷書。

「請忍耐，明天就到了。接頭的人，現在必定已在蘇城等著。」

「蘇城……好懷念啊。你去過嗎？」

「以前送貨去過一次。不錯的地方。」龍拜微笑：「那邊的河蝦，比漂城的新鮮。」

「我上次踏足蘇城，已經是十九年前。」陸英風的視線仍然凝在遠方：「帶著八萬兵馬，接受亂軍獻城投降。想不到今天……」

「今天能夠護送元帥再到蘇城，是在下的榮幸。」

陸英風聽了，不禁瞧著龍拜銳利的雙目，略點點頭。

馬蹄聲響。那個少年部下揪著一隻大野雉策馬回來。獵物上的黑箭桿，隨著蹄步上下晃動。

「剛才我從車窗看見了。」陸英風用書卷指一指野雉。「你從前是甚麼軍階？」

「步弓手。在先鋒營。」

「可惜。要是當年我知道萬群立是你射死的，最少也會給你當個裨將。」

龍拜聳聳肩：「箭術再好，在戰場上也不過殺幾十人吧？」他示意少年將箭拔出交過來。

檢視著那沾滿鮮血的鐵鏃，龍拜繼續說：「可是在太平盛世，我的箭卻換來了更大的價値。」

陸英風沉默著沒有回答，心內卻有一股難以形容的苦澀。

龍拜亦沒再說話，腦海裡感覺複雜。

這次「送貨」是老大下達的極重要密令。龍拜還不清楚這能夠為「大樹堂」帶來甚麼利益，只知道眼前這個號稱「無敵虎將」的男人，無論到哪裡都要帶來死亡。

大量的死亡。

「起程吧。」陸英風回身步向馬車：「我很想快點看見蘇城的城門。」

龍拜揮手，向部下示意準備再上路。

「我在京都的府邸裡，有一把很好的弓。」陸英風站在車門前又回頭說。「待我回去的那一天，假如它還在，我送給你。」

□

走出「萬年春」那個二樓廂房時，齊楚的腳步帶點不穩。守在門外四個護衛急忙上前攙扶，卻被他猛力掙開。

「別碰我！」齊楚滿臉通紅，卻並非因爲醉酒。

其中一個部下好奇往房門裡偷瞄。陳設豪華的廂房內一片狼藉，杯盆酒菜撒了一地，四處散著女人的衫裙和褻衣。最後頭那大床上，三個赤裸少女橫豎伏臥著，沒有任何動靜，好像已經耗盡了氣力。她們白玉般的背項和臀腿上，到處都是瘀傷。

齊楚扶著欄杆，一步步踏下樓階。在下面大廳守候著的八個手下，這時也都走到階前，防備齊四爺會不小心滾下來。

大廳裡沒有半個其他客人。「萬年春」爲了招呼齊楚而特別休業半天，最少要損失接近一千兩的生意。

站著等候的鴇母卻不敢抱怨半句，因爲齊楚就是她老闆——「萬年春」在九個月前已經成爲了「大樹堂」的產業。

齊楚一邊咳嗽，一邊走完餘下的階梯。部下替他拉來廳堂裡一把鋪有錦墊的大椅。齊楚全身乏力般重重坐了下去。

塗著厚厚脂粉的鴇母趨前，堆著笑正要開口，卻因爲齊楚冰冷的眼神而窒息。

「你騙我。」齊楚的聲音失去了往日的溫文，沙啞而顯得缺乏感情。

「我怎麼敢騙四爺——」

「她們沒一個像她。」

「我已經盡力找——」鴇母的聲音和身體都在顫抖。

狠狠一巴掌，在她臉上留下了四道指痕。

齊楚皺著眉，撫撫有點痠痛的手腕。

「你要不是騙我，就是眼睛有問題。下次找不到，就把你這雙眼珠挖下來餵狗。」

齊楚木無表情地拋下這句話，就站起離開，部眾小步亦趨，前後把他包圍。

朱色漆金的大馬車一直等候在安東大街上，前後各有兩騎護衛守備，最後面還有一輛讓徒步護衛乘坐的馬車再加上擔任車伕的手下，齊楚只是在漂城裡走一走，就動用接近二十人。

他絕對不要讓上次金牙蒲川事件裡自己的窘態重演；而他也厭倦像從前般要依賴義兄弟守護。要保護自己，就應該擁有屬於自己的力量。這一年齊楚撒下大把銀兩，招集一批親衛部下——其中有些是前「屠房」角頭老大遺下的舊部，也有從「大樹堂」各種行當裡抽調來的人馬，總數已近二百人，他們的薪餉幾乎是往日的三倍，又不用勞動營生，還時常可以陪著四爺在漂城裡威風地穿街過巷，因此都視之爲肥缺，對齊楚甚是恭敬貼服。

但是這麼一來，「大樹堂」其他的部眾，不免對這樣的差別待遇心生不滿。龍拜察覺幫會裡氣氛有些異樣，幾個月前曾經找齊楚商談。

「老四，沒必要這樣吧？我們在漂城已經沒有對頭人。花這許多錢，值得嗎？再說……」

「老大吩咐，在漂城你管你的，我管我的。」齊楚冷冷回答：「我怎麼做事，不用你來提點。」

——之後龍拜和齊楚就沒再交談過半句。

車馬在安東大街上往北急馳。行人和商販遠遠看見齊四爺的車隊，早就倉皇躲避。上個月齊楚的騎馬護衛才撞死了一對在街上玩耍的幼小兄妹，之後齊楚在衙門花了五百兩擺平了這件事。那對孩子的爹被送進大牢整整六天，出來時跛了一條左腿。

車隊穿過北城門和北橋，在城郊大道上加速疾行，趕及在夕陽落盡之前抵達了新埠頭。

自從三個月前新埠頭竣工，齊楚的辦公地就從破石里「老巢」倉庫轉移到這裡。

埠頭的貨倉比「老巢」大十倍，高度相當於三層樓，同時能夠容納八艘貨船停泊起卸，僱用七百多名工人日夜輪班操作，儼然已成了「大樹堂」在漂城新的權力地標，掌控著所有途經漂城轉運集散的水路貨物——當中包括了「豐義隆」的私鹽、往南藩密運的材料物資，以至其他各樣高價私貨。

「豐義隆」的鹽貨仍然是由「漂城分行」的掌櫃文四喜管理。除此以外，其他任何貨物要是沒有貼上齊四爺親自簽押的封票，即使是一片木板、一塊瓦片，也無法離開這座倉庫。

新埠頭營運之初，當然也有發生過偷竊。齊楚的解決辦法很簡單：有一天漂河下游出現了十四名內賊的浮屍。此後埠頭的運作就順暢無礙了。

等待護衛們都在馬車外佈置好守備陣勢後，齊楚才慢慢從車門走下來。

倉庫的外頭是一大片用作停置車馬的空地，旁邊建了四座餵飼馬匹用的草料亭，還有一家給車伕和苦力休息吃喝的飯館。四處張掛滿燈籠，整片車馬場明亮猶如節日晚上的廟會。

三名倉庫的「司簿」捧著厚厚帳冊，早就站在馬車旁焦急等待。齊楚一邊向倉庫走，一邊聽他們讀出當日的帳項結算。

「四爺……」

說話的是林克用，埠頭倉庫的「襄頭」。林克用辦事十分仔細，因而獲得齊楚的特別擢用，每當自己不在時就由他負責倉庫內的調度。平時林克用都只在帳房裡等待，今天卻走了出來，齊楚知道必定是發生了甚麼特別事情，必得馬上稟告他。

「那邊有個人，要跟四爺私下說句話。」林克用指向飯館門前。

一個男人站在那大門前的燈籠底下。雖然隔得很遠，齊楚從身形衣著就判斷出，自己並不認識他。

「是甚麼人？」

「乘貨船來的，帶著一批棉花，數量不多。」林克用說話很簡潔——這是齊楚欣賞他的一大原因：「但依我看，不是商人。」

齊楚遙遙看著那男人。男人也在看過來，似乎展開了笑容。

「他甚麼也沒吐露，只是說：『我不會浪費四爺的光陰。』」林克用頓了頓，看見齊楚露出遲疑的神色，又補充說：「我派人搜過他。沒問題。」

齊楚想了想，也就帶著部下向那男人走過去。在距離十幾步處他才揮揮手，示意眾人等在原地。

「齊四爺好。」那男人趨前笑說。齊楚上下打量他。不胖也不瘦。比齊楚稍微矮一些。衣服很整潔，卻都是便宜貨色。沒有任何飾物。略圓的臉與細小的眼睛。禮貌周到，卻不算特別熱情。一張普通得你在街上見過就會馬上忘記的臉。

「你不認識我。」男人又說：「我來是要為四爺引見一個人。他不想讓人知道他來了漂城，所以著我來找四爺。」

「那麼他就在附近嗎？」

「要走一段路。可是並不遠。」

「找我幹甚麼？」

男人的笑容擴大了。「找四爺，當然是談買賣。」他瞧瞧倉庫那頭：「不過跟這裡的買賣，有點不一樣。」

齊楚一臉狐疑。這個男人的說話，不像是開玩笑或故作神秘。

瞧見齊楚的神情，男人又說：「四爺請放心。正如我跟你的手下說過，我不會浪費四爺的光陰。那人深信，四爺必定會對這宗買賣感興趣。」

「他是誰？」

男人的笑容不變，簡直就像一副面具，絲毫不透露任何情緒。齊楚心裡想：即使把這人抓住拷問，恐怕也同樣只有這副表情。

「那個人，四爺你也認識的。」

□

在合和坊的大街中央，狄斌正在仰頭觀看。

工人小心翼翼地把封著紅紙的「大樹堂」金漆招牌，掛上了藥店的門頂。

狄斌的眼神裡，流露著無比自豪。

這座「大樹堂京都店」，占地大約是漂城善南街「總號」老店的廿多倍。兩層高的建築外表看來很平凡，但所用磚石棟樑都是最堅實的上乘材料，窗戶全部裝上厚重柵條，木頭裡藏著鐵枝，而各處門戶都用夾著厚銅板的櫸木，整座「京都店」儼如一座小小城塞。

在于潤生府邸（也就是龐文英舊居）之外，這家藥店將成爲「大樹堂」在京都中心地帶的第二個據點。

狄斌看看四周的街道風景。合和坊與武昌坊的災後重建工事，把兩地街道重新規劃，這條大街到現在還沒有正式名字，要等待朝廷工部和禮部官吏草擬命名，再上奏皇帝批選。半數的樓房重建還沒有完成，市街卻已初具規模，飯館、旅店、酒家和各種商號都開始在兩坊的鬧區營業。民居倒比較少，周邊地也還有許多尚未平整的爛地，但由於地點良好，並有足夠的幅員用作建造大宅，已經開始吸引京官及本地豪商的興趣。

瞧著這樣的街景，狄斌感覺好像回到了漂城。

——**我似乎正在建造另一條安東大街呢……**

他恨不得現在就把齊楚喚到京都來。指揮這些建築工程雖然很有趣，但是面對每天數以百計的大小帳目，他感到煩厭至極，若是有齊老四在，肯定會輕鬆許多。幸而在花雀五安排下，狄斌在京城裡僱到一批熟練的「掌數」來幫忙，他才不必每天對著案上大堆的卷宗帳簿煩惱。

狄斌沿著街道走了一段，看看四處新冒起的樓房，生起了一股不真實的奇異感覺。

他的人生就像乘著一輛飛快馬車，所有命運的重大轉變都撲面而來。九年前的白豆，只是一個躲在深山裡、吃著野菜稀粥和野雉的逃兵，每天想著如何生存，未來是一片晦暗不明；今天他卻在世上最大的城市裡，拿著一幅圖紙，隨手一畫就建出一條亮麗大街。

——狄斌這個小子，今天竟然在起樓房。鄉下那些傢伙打死也不會相信吧？

他回到了藥店裡。田阿火正在指揮工人安置各種桌椅器物。店裡的貨架和倉庫仍然空空如也，只因京都的藥材販賣和輸入受朝廷嚴格節制，狄斌仍在透過太師府的關係疏通各部關卡。自從到來京都做事，他才深深體會京官的僵化習氣，即使已經動用大筆賄賂，辦事依然像烏龜般緩慢。反倒在漂城，只要擺平知事查嵩一個人，所有批文在一、兩天內就手到拿來。

後天就是藥店開張的吉日。狄斌自己不迷信，可是總得讓部下心安。他已吩咐他們去城裡其他藥店買貨，暫時填充店面，雖然昂貴了些，總勝過誤了日期。

「夠了……」狄斌向田阿火招招手：「我們先回去吧。」田阿火點頭，囑咐眾多部下好好看守。于堂主嚴格下令，絕不可讓閒雜人等混進來，窺看藥店內裡的間隔佈置。

狄斌、田阿火和四名打手穿過店裡，從後門走出來，敏捷地躍上坐騎，南下直馳回去位於東都吉興坊的堂主府邸。

京都唯一令狄斌感到愉快的地方，就是它夠大，有許多在城裡街道騎馬的機會。握著韁繩馳過一排排樓房時，他總感到頭腦格外清醒。

合和、武昌二坊的重建雖是賺大錢生意，但「大樹堂」也為此墊支出大量資金，每個月狄斌都為了在不同項目之間調度錢銀而大傷腦筋。幸而漂城的新埠頭已在營運。要是沒有漂城這個後勤老家，把資金源源輸送來京都，「大樹堂」隨時會陷入財困。按照狄斌的估計，還要再過一年，他們投入在兩坊的龐大資本，才能夠逐漸滾回來。

——要不是得到容玉山和何泰極的眷顧，以「大樹堂」的力量，本來就無法吞下這麼大塊的肥肉。

狄斌不禁苦笑：甚麼時候開始，我變成了一個滿腦袋都是金錢調度的生意人了？本來只是個走黑道的嘛。從前在漂城開家賭坊，實在簡單許多，打開門就有大群貪心笨蛋送錢來，遇上甚麼麻煩就用刀解決，根本沒有現在這些煩惱……

可是狄斌明白：只要「大樹堂」繼續壯大下去，這是無可避免的改變。

「豐義隆」就是個現成的榜樣。一個組織膨脹到某個程度，就沒有所謂黑道白道、合法非法之別，甚麼國法都已然不再適用，一切只化約為利益與權力。

——我要繼續協助老大，就得跟隨「大樹堂」成長起來。

狄斌知道這是于潤生對自己的期許。自從九年前結義時開始，他已經下定決心，無論任何事情，也絕不能讓于老大失望。

騎隊經過武昌坊的一片荒地。這裡原本是滯留京都那些申訴鄉民的聚居處，數以百計脆弱如紙皮的木房，早已全被火焰吞噬摧毀。

去年「東部大火」之後，禁軍把兩坊的大批無戶籍貧民強行逐出京都。狄斌聽說，那些貧民近半都沒有返還原籍或到其他州，而是漸漸聚居在京郊，靠著在野地採集及開墾私田維生，並且等待機會再混進京都裡找工作。

——這個朝廷，已經爛透了……到底它還能維持多久呢？

六騎帶著一股煙塵，回到了吉興坊府邸。守在門前的部下替他們牽住馬。狄斌躍下鞍，感覺全身舒暢了許多。這幾個月來他爲了工作，實在已經坐得太多。

穿過前院，走到前廳外的廊道時，他看見一個細小身影迎面而來，臉和身體都裹在披肩中。是寧小語。

每次看見她，狄斌都不知道要怎麼稱呼。她跟鐮首還沒拜堂，當然不能喚「嫂嫂」。於是他只能點個頭。

「要外出嗎？」

寧小語露出半邊臉蛋，帶點矜羞地回答：「不……剛回來。」

「可是早上沒看見你出去啊。也沒聽說你要用車。」

「有人替我安排了……」寧小語的臉帶點蒼白，狄斌察覺她似乎很疲倦。

——奇怪。連婢女也沒有帶。

于潤生指派了鐮首到外地辦事，至今已出門兩個月。這段日子了，狄斌倒沒怎麼留意她。五哥並未帶寧小語同行，狄斌對此有點意外，不過他記得鐮首臨行前稍微提過，是老大的意思。

「沒事別在外面亂逛。這裡不比漂城。」狄斌說時放輕聲線，避免寧小語誤會他有責備之意：「需要甚麼東西，吩咐下人替你去買就行了，或者乾脆著人叫商店老闆帶貨過來給你挑。」

「好的……」寧小語含糊地回應。「六叔叔，我這就回房間去。」說著匆匆步過。

擦身而過時，狄斌皺眉。

——是不是我嗅錯了？似乎有男人的氣息……

「六爺。」呼喚聲打斷了他的思緒。來者是個叫周成德的老書生。狄斌識字不多，所以僱了這人來負責處理文案。由於當中不免要看到機密要件，所以狄斌著部下特別從漂城挑選了他過來，無論經歷和底細都已確實調查過。

「六爺要寫那兩封信，我已經擬好了。其他要辦的東西也都買齊，帳單在這裡。」

狄斌看也沒看周成德手上那堆帳單，只說：「帶我去看看。」

到了儲物房，周成德把禮物一一向狄斌展示：送給龍拜的鹿皮長靴和一只斑玉指環；給齊楚的玉石圍棋和銀絲冠；龍二嫂的雪白貂裘和龍老媽的錦織布料……

狄斌很清楚，二哥跟四哥被老大留在漂城，難免感到被冷落。狄斌每隔兩、三個月就寫信送禮回去，是不希望兄弟情誼隨著分隔兩地而冷卻。

他細細點過禮物，又聽周成德把家書內容口述一遍，確定一切滿意後才步出儲物房，走到府邸內堂。

站在供奉著鎮堂刑刀「殺草」的神龕前，狄斌默默點了三炷清香，用雙手恭敬地插進石爐裡，然後閉目合十。

身邊的一切都在變。可是在狄斌的心裡，仍然存在一片無人能改變的聖域。

□

滿佈著荊棘刺青的大手掌，輕輕覆在黑子那細小額頭上，手指來回撫摸他烏黑柔軟的鬈曲頭髮。黑子在日間玩得實在太累了，渾然未覺，陷在甜睡之中。

鎌首側臥在兒子旁，凝視他圓鼓鼓的光滑臉龐。帳篷裡一片寧靜，只有黑子吐出微微鼾聲。聽著這麼可愛的聲音，鎌首心裡不禁喟嘆。

這麼細小、美麗的生命就在自己懷中，那股安慰感覺，跟擁抱寧小語時很不一樣。鎌首直到現在還不知道應該怎樣當一個父親，可是他深深感受到，過去幾年沒有理會這兒子，已經錯失了人生裡很重要的東西。

京都的家裡還有另外七個孩子，其中兩個還未滿兩週歲。可是不管怎麼看，黑子都是最像鎌首的一個：才五歲的小傢伙，已經顯露出異常寬闊的肩頭骨架；眼睛常常定神看著遠方；黝黑的皮膚則不知道是遺傳自父親還是母親……

鎌首最初把黑子帶出來時，這孩子並沒有怎麼抗拒，卻一直不願意親近父親，也從來不說半句話。雖然聽嫂嫂李蘭說，這孩子比誰都早學會走路，但鎌首實在爲他異樣的沉默而憂心，怕他是否患有甚麼先天的毛病。

這兩個月的旅程，令黑子漸漸變得開朗，好奇地不斷觀察四周山水風光。每棵特別的樹、每頭從沒見過的小動物、變幻無常的早晚天色……全都能引起這孩子的興趣。他每次伸出小手指著哪樣東西，鎌首就會向兒子詳細解釋，並且說些自己過去相關的經歷，特別是最初在猴山時的日子：如何一個人從戰場上活過來，逃進了山裡，每天怎樣狩獵求存，然後怎樣遇上五個奇妙的男人，改變了自己的人生……

鎌首自己有的時候也會沉醉在往事裡，故事越說越長，也不知道兒子到底有沒有聽明白。不過他看見，黑子聽故事時的樣子確實很專心，眼睛一直凝神瞧過來。

過了不久，黑子開始願意跟父親乘坐同一副馬鞍了。

有天到了一個河灘，鎌首第一次教兒子怎樣游泳。黑子學得很快，那光滑的赤裸的身軀，在陽光下好像一條翻滾的魚。孩子第一次朝著父親笑了。

鎌首知道，自己畢生都不會忘記這副濕淋淋的笑容。

可是直到現在，黑子依然沒有跟鎌首說過一句話。

確定兒子已沉睡，鎌首輕輕坐起來，爬出了帳篷。

清朗的月光映照在他身上。如今的鎌首已接近完全回復往日最巔峰體態——自從去年桂慈坊市集一戰，他持續每天都鍛鍊。

——他知道，茅公雷必定也一樣。

星光密佈的夏夜，彷彿帶著一股重量感，壓在鎌首頭上。他心頭泛起了一股波濤。每當獨自一人面對虛空時，鎌首都會有這種奇異的感覺。不單純是畏懼，也不只是孤寂；好像瞬間拋棄了過去記憶與未來預想，只有強烈感覺著自身存在的當刻。心靈莫名地激烈翻湧，卻又彷彿一無思念；似乎面對著人生一個巨大謎題，卻連題目問甚麼也惘然無知……過去每次經歷激烈戰鬥之時，鎌首都會有近似這樣的澎湃感覺。

——好像有些甚麼深遠的東西，在那裡等待著我……

梁椿睡在帳外火堆旁，察覺鎌首走了出來，馬上翻身站立。這小子身材比一年前壯碩了不少，只因鎌首每天鍛鍊都會拿梁椿當助手和對象。對梁椿來，這是既艱苦也快樂的工作，在鎌首驚人的力量和技巧面前，梁椿簡直就像嬰孩一樣。吃過大量的皮肉痛楚，梁椿終於有一天忍不住，開口請求鎌首教他搏鬥的要訣。

「我不懂教你。」鎌首當時回答：「我從來沒有跟誰學過，只是自然就知道應該怎麼動。」

梁椿聽了不免沮喪。

直到先前有一天，狄六爺半開玩笑叫梁椿跟田阿火比劃一下，結果連梁椿自己都大吃一驚：他竟然能夠跟這個在大牢「鬥角」擁有無敗戰績的狠辣角色纏鬥好幾回！雖然到了最後，他還是被田阿火硬生生壓在牆上，動彈不得。

「現在我知道，『拳王』有多厲害了。」那次打完之後，田阿火喘著氣，握住梁椿的手說。

「你繼續睡吧。」此刻鎌首向站在帳篷外的梁椿揮揮手：「我只是想看星。」

雖然鎌首這麼說，梁椿卻早睡意全消，走到鎌首身後，也模仿著仰頭看星空。梁椿不知道，「拳王」正在看著哪一顆星，也不知道他看著時心裡在想甚麼。

一個如此強大的男人，只要努力追隨他，自己就能夠變強——梁椿心裡具有這樣的堅強信念。

在這片野地上棲宿的其餘八十六個男人，想法也是一樣。

他們許多原本互不認識，甚至說著彼此無法溝通的方言；各自擁有引以自豪的戰技，殺人和血鬥的經歷都足以說上一夜。當中有廿三人曾經蹲過牢房裡；十一人因爲犯下死罪要逃離家鄉；三人因爲搏鬥而喪失了指頭；一人瞎了一隻眼睛……

這麼一群危險的男人聚集，本來就像把油埕堆在灶火四周般可怕；然而在這趟旅途上，他們一直都互敬互助，簡直就像一群失散已久的兄弟。

只因這些人都有個共通之處：全都是被鎌首的強大光芒吸引，自願追隨而來。

他們原是「豐義隆」在京畿以外各地分行裡的好手。

于潤生雖然獲得容玉山推薦，擢升爲「豐義隆」裡地位崇高的「總押師」，全權主持好幾條私鹽販運路線，但畢竟他正式「登冊」的資歷太淺，在幫會裡名聲不彰，實在難以保證自己的指示能夠順利傳達執行，因此他就派遣鎌首出門，代表他一口氣巡視位於各州府的直轄「豐義隆」分行，確立自己的權威。

鎌首知道老大爲甚麼要選他來做這事。面對「豐義隆」的黑道男人，特別是處於偏遠地帶、長居窮山惡水那些硬漢，要向他們宣示權柄，與其靠職位、號令或者動聽的演說，不如直接展示單純的力量。

這個工作，世上沒有人比鎌首更合適。

此外于潤生還交付給鎌首第二項任務：他要從各地方分行裡挑選出強悍的精英，把他們收服、集合，帶回去京都。

這兩件事情，鎌首毫不費力就辦到了。旅途至今他好幾次必須出手，雖然沒像在京都桂慈坊市集般殺個屍橫遍野，那壓倒的個人戰力，已足以震撼所有目擊的人群。因爲這趟旅程，「三眼」和「拳王」這些外號，又傳揚到了大地上更多偏遠荒僻的角落。

至於鎌首自己，這次出門其實私下還有第三個目的，可是直到現在還沒有著落……

遠處傳來隱隱的馬蹄聲。鎌首一聽，確定只有兩匹。

雖是如此，營地眾人還是馬上生起警覺戒備，他們一同眺視蹄聲傳來的方位，有人更拿起了弓箭。

蹄音中忽然夾雜一陣古怪哨音。

「是班坦加回來了！」部眾裡有人笑著呼叫，他們隨即放鬆戒備。

班坦加身體裡流的是西部異族的血，據他說自己三歲就懂得騎馬，當然大家都認為那是吹牛。身穿鮮艷古怪服裝的他，此刻騎乘一匹快馬，再牽著無人的另一匹，不消一會已馳到營地中央停住。

眾人這時看見，那匹沒有人騎的馬，什麼都沒有馱，只在鞍旁掛著一個四、五尺長的布包。

「不用這麼趕夜路吧？」鎌首替班坦加牽著馬韁，掃撫馬毛：「我說過會等你明天回來才出發。要是馬蹄踏錯了甚麼，那可危險得很。」

班坦加喘著氣躍下鞍來：「我找到一件好東西，心急要帶回來給五爺看。」他朝夥伴又說：「你們來幫幫忙，我一個人扛有些吃力。」

其中兩人上前協助班坦加，把那個長布包從馬上卸下來。兩人瞪著互看一眼，俱料想不到這麼一個幼長布包，竟然會這麼沉重。

班坦加把它豎在地上，地面發出沉沉的碰聲。包口的繩索給解開來，布帛褪下，露出一根顏色暗啞的四尺來長手杖。

它的外觀沒有任何變化裝飾，就只是一條簡單長圓柱，假如讓普通人使用可能太粗了些，卻正好適合鎌首那雙大手掌。豎在地上時，高度僅僅超過了鎌首肚臍。

「這看來很平凡嘛……」眾人裡有這樣的批評。

鎌首把手杖握著，一提起來，不禁聳動雙眉。即使是同樣大小長短的精鋼棒，也不可能有這麼重。鎌首雙手拿起它，移近火堆照看，只見杖上有種自然分布的細紋。

「這到底是甚麼材料？」鎌首撫摸杖身。觸感很堅硬，但並不冰冷，顯然不是金屬。

「我也不知道。」班坦加說：「我是在一條村莊的神廟裡發現的。有人說是木，有人說是藤。聽說已經在那裡放了十幾代，誰也說不清它從哪裡而來。」

鎌首把手杖往地上一塊石頭敲落。他沒有怎麼使力，動作也很慢，但是石頭一碰上杖尖，馬上裂爲兩片。

鎌首又向一個拿著斧頭的部下招手。那男人會意，掄起斧頭往杖身中央斫下。沉沉的撞擊聲下，握斧的雙手因爲抵不住反震而脫開了，眾人大呼著閃躲。落在地上那柄斧頭，刃口竟已反捲。

鎌首仔細檢視杖身上被砍之處。沒有半絲凹痕。

他再握著手杖兩端，咬牙用力嘗試把杖身彎折。手杖漸漸微彎拱起。可是鎌首一放鬆雙臂的，杖身就馬上恢復原來般筆直，展示出極強的韌性。

「五爺，怎麼看？這東西還可以吧？」班坦加試探著問：「我花了好多銀兩和唇舌，他們都不肯賣，於是我索性等天黑之後，摸到廟裡把它弄來……那些村民一直在追我呢……」

鎌首雙手握杖一端，在頭上揮轉兩圈。那可怕的破風聲，令這些膽大包天的硬漢也畏懼得後退幾步。

鎌首以興奮的笑容，回答了班坦加的問題。

他背向眾人，繼續像著了迷般把玩這根沉重手杖，嘗試各種握把的方式。最終他面對著虛空，擺出一個定如止水的架式。

在他眼前，浮現出茅公雷拿著黑色戰棒的幻影。

□

聽見馬車聲，狄斌知道老大回來了。

他揉揉眼睛，放下手上那疊單據：「今晚就到這裡。剩下的明天再算。」

周成德點點頭，仔細拿紙張印乾剛寫在帳簿上那堆數目，合上帳簿厚硬的牛革封皮，交還給狄六爺。

狄斌掏出藏在襟內暗袋的鑰匙，打開帳房裡一個黑沉沉的大鐵箱，把帳簿和帳單都塞進去。燈火映照進箱裡，反射出金黃與銀白的光芒。

「六爺，我先回房。」周成德恭敬地說。狄斌頭也不回地揮手，小心把鐵箱鎖上了。

經過二樓走廊時，狄斌發覺老大的房門縫隙透出淡淡的燈光。嫂嫂還沒睡吧？狄斌不想打擾她，逕自步下階梯。

狄斌早就察覺，李蘭自從移居京都後就變得消瘦了，而且比從前更少說話。對她來說，漂城一帶是出生的老家，長居了這麼多年，突然要搬到一個如此陌生的城市，確實很難適應。狄斌自己慣於客居異地，倒是不容易體會那種感受。

從後門進來的于潤生穿過廚房，略帶疲倦地坐到正廳交椅上。隨行的棗七爲他遞上濕布巾。于潤生抹了抹臉，呼出一口氣。

狄斌無言點頭，跟老大打了個招呼。他嗅到于潤生身上散發著酒肉氣息。傍晚時狄斌回到府邸已看不見老大，又沒有人告訴他于堂主去了哪裡，他就知道老大秘密會見的人，不是韓老闆或章帥，就是容氏父子。嗅到酒宴的氣味，他猜應該是容小山。

「今天沒發生甚麼事情吧？」于潤生說時，伸出雙指揉捏眉心。

「除了一些銀兩調度之外，一切順利。」狄斌回答。「『搭包』大概三天後就到，那時候錢糧會寬鬆許多。」

「搭包」，就是指由漂城定期上繳過來的資金。

于潤生沒再說話。狄斌等了一會，然後說：「老大早點休息吧。」

正要回去自己房間時，于潤生卻突然開口：「白豆，陪我一會。」

狄斌皺眉。

看來今夜老大與容小山，並不是普通的會面。

□

在府邸東側的院落裡，新搭建著一座比屋頂還要高的瞭望塔。這樣的建築在京都裡是違法的，有威脅守城禁軍的嫌疑。于潤生花了不少金錢，把城外一株高度相若的榕樹移植過來，巧妙把瞭望塔掩藏在樹葉之間。

此刻塔頂上只有于潤生和狄斌二人。忠心的棗七守候在樹底。

自從到了京都，棗七就彷彿成爲于潤生的影子。除了殺曹功那次之外，于潤生再沒有指派他幹任何工作。

——于潤生有次跟狄斌說：「這傢伙，就像我時刻藏在懷裡的一柄匕首。」

狄斌對棗七有股難言的厭惡——他總覺得棗七是個腦筋有毛病的危險傢伙。最初把棗七帶入「大樹堂」時，他從沒想過老大會把這怪人收作近身。

爬上瞭望台的時候，狄斌已經猜出來，老大要跟他說甚麼。

「容玉山有命令下來了？」狄斌緊張地問。

于潤生點頭：「本來我還希望再拖延一段日子……大概一年吧……可是看來不行了。」

爲甚麼是一年？狄斌想不透。即使再過幾年，「大樹堂」的實力也無法壓倒容玉山或是章帥的派系。對手是「豐義隆」啊，天下間最龐大的私鹽王國。漂城雖然是個潛力無窮的財源，但是未來十年，也不可能超越「豐義隆」那縱橫跨越七州的私鹽網。即使于潤生現在也開始從中分一杯羹，但是短期內也不足以構成勢力版圖的改變。

老大這麼說，難道是預計大概約一年後，會出現一些甚麼重大的事情？狄斌想像不到。大太監倫笑與何太師目前仍牢固地抓住皇權，而他們是「豐義隆」堅實無比的靠山，一切官僚與黑道運作，都納入一個牢不可破的系統裡。狄斌在京都辦事這一年多以來，已經深刻認識了這個事實。

「那麼我得盡快整頓人手……」狄斌沒有說下去，只因他發現老大正在直視自己。

「白豆。」于潤生握著狄斌的手掌，往塔外眺視。黑沉沉的天空底下，是如海洋般看不見盡頭的一排排屋脊。

「今次可能真的會死。」

這樣的說話竟然出自于潤生之口，對狄斌而言實在極端震撼。在狄斌心裡，老大的意志，比高山還難以撼動。

「我知道啊。」狄斌苦笑回答：「從刺殺萬群立開始，我們有哪一次不是拿命出來玩？」

于潤生沉默了一會，回以微笑：「說的也是。」

「尤其是殺吃骨頭那一天。」狄斌白皙的臉上熱血湧動：「那天之後，不是一切都已經決定了嗎？我沒法想像于潤生會屈服在任何人腳下。直至打倒最後一個對手爲止，我們並沒有打算停下來啊。」

于潤生無言，緊握著狄斌的手掌。

「我明天就派人把五哥急召回來。」狄斌臉上透著無比堅定：「誰要殺老大，首先得跨過我狄老六跟五哥的屍體——**能夠殺死鐮首的人，今天還沒有出生。**」

于潤生笑了。狄斌許久沒有看見老大笑得如此開懷。

接著于潤生就仔細向狄斌講解那個久藏在他心中的計劃。聽見這股自信的語氣，狄斌知道老大心裡僅有那一絲困惑，已然消失無蹤。

□

大幅的圖卷，慢慢在眾人面前展開，吸引了所有目光。

除了北面的皇宮內城郭是一片空白之外，整座京城的街道佈置都繪畫得鉅細無遺，而且全部合符比例。

蒙真看看地圖，不禁向于潤生露出敬佩的眼神。如此詳細的京都地貌，屬於朝廷機密，若是這幅地圖外流了，將是可判株連死罪的證物。因此蒙真相信它並非從太師府取得，而是于潤生靠著自己的人手丈量繪製而成，可以想像其中耗費的人力和金錢都不菲。

——這也說明了，于潤生在京都裡佈設的情報線網，是何等完善。

在于潤生書房裡列席的共有七人：于潤生、容小山、蒙眞、狄斌、茅公雷、花雀五，還有坐在最末的陳渡。他原本是葉毅的部下，但比葉毅年長四歲，同樣是「腥冷兒」出身，從前在軍隊裡曾經當過偵察的斥候，由於身材瘦小，在「大樹堂」有個外號叫「猴頭」。葉毅去年神秘死亡之後，于潤生就擢升他繼任，主持情報消息工作，表現至今都令于潤生很滿意。

除了這七人，還有像頭野獸的棗七，忠心守護在房門前。

容小山瞄了地圖一眼，並沒有像蒙眞般充滿興趣，只是等著于潤生講解。

「這件事，我已經計劃了好幾個月。」于潤生首先這麼說。容小山聽出他話裡意思：我這些日子收了容祭酒的許多好處，並非沒有做事。

「刺殺章帥，絕不輕易。」花雀五接口：「大家都知道，爲甚麼人們給他『咒軍師』這個稱號吧？」

章帥行藏之神秘，早已是京都黑道的傳奇。當年的幫會大戰，甚至傳言他能夠施展分身妖法。

這一點容玉山當然非常清楚。不只章帥本人，就算是他的部下人馬，容氏父子至今都無法摸透確實數量和佈置，與及當中傑出幹部的底細。章祭酒一脈勢力的開支，向來都是從「豐義隆總行」——亦即韓老闆本人——直接支領，其他高層幹部皆無權過問。唯一能夠肯定的是，章帥在京都能夠動員的部下，數目不會太多，估算不超過五百人，否則絕不可能隱藏得這麼好。

「自從去年我就不斷派人跟蹤章帥，幾乎每次都在一、兩天內就斷掉，最多只能夠確定他有沒有出城。」于潤生撫摸鬍鬚說。容小山聽著微微點頭。類似的跟蹤，容玉山當然也下令做過，結果同樣是徒勞無功。

這十多年，容祭酒亦多次嘗試在章帥身邊佈下內線，但是統統失敗──那些棋子不是神秘死亡失蹤，就是被調到偏遠的外州賦閒。「咒軍師」這種警覺力，連容玉山也不得不佩服。

「這麼說，是沒有辦法啦？」容小山不耐煩地問。

「不。」于潤生直視容小山微笑。容小山被那雙眼睛瞧著，感覺渾身不舒服。

──這傢伙絕對很危險；可也得要利用這種人，才可能搞倒章帥啊？總之我提防著就好了……

于潤生伸出手，摸摸桌上的地圖。坐在容小山旁邊的蒙真，看著那隻覆蓋京都街道的白皙手掌，眼神不禁閃動，臉上卻未流露任何表情。

「我們的跟蹤工夫，在四個月前終於有成果。」于潤生繼續說：「我們查到一件事：**章帥在京都裡有個女人。**」

容小山聽見，濃眉高高揚起。

于潤生的指頭在地圖上游過，最後停留在標示著京都外城西北位置。那是溫定坊所在，位於皇宮西側，貼近外郭城牆。

「他把自己的女人，安置在這裡。」

容小山對京都瞭如指掌，當然知道溫定坊。那地區由於靠近皇宮，是不少官吏的宅邸所在，而它距離繁華的京城中心較遠，環境清幽寧靜，容玉山也在那邊擁有好幾座物業。

「這邊很接近城門啊。」茅公雷指一指地圖上城牆的西北角。那道小城門名為濟遠門，平日進出的人不多。

于潤生點頭：「章帥想必花了重金，買通戍守濟遠門的禁軍。每次他去探訪女人時，總是先從南面鎮德門出城，表面上是遠行，其實繞路越過京郊的西面，從這道濟遠門偷偷回城。這就是他的女人一直沒被發現的原因。」

容小山臉上滿是懷疑。他和父親多年來花了許多人手錢財去調查，都從沒能掌握如此重大的情報。

「你們是怎麼查出來的？」身邊的蒙真已代他發問。

于潤生瞧向陳渡，示意他代為解釋。

「我們跟蹤章帥時，發現他出城的次數比進城的多，由此斷定，他必定有秘密通道回京。」陳渡的聲音尖細但清晰：「最初我以為，只是部下看漏了他入城的次數；可是累積下來我就發覺，這種情況大約每隔十天，幾乎必然出現。我逮住這日子，加緊派人在各城門牢牢盯著，經過了兩個多月，終於有次發現他換乘的馬車，從濟遠門駛進來。」

之後陳渡當然是憑著馬車行蹤，鎖定了那女人的住處，這一點不說眾人都明白。

「她就住在這裡。」陳渡站起來，從桌上拿起一根細針，插在地圖裡溫定坊的其中一條街道上。「我仔細查訪過，那女人姓曾，誰也不知道她的出身底細——猜想她並沒有京都戶籍，是從外地來的。住在這屋裡已經有五年多，年紀三十上下，同住的只有兩名女僕和一個老雜役……」陳渡陸續說出關於這個女人的事情。

容小山看看蒙眞。只見他非常留心地聽著，顯然已在心裡默記。容小山很滿意，回去後他會馬上派人再按這些資料查證，以肯定于潤生的情報眞實無訛。

「聽這些形容，的確很像章帥會睡的那種女人。」容小山搖著紙扇笑了。

「之後我們時刻都監視著那座房屋。」于潤生接著解釋：「有幾輛樣式不一樣的馬車，輪流在不同日子進入房屋前院。雖然沒有看見章帥本人，但是那跟章帥出城的日子和時分，完全吻合。」

「幹得好。」容小山露出興奮眼神：「下一次會是哪天？我回去告訴爹，叫他準備。」

「不行。」于潤生斷然回答：「對付章帥的主力，必定要由我這邊的人擔當。這些年來，章帥必然已在容祭酒部下裡佈了線眼。一旦被他察覺有異動，狡猾如『咒軍師』，是不會再給我們第二次機會的。」

于潤生的手移往地圖東面，停在九味坊「豐義隆」總行上：「何況章帥一死，容祭酒也必須同時去找韓老闆，請他把座位讓出來。」

容小山沒有說話，也就等於默認，這正是容玉山「逼宮」的計劃。

「既然如此，就拜託于兄把章祭酒的人頭帶回來吧。」蒙眞淡然說：「容祭酒必定會滿意這種安排。」

「當然。為了報答容祭酒提拔之恩。」于潤生低頭拱手。

一直默默坐在旁的狄斌，聽見老大這句話，心頭泛起緊張的情緒。

一場叛變，就這麼輕描淡寫地決定。

「但是還有一個條件。」于潤生把手掌從地圖上收回來，再一次撫摸鬍鬚：「希望容公子當天能夠親身到來，監督我們行事。這樣我的部下才會安心。」

容小山略感愕然，但馬上就明白于潤生的意思。以于潤生目前的地位，若是獨自刺殺章祭酒，在「豐義隆」幫眾眼中，不免成為大逆不道的行弒者；但如果有容小山在場則可以表明，行動是由大祭酒容玉山授意，乃是「豐義隆」內部的肅清。

容小山不置可否，只聳聳肩回答：「這得看爹會不會同意。我回去再跟他商量。你們甚麼日子行事？」

于潤生豎起兩根指頭。

「兩個月後？」茅公雷搔搔鬈髮：「那可是皇帝登極十載的慶典啊。」

「喜慶期間，京城裡人多繁雜，正好掩飾我們調度。」狄斌回答。

「于哥哥想得還真仔細啊。」容小山露齒而笑。他瞧瞧那地圖，接著站了起來，環視室內眾人。雖然還沒決定是否親臨監督，但是容小山心頭，已然升起一股指揮大事的豪氣。

「兩個月後，『咒軍師』將在人間消失。」

□

「這可能是陷阱。」在回程的馬車上，蒙眞冷冷說：「于潤生這個人，就像條毒蛇。」

「我同意。」茅公雷用力點頭：「我們調查了章祭酒這麼多年，也沒有甚麼發現；于潤生來了京都才多久？怎麼他一查，章帥就忽然冒出個情婦來？我不太相信。」

容小山垂著頭，把玩掛在腰帶上一塊半邊巴掌大的赤色玉珮：「那麼你們認爲，當天躲在那房屋裡的，不會是章帥本人嗎？是替身？還是伏兵？」

——多年來容玉山都懷疑，章帥能夠如此神出鬼沒，最大可能就是擁有一個或更多與自己相貌身材相似的替身。

「假如是重用了多年的替身，章祭酒絕不會輕易犧牲。」蒙眞分析著：「而且除非眞是雙生兄弟，否則屍體總會露出馬腳吧？我也看不出來，章祭酒假裝遇刺，會有甚麼重大好處。」

「這麼說就是伏兵吧？」容小山笑著搖頭：「那種小房屋裡，藏得了多少人？我臨時多帶一隊人馬去，他們就沒戲了。」

「公子……」茅公雷猶豫著問：「你眞的打算答應于潤生嗎？要親自上陣指揮？」

容小山撫摸下巴沉思。一直以來父親都擔心他，接了班之後卻在幫眾之間欠缺權威，一大原因正是他沒有參戰的實績。

親身出馬擊敗「咒軍師」章帥——無論任何人做到這件事，都將在一夜之間，成爲天下黑道的傳奇。

一想及此，容小山的胸膛間頓時燃起一團野心的火焰。

「于潤生這麼大費周章，不會只爲了讓我們撲個空吧？這樣愚弄爹，他也知道會有甚麼後果。」容小山摸著車窗的木欄。夏風透過窗口迎面吹來，他感覺爽快極了。「我才不管他心裡打甚麼主意。章帥在不在也好，只要帶著充足的人馬，我想不到他們能夠做甚麼。」

「恐怕容祭酒不會答應。」蒙眞勸說：「公子是我們將來的領袖。容祭酒的一切希望，都寄託在公子身上，不容許公子有任何閃失。」

「我會說服爹。」容小山的戰意已溢於言表：「這是一口氣決定勝負的重大時刻。」

蒙眞無言，但依然一臉憂慮的神色。

——當然只有身旁的義弟茅公雷清楚：蒙眞的表情，與心裡所想正好相反。

□

「明天你親自去太師府一趟，找那個蕭賢。」于潤生坐在書房的虎皮交椅上，從懷內拿出一張摺疊的紙，遞給狄斌：「告訴他，我們需要紙上寫的東西。」

狄斌打開一看，眼睛瞪大了。雖然于潤生早就告知了他整個計劃的每一步驟，可是想到其中每個凶險關節，還是不由緊張。

「把紙上寫的記熟了，然後燒掉它。」

狄斌當然明白。紙上的內容要是被朝廷得知，將是株連九族的大罪。

「還有……請蕭賢別把這事情告訴何太師。」

「恐怕他不會答應。」

于潤生把書桌上一個小木箱推到面前，打開箱蓋。裡面是整齊排列著一錠錠的金元寶。

狄斌點頭，伸手把箱蓋闔上。

「五哥大概再過十天就會回來。」狄斌謹慎地摺起那張紙：「時間還充裕。」

「唔……」于潤生顯得很疲倦，靠上了椅背：「有他在，不管是甚麼事，成數都增加一倍。**他是個能夠創造奇蹟的男人。**」

——你也一樣啊，老大。

□

「三十鋪總盟」即使已經結成了好一段日子，佟八雲至今仍然看不慣，「聯昌水陸」少主崔丁在「總帳樓」自出自入，任意翻看櫃裡的各種帳簿卷宗。

過去多年「二十八鋪總盟」與「聯昌水陸」兩幫都是道上買賣的競爭對手，雖然還未至於鬥到你死我活，流血結怨卻也時有發生。佟八雲也親自參與過其中好幾次火拚。

想不到如今「聯昌」的頭領，竟然坐鎮在「雙么四」的心臟裡……

林九仁卻對崔丁的才幹，表示衷心欣賞。

「這小子，要不是生在黑道家族，做生意或者讀書當官，也必定會出人頭地。」這是林九仁的評語。

佟八雲也並非只懂打架的武夫，當然也看出崔丁的能力。「三十鋪總盟」最初結成時，崔丁只花費了幾個月的時間，就已經把「三條座」之間互有衝突和重疊的業務全部理順。在這過程裡，當然有不少人因爲利潤及地盤勢力突然削減而心生憤恨，崔丁卻有序地從不同渠道調動資源作補償，安然化解了內部各種不和；而日常不論是管理帳目還是人事，崔丁也都處理井然又從容，「三十鋪副總管」的職位，他很快就坐得穩穩，反倒顯得林九仁這位總管像一尊裝飾物。

最重要的是：崔丁這二把手乃是由盟主蒙眞親自任命的，證明他的用人眼光異常精準。

佟八雲倚坐在「總帳樓」窗前，心不在焉地拋接把玩著飛刀，俯視下方的市集風景。在他對面的牆壁上，掛著一個已然傷痕纍纍的木靶，靶上沒有繪畫圓心或圖形，只是在中央黏著一顆糯米。

他根本不用坐直身體，只是手腕和臂肘一抖，飛刀就迴轉飛出打進了木靶，刀刃距那顆糯米只是兩分。

——媽的，有點退步了……

聽見這刀刃入靶聲，崔丁抬頭看了佟八雲一眼，沒說甚麼，就再次埋首案上。

佟八雲看看天色。快到正午了。他今天準備去找孫克剛喝酒吃飯。

相比「聯昌水陸」那夥生意人，「隅方號」個個都是直性硬漢，佟八雲覺得比較好相處。特別是孫克剛這位前輩，佟八雲對他格外尊重。

佟八雲回想起來，有一次他跟孫克剛喝酒，這石匠有意無意說了句：「小佟，你看上次那場決鬥，會不會是蒙盟主跟姓于的……合起來演戲？」

佟八雲當時有些驚訝。原來孫克剛並不是別人眼中那個沒頭沒腦、只懂得鑿石打架的莽漢。

——只是對於人情世故，還是差了一些：這種說話，自己心裡想想還可以，怎麼能夠隨便對人說出口？

那次桂慈坊會戰，其實只是一場騙局——這樣的想法，佟八雲當然不是沒有。而他相信以林九仁、崔丁和其他舖主的智慧，事後也必然如此懷疑。

而蒙真被奉為「三十舖盟主」後，第一個指令就是要求將此事對外保密，至今仍只有原「三條座」的高層和佟八雲、孫克剛等少數頭目知悉。這更難免令他們心裡增添疑竇。

但是這一切都不重要，佟八雲心想。

重要的只有去年夏天，在這座「總帳樓」前，蒙真展現出的那股巨大氣魄，「三十舖」所有人直到今天都無法忘懷。

一個讓人衷心跟隨、深信能夠帶領大家到達光榮彼岸的領袖——這是過去十幾年「三條座」一直最需要、卻又從沒有誕生過的人物。只要蒙眞能夠扮演這個角色，其他的佟八雲都不會在乎。

他走到木靶前把飛刀拔出來，盯著靶心那仍然完好的糯米，決心要在兩個月內，將命中距離練到九步外。不過現在先要做的，是動身去吃飯。

這時他卻以眼角瞥見，窗外天空有東西高速移動而來。

是一隻灰色飛鴿，正筆直朝著這裡「總帳樓」二樓接近。

他當然認得出。這信鴿是他負責飼養的。

即使還沒讀到鴿腿上縛著的短箋，佟八雲已然知道牠帶來甚麼信息。

他聽見自己的心跳加速。

——決戰快將開始。

□

迎接鎌首返回京都的，是黃昏風中一陣烤肉香氣。

距離城南外郭明崇門，至少還有七、八里遠，香氣卻已乘著夏日南風從京城飄過來。

「這是怎麼回事？……」梁椿不禁問。整個下午他們都在趕路，中途只停下來草草吃過一頓乾糧，在這肉香刺激下，他的胃囊在咕咕發響。

坐在鎌首懷裡的黑子，原本因爲騎馬時的晃動而睡著了，此際也被氣味弄醒，舐著乾癟的嘴唇。

鎌首揮手示意，他身後的廿六騎即一同勒止停下。爲免惹人注目，鎌首把從外地帶回來「大樹堂」的新招部下分成了三批，先後從不同路線回京。鎌首的隊伍打扮成客商，馬鞍旁邊和後面都掛滿載貨的布袋，有些是僞裝，但也有的確實盛載著從各州府採購回來的物品。

鎌首深吸一口氣：「我知道了。必定是慶典的御獵。」

當今皇帝登極十載，京都的慶典從幾天前已經開始，一直要舉行至秋收之後。

按照開國高祖遺訓，除了定期節日，一切皇家慶典都不得在秋收前舉辦，以免擾亂百姓的農活，並可減輕進貢的負擔；可是皇室延續至今，每朝的作風都比前朝豪奢，祖宗的規定早已拋諸腦後。

這次長達三個月的慶典，除了各項祭禮儀式外，每逢吉日更在皇城北面的御苑森林舉行大出獵——有時相隔五、六天，頻密起來卻會連續狩獵三、四日。

既然是出獵，當然定有獲物。每次獵殺到的百計飛禽走獸，全都會運送到御苑中間的露天祭壇烤燒，以肉香上祭蒼天，繼而由陪獵的貴族、文武官僚及軍士享用，只有皇帝本人半點不沾——爲了早日修成仙骨，皇帝聽從方士進言，四年前就開始茹素。他本人雖不吃肉，但狩獵祭天卻絕不減少，以示天下萬物的生殺大權，都握在天子一人之手。

如此頻繁狩獵，御苑即使再廣大，林間自然生長的獵物當然不敷，於是朝廷又從各州輸進大量的野生禽獸填補。由於運送路途遙遠，途中逾半的活物都不支死去。漫長御獵所耗費的人力物力，實在難以計算。

鎌首的人馬昨日在回京官道上，依然遇過一支押送禽獸的車隊，當時他們都不明所以，如今嗅到烤肉香氣，方才恍然。

「幹你娘！快要餓壞啦！」一個部下抱怨：「這香氣眞他媽的教人發瘋！進了京城，我們非得好好大吃一頓肉不可！」

「快到了。」鎌首微笑說著時，心裡最牽掛的並不是甚麼美食。而是寧小語那柔軟的身體，還有白豆溫暖的笑容。

在這肉香裡策馬經過，瞧著道旁景色，鎌首的心情卻變得有點沉重。這野外風光，令他想起棲宿在京郊的那無數流亡災民。

——他們也會嗅到這陣肉香吧？心裡會怎麼想呢？

鎌首的腦海裡，不禁浮現出一個奇幻的景象：京都那高廣的城門，漸漸變成了一副血盆大口，**整座京城也隨之化為一頭碩獸，俯伏在大地上，貪婪地吸啖著眾生的骨肉精血**。

而他爲于潤生和「大樹堂」所做的一切，也是在幫忙餵飼牠……

□

花雀五很清楚，不管自己走到哪裡，也被容玉山的人跟蹤著。他不在乎。

他沒有親身走進溫定坊視察——這麼做太惹人生疑了——而是坐在隔鄰赫榮坊一家頗有名氣的飯館二樓上，慢慢吃著這裡最出名的紅豆烤餅，佐以清澈如碧玉的綠茶，等待手下回報。

于潤生那幅地圖確實繪畫得非常精細，但它的每個部分畢竟都是在不同的時期編繪和記錄，然後再拼合一的，即使只是相隔了幾個月，街道的實際狀況也有可能出現變更。花雀五決定要親自確認每一點細節。尤其濟遠門一帶，是這次行動的關鍵，更不可出任何差錯。

花雀五呷口茶，不經意掃視四周的客人。他無法確定其中誰是容祭酒的探子，也懶得去分辨。

——反正容祭酒早就知道，我專門替于潤生在京都裡收集情報啊。我來打探情況，本就是分內事。

江五感覺到，自己過了四十一年的人生，從來沒有像現在般充實。從前託庇在義父羽翼下，他雖然獲得不少機會，卻始終沒能做出成績，打進幫會的核心；如今他跟隨著于潤生，卻反而夠參與「豐義隆」這場最高權力的鬥爭。令他眞正感受到自己的價值。

于潤生的全盤計劃，花雀五只知曉其中部分環節，因此對於成敗之數，實在無法做出推測。對于潤生的才智和判斷力，他絕無懷疑；但是黑道上，從來沒有必然之事。

——假如他失敗了……誰會是勝利者呢？

容氏父子坐擁難以動搖的厚實資本，包括在朝廷內的影響力及幫會中的壓倒兵力，安全猶如坐在一輛鑲滿鋼鐵的重戰車上，即使駕車的人如何失誤，戰車的行動如何笨拙，被輾壓的始終只會是碰上來的敵人。

但是直覺告訴花雀五：這場鬥爭裡最可怕的人，始終還是章帥。

從少年時開始，花雀五就聽龐文英述說過「豐義隆」的種種早期事蹟；京都十年黑道戰爭期間，花雀五雖然已經開始在幫中辦事，但並不擅長戰鬥的他，總是守在二、三線，關於「六杯祭酒」的事情，他都是從較年長的幫眾口裡聽來的。

冷靜堅忍的容玉山，果敢勇猛的龐文英，自然都是京都黑道上的名人；「三祭酒」蒙俊擅長快攻，嗜好卻是種植盆栽；「四祭酒」茅丹心個性略為魯鈍，但每次「豐義隆」陷入困境，他總是最能激發幫眾士氣，而傳說他自出娘胎直到戰死那天為止，一生從來不曾生病；「五祭酒」戚渡江是名氣最小也最不愛說話的一個，平日只負責管理幫會的財政帳目，直至有次為「豐義隆」追討賭債，親自帶兵把一個名為「吉發」的小幫會上下四十四人一口氣殺盡，人們才見識他的狠辣手腕。

這些故事裡，關於「咒軍師」章帥的最少，但他每一次出手總是令所有人驚異得瞪眼——包括被殺者的屍體。

「章帥這個傢伙……」花雀五記得義父這樣說過：「**當人們都幾乎忘記了他之際，就是他最可怕的時候。**」

花雀五雙掌包著茶杯。窗口吹進來的風很暖。他心裡卻冒起了寒意。

□

木几放著一個通體以藍色琉璃製造、底下鑲著白銀蓮花座的透明花瓶，剛剛插上了一束雪白茉莉花；樑上掛了一幅流蘇帳篷，以四十幾種不同顏色花紋的碎布縫合而成；各種形貌奇特的貝殼串成的風鈴，在窗前搖動發響，教人聯想起海岸潮音；暗綠色的厚厚大地毯，編織著許多遙遠的神話人物與異獸圖案；青銅香爐上，源源冒出帶有迷醉奇香的薄煙……

這許多從邊陲帶回來的奇異器物，完全改變了鎌首與寧小語這個房間的氣氛原本單調冰冷的建築，轉眼披上一層豪放鮮烈的色彩，添加一種濃厚熱情的生活氣息。

鎌首拿起一件繡著飛鳥圖案的鮮紅披肩，輕輕蓋在寧小語身上。

「這些東西，你喜歡嗎？」

除了披肩，他還給她買了一雙用皮革條編成的涼鞋，和一只鑲著綠玉石的通花銀手鐲。

「都喜歡。」寧小語笑著點頭，伸出小巧手掌，撫摸他的鬍鬚。

可是鎌首感覺到她的笑容有異。是不是因爲分別太久？

「眞的喜歡嗎？」他皺眉：「你不喜歡就不要穿。我下次再買別的給你。」

「從前的日子，甚麼華麗衣服首飾，我都穿戴過上身。那些都是別人要我穿的。那感覺就像被人當做玩偶。」寧小語幽幽說：「現在我自己喜歡穿甚麼就穿甚麼。這些東西我都喜歡。不只因爲是你買的，也因爲……」

她垂頭撫摸那手鐲，淚水緩緩流下。

「……它們讓我覺得，自己重新做回一個人……」

鎌首雙手捧著她的臉，俯首把她的淚吻乾。

寧小語激動地仰頭，吻在他嘴唇上，用力得牙齒相碰。

鎌首的手掌沿著她的臉和頸項滑到胸前，潛進了衣襟，輕輕握著她柔軟的乳房，指頭捏弄著她粉色的乳蒂……

從前在這樣的愛撫下，寧小語全身就會馬上變得酥軟。可是鎌首扶著她腰肢的另一隻手掌，感覺到她的身體不自然地變得僵硬。

「怎麼了？……」鎌首停止了撫摸，嘴巴離開她的唇。他關切地瞧著她。「身體不舒服嗎？」

寧小語咬著嘴唇，沉默一會，用力搖搖頭。「沒甚麼……大概……月事早來了……」

鎌首把她整個人橫抱起來，小心地放在自己大腿上。

他就只是無言抱著她，輕輕掃撫著她的柔髮。

累積了許久的強烈肉慾，竟在他身體裡迅速消退。這個時刻，鎌首才深深知道，自己有多愛惜這個女人。

一個月前，當狄斌派出的使者終於找到鎌首，把「立刻返京」這指令傳達給他時，他就知道距離決戰的日子已不遠。

現在他回來了。

——不管將來發生甚麼，我必定要活著回家。

——**為了她**。

窗外陽光變成夕照。

寧小語埋首在鎌首的肩窩上，朦朧間睡著了。

在夢裡，鎌首牽著她的手，不斷地向前走。她不知道他們要去哪裡，只知道他們終於可以離開。

前赴很遠、很遠的地方。

她的臉頰壓在他寬壯的胸膛上，露出滿足的笑容。

第二十章
無色聲香味觸法

七月的天氣一直都很好，直到二十六日這天，天空卻變成一片摻鉛似的銀色。沒有要下雨的跡象，可是空氣裡卻持續瀰漫著一層薄薄的濁霧。從京都望向北方，遠山的棱線全都看不見。

容小山步下馬車，不住用絲帕抹拭額臉。暑熱無風，四周都帶著一種黏稠的感覺，令他感覺煩厭極了。

爲免被人發現行蹤，他途中換乘過三輛馬車，才到達臨近濟遠門的這所房屋。蒙眞和茅公雷謹愼地貼身跟隨在後。即使是從馬車走到屋門之間那個短短距離，茅公雷仍然警覺地左右觀察，確保沒有被人注目。

屋裡裡充溢著四、五十個男人長期擠在一室的汗臭，容小山不禁皺眉掩著鼻。今次行動雖然由他策劃，但事前他從來未親自到來視察過。

房屋大廳的地上淩亂散布著被褥和枕頭——這麼小的屋要住上五十人，隨處睡在地上是唯一的方法。廚房也不大，他們一天至少有一頓只能吃乾糧。茅坑當然也不夠用，他們索性在後院挖了十幾個坑，解決之後用沙泥掩上就算了。

「我的天……」容小山的語氣裡帶著厭惡：「可不要因爲這股臭味，被章帥發現了……」有幾個正在休息的部下聽見了，並沒作任何反應。可是蒙眞注意到他們眼神裡閃著的不滿。

這樣狀況的房屋，附近還有另外三家，埋伏的總兵力達二百人。爲免讓人注意到如此大規模的調動，容小山的人馬用了廿幾天，不斷分批把這四所房屋一一塡滿。

于潤生曾經提醒過，容系人馬裡可能潛藏著章帥的間諜，做這麼大的動員風險頗高。但是容小山不管，他只有被這麼眾多的部下包圍，才會感覺足夠地安全。

——關於章帥的情報畢竟都來自于潤生，容小山始終不能排除他會不會玩甚麼花樣。

容玉山同樣授意兒子多帶人馬。這寶貝兒子是他人生所有希望的寄託，而敵人也知道這個事實，容玉山絕不會讓對方有機可乘。

——寧可對付章帥的行動失敗，小山也不可有任何閃失。

容小山登上通往房屋二樓的階梯，一邊問：「于潤生他是怎麼知道，章帥今天會來的？」

「那個女人的傭人，今早到市集買的菜，比平日豐富許多。」他身後的蒙眞回答：「過去有兩次這樣的情況，也偵察到章帥的馬車。」

「呵呵……」容小山到了二樓，倚在一面窗戶旁，從窗格的洞孔往外窺看：「『咒軍師』必定想不到，出賣他的是一桌酒菜吧？」

從窗口看得清楚，這條由濟遠門一直延伸到溫定坊內裡的大街景色。下午的街道上，行人稀疏。外頭隱隱透來烤肉的香氣。

「今天又是御獵啦……」容小山微笑：「皇帝要狩獵，我們今天也狩獵……對了，于潤生那邊的人馬是由誰負責指揮？狄斌？還是那個鎌首？」

「是狄斌。」茅公雷說：「我沒看見鎌首。大概是怕他太過顯眼吧？」

「那矮子嗎？倒比較好對付……」容小山神情變得嚴肅：「記著，待會他們一得手，我們就要趕緊衝進去。說甚麼也得把這功勞拿過來！」

蒙眞和茅公雷同時點頭。茅公雷心裡暗笑：章師都還沒死，你卻盡在想這種爭功的事情……

然後是靜默的等待。容小山顯然沒甚麼耐性，交叉雙手在屋裡踱來踱去，又走到下面大廳，下了些沒有意義的命令，例如叫部下將廳中央空出來，把兵刃整齊排列地上，讓他煞有介事地逐一檢查。之後他回到二樓，親自監視一下濟遠門的情況，過不多久又厭倦了。

「媽的……」等久了的容小山跺腳幾下，英氣的濃眉皺成了一團：「那個情報會不會是假的？于潤生在騙我們嗎？」

茅公雷忍不住回答：「公子，伏擊就是這樣的啊，沒有保證……」

「不用你教我！」容小山的滿腹怒氣，轉爲向茅公雷發洩：「我四歲就會讀兵書了！你呢？你讀過多少部？」

茅公雷瞧瞧義兄。蒙眞搖頭。茅公雷只好沉默不語。

「車！」監視的部下發出輕呼，打斷了容小山的憤怒。

「讓我看！」容小山湊近紙窗洞孔，看見一輛只有兩匹馬拉著、式樣十分平凡的馬車，從細小的濟遠門駛進來，並未停下接受衛兵檢查，就一直朝溫定坊內行走，速度不緩不急。

「看來是了。」蒙真的聲音極其冷靜。

容小山看著馬車，全身都在冒冷汗。他很清楚今天這行動對自己具有多大的意義。除去章帥這個大患，「豐義隆」裡就再沒有能夠威脅他父子倆的敵人。容玉山已在「鳳翔坊分行」齊集大批人馬，一等接到這邊伏擊成功的消息，就會出發往九味坊總行向韓老闆逼宮。然後再過一年半載，將幫裡一切事務平定理順，他容小山將成為「豐義隆」的新任老闆，京都黑道第一人……

「不如就在這道路上出擊好嗎？」容小山焦急地問：「通知前面那些屋裡的手下，先把去路截斷，我們再從這邊夾擊！茅公雷，你負責下手……」

「但是我們還沒確定，章帥本人是不是在車裡。」蒙真提醒。容小山的臉漲紅起來——情急之下，他竟然連這個重點都忘卻了。

馬車在大路上漸漸走遠，到達一個路口往右拐彎，看來確實正前往那情婦的家。容小山心裡振奮。

茅公雷下樓，命令眾人把兵刃帶上，隨時候命。

「狄斌會用哨聲通知我們。」蒙真說：「成功是長哨音；假若出了甚麼岔子，是短音。」

容小山咬著嘴唇，表情就像正在熱切等待父親買玩具回來的孩子。

「公子，不要急。」蒙眞輕拍他肩膀：「不管待會發生些甚麼，我們都等齊集了所有人才出動。那姓于的，未必信得過。」

「他敢？」容小山冷笑：「我這裡有二百人！必要時把他們全砍了！」

「可是那鎌首隨時抵得上一百人。」

「我也有公雷啊！」容小山摔開蒙眞的手：「在京都，誰敢跟我們姓容的——」

傳來哨音。

連續七、八記短促的銳響。

「怎麼回事？」容小山焦急之下，索性把窗戶整扇推開，伸出頭往馬車消失的方向眺視。

「到底出了甚麼事？」他把身子縮回來，慌亂地抓著蒙眞的衣襟：「快叫人去看看！」

蒙眞還沒回答，下方卻傳來急激的蹄聲。

只有一騎，從剛才馬車拐過那彎角轉出來，朝著城門這頭迅急馳而至。騎者的身影漸漸變大，一身白色衣衫飄飛。

容小山瞪著眼睛。

這個人，他從小就認得。

確確實實是章帥本人。

容小山奔向階梯呼喊：「快去！追殺他！」

蒙眞追過來：「公子，不要！外面也許有埋伏！」

容小山卻已到了樓下，氣沖沖撿起一柄刀：「哪有甚麼埋伏？城門裡外，我們的人早就檢查過！我們現在有多少馬匹？」

一個部下迅速回答：「後院裡只有十幾匹，另外有廿來匹藏在隔鄰幾家屋內——」

「都帶出來！所有人上馬！再不追，他就要逃脫了！」

十人立刻奔向後院取馬，其餘部下也都湧出了屋門。

「誰斬了他，黃金五百兩！」容小山激動地呼喊，同時揮手叫蒙眞和茅公雷跟隨他到後院去。

後院並沒有馬廄，只在樹蔭底下並排拴著馬匹，爲免馬嘶聲驚動外面，嘴巴全都綁著布帶。部下們正手忙腳亂地將之一一解開。

容小山愛好騎術，對於馬十分熟悉，一眼掃過去就挑出其中最壯健那匹，縱身一躍坐上馬鞍，動作極是瀟灑俐落。他又指示意蒙眞和茅公雷乘哪兩匹。

——早知道會變成這種狀況，就把我那匹快馬帶來！

馬兒被縛許久，一旦解除布帶，全都發出悍怒的嘶聲。

「去！去！」容小山以刀背拍打馬臀，單騎當先從後門馳出。蒙眞和茅公雷也迅速調轡追去。

其他已然外出的部下，也一一騎著馬從巷道出現，在大路中央與容小山會合。但這時章帥的馬早已越過房屋，到達濟遠門前。

「追！」容小山點點騎數，集合起來已有幾乎四十匹。他充滿信心地發出號令。

「可是守門的衛兵……」

容小山從衣襟裡掏出一個穿著繩子的烏黑木令牌，將之掛到頸上：「這是乾爹給我的，他們絕不敢阻攔！」

他們一行三十八騎，同時飛馳往城門。路上的行人攤販，早就因剛才章帥的急奔而躲避兩旁，容小山的馬隊通行無阻。

「那個狄斌，到底搞甚麼？竟然讓他逃脫！」容小山切齒說，奔馳中只他自己聽見：「正好！由我親手立這大功！」

章帥已策馬衝出城外。門衛顯然都認識他，沒有任何攔阻之意。接著他們看見這近四十騎的大隊人馬全速奔來，卻都緊張地提起了戈戟。

容小山一馬當先，把手中令牌高高舉起：「倫公公親賜的門令！誰也不要擋路！」

守門的隊目聽了頓時猶疑。這樣的距離下，他其實無法鑑辨令牌的眞假。可是來者這股氣勢卻假不了。

——若是假令牌，那罪責並不在我身；但要是眞的話，倫公公絕對惹不起！

「退開！退開！」那隊目心裡一決定了，立即催促部下收起兵器，從城門兩邊後退。

後面再有容小山四騎部下趕來加入。那四十二匹健馬，幾乎全無停滯地一氣衝過城門。他們經過時，那守門隊目看見騎者全都帶著明亮兵刃，愕然張大了嘴巴。

出了城就是京都西郊，一眼看過去盡是平原。容小山領在馬隊最前，策騎的姿態嫻熟矯健，右手提著銀光閃閃的戰刀，頗有老父年輕時的戰將風範。

往右方一看，他們發現了章帥單騎的細小背影，正在往北面逃逸。

——媽的，應該帶弓箭！

容小山急忙調撥馬首，引領部下朝北追趕。

「慢著！」蒙眞高喊：「那是禁苑的方向！今天是御獵，要是誤闖……」

容小山心中一懍。

——可是這裡距離禁苑邊緣還非常遠啊。章帥的馬看起來不快，很快就會追得上……

容小山往空中揮了一刀，再度催促部下追趕。

「公子！」蒙眞皺眉叫喊。

「別阻我！」容小山回頭，狠狠瞪了蒙眞一眼，才再注視遠方的章帥，雙腿緊挾馬肚，促使牠再加快腳步。

皇城的御苑有多大，生於京都的容小山自是了然於胸。他心想，擊殺章帥的這次黃金機會，絕不可以輕輕錯過！最多追到禁苑外圍就好。

——說不定把慌不擇路的章帥驅趕進去，正可以借禁衛軍的刀殺了他！

一百六十八條馬腿，在西郊平原上揚起沙暴，高速往北捲去。

章帥的背影漸漸變大。

容小山雙眼因充血而變紅。他已經在想像，自己親手提著「咒軍師」的首級回家，父親將會何等高興……

越往北走，樹木越是茂密。雙方奔馳的速度都被逼減慢下來。容小山用眼睛估量著跟對方的距離。章帥變得再接近了一點。看來他那坐騎已然乏力。

——逮著你了……快逮著你了……

這時容小山卻從眼角瞥見：右前方林木間，好像發出金屬反光。

——是埋伏？章帥的陷阱？

容小山頓時心虛，把坐騎拉慢，讓十幾個部下越過，形成前後都有人保護自己。部下們都不解，但也跟隨著容公子，把速度減慢了。前頭的章帥頓時變小變遠。

——怎麼辦？就這麼放過他嗎？還是應該乘著這氣勢，一舉連同樹林裡的伏兵也迎頭痛擊？

正當容小山猶豫不決時，藏在林中的人馬卻自行現身。

剛才容小山看見的那些亮光，確實是從金屬反射出來：

許多襲擦得發亮的儀仗盔甲，還配以式樣古典的烏木桿矛槍及青銅鞘口長劍。

那一個個身材壯碩的男人，騎在精挑的健馬上，配上華麗的軍器裝備，彷彿一群從古老神話畫卷裡走出來的天兵神將。林間漫著淡薄霧氣，令他們更添一股神秘威嚴。

——我要快點決定……

容小山看著這些軍士的容姿，衣衫頓被冷汗濕透。

軍士們戴著兩邊豎起鳳凰翅膀的金色頭盔，身穿造工精細綿密的鎖子甲，佩劍的烏黑魚皮鞘上繡著雲朵狀的銀絲圖案，腰帶懸掛著刻有古文字的金牌……

容小山自出生至今這二十五年都住在天子腳下，他當然認得出這是甚麼裝束。

禁衛軍。而且是最精銳的御駕親衛隊「神武營」騎士！

「止住！」一把洪亮的喊聲在林間迴響。那些軍士的戰盔全部半掩著面目，加上霧色與回音，令人無法分辨喊話的到底是哪一人。「速把兵器拋下！」

「護駕！」另一個禁衛緊接著高喊。

容小山驚嚇得泛出淚水。他率領的整支馬隊，都不知所措地停在原地。

「撤！」只有蒙眞果斷下令，那聲音猶如冰水把眾人淋醒。蒙眞拉起容小山的馬韁，帶頭撥轉往來路奔逃。

「快逃！」茅公雷揮舞手上長刀，催促部下跟隨蒙眞：「我留後攔阻！」他說完就策馬迎向對方。

四十一騎狼狽無比地沿著來路逃遁。

「怎麼辦？」容小山的坐騎緊貼蒙眞，哭著問：「蒙眞，現在怎麼辦？」

「兵器都拋掉！」蒙眞高呼，率先把刀往旁扔去。後面部下也照著辦。

「公子，不要擔心。」這種時刻，蒙眞的臉仍然鎮定如常：「我們回濟遠門。」

「安全嗎？城裡會不會都……」

「我們要回城。放心，天大的事，有容祭酒和倫公公扛著。」

容小山並未回答，只是不斷點頭。他心裡暗暗咒罵：怎麼還看不見城門？快回去！進了城就安全！要是把我的愛馬帶來就更快了！沒事的！我一定不會出事……

——至於殿後的茅公雷此刻生死如何，他連想也沒想過。

□

章帥再次從樹林裡出現，緩緩策馬而來，與那隊穿著重裝甲的「神武營」禁衛會合。

「可以了。」他輕聲下令說。

「禁衛」們紛紛下馬，走到林間深處一個預先挖好的土坑跟前。那大坑的寬度大概可埋葬三、四人，卻深達十多尺。

眾人迅速解下身上的甲胄、衣衫和裝備，又把長矛一一折斷。他們渾身赤裸，將所有軍服器物都統統拋進深坑裡，確定不留半片之後，才撥下堆在坑旁的泥土，把裡面的東西迅速掩埋。

章帥親自監督著這工作，幾乎沒有眨一眼。

這批軍裝武器，由于潤生透過何太師的親信蕭賢，花費重金賄賂秘密購得，都是貨真價實的「神武營」儲備武裝。偽裝禁軍衛士罪同叛逆謀反，從犯皆株連九族，這深坑裡埋藏的東西，絕不可被人發現任何一件。

茅公雷仍然騎著馬，停在這群人外圍的樹木間，一直冷冷瞧著他們。

章帥看著他的部下完全填平了土坑，並且壓得實實，再將幾塊草披掩在上面，又放了幾塊石頭，撒上落葉和枯枝。確定滿意這僞裝後，他揮手示意眾人可以穿上預早藏在附近樹洞裡的衣褲，這才轉過頭來瞧著茅公雷。

兩人四目交視，沒有說半句話，只是遙遙互相點個頭。

茅公雷隨即撥轉馬首，急馳離去。

「我們也快走。」章帥拍拍白衣上沾染的泥塵。「再過不久，這整片西郊就要變成禁地。」

□

蒙眞和容小山等人倉皇逃入濟遠門的情景，被躲在溫定坊大道旁一座房屋裡的陳渡看見了。

陳渡特別留意他們身上和手上，確實全都沒有帶著兵刃。

這表示章帥那邊成功了。

「灰色！」陳渡下了指令。

身邊部下應聲點頭，走到房屋中央飯桌前。桌上放著兩個竹製的鳥籠：左邊那個裝著兩隻白色信鴿，另一個裡面的則是灰鴿。

他小心翼翼地打開右邊鳥籠，把兩隻灰鴿輕輕捧出來，走到後院往上一拋釋放。

灰鴿振翼迅速上升，一隻往城南方向飛行，把這個重要信息帶往于潤生宅邸；另一隻則前赴城外西北方，亦即鎌首現正候命之地。

□

鄭式常左看右看，確定沒有長官在附近，才忍不住脫下頭盔，掏出汗巾，來回擦抹已然濕透的頭髮。

任職皇城禁衛，怎麼說都算是優差。大份的油水雖然沾不上，可是那些宮女和下級閹人，平日經常都會要求他行各種方便，通常是請託他帶各種日用物品進宮。鄭式常當然從中抽一點「捐費」，累積下來，總算每月的軍餉要多得多。

十六年前鄭式常花了四百多兩銀子買來這個差缺，前後花了兩年才清還。入宮最初的兩個月他有點後悔，只因當禁軍的油水並沒如他先前想像般多；但後來聽聞戍守邊疆的同袍苦況，還是慶幸自己守在皇城，無風無浪，每頓吃的飯菜更差不到哪裡。

當年上京時懷著那個飛黃騰達的美夢，早就消失無蹤。鄭式常如今只一心想著：多幹個十年八載，退伍時儲到的金錢，大概也夠回鄉買些田產……

「你在幹麼？」後面傳來隊目的叱責聲，鄭式常慌忙戴上頭盔。

——這差事甚麼都不錯，只是每逢慶典就最糟糕。

鄭式常重新握起那重甸甸的長戟，眺望向御苑森林中央的草原。與他一樣穿戴的重甲騎士，分列形成一個個方陣，滿佈在空地上，單是從這裡肉眼可見，少說也有幾百騎。

御獵的全部動員，當然遠遠不止此數。鄭式常所屬騎隊，只是守在禁苑西南最外圍，別說皇帝的御駕和營帳，就算是親衛兵，也從不在他視線之內。

鄭式常心裡嘀咕著。出來打個獵，就動用上千護衛和馬匹，還有一倍以上數量役工侍從，加上陪獵的文武官員及負責祭祀的神官……單是餵飽這許多人的食物，每頓就相當於一座小城整個月的官糧庫存。

而這片看不見盡頭的樹林花園，完全就只屬一人所有。

——**這就是「權力」絕對體現。**

「今天看來還算空閒呢。」旁邊的同袍小畢，用手掌搧著風一邊說。

「也是……」鄭式常點頭：「聽說今天陛下在東面放箭，看來我們不用怎麼動了，停在這裡擺擺樣子就行。」

小畢微笑：「哈哈，我們本來就是皇宮的裝飾嘛。」

「噓……別說這麼大聲！又要被罵了……」

「唉，好想回家泡澡……可是今天回宮之後我還要值勤，連睡的時間都沒了。」

「我來替你好了。三兩銀。」

「休想！柴公公那邊今晚有賭局，我正要趁機翻本……」

「眞的？他媽的，我也想去！上次給殺得太慘了……」鄭式常說時打了個呵欠，然後深吸一口氣。空中又隱隱透來那股烤肉味。這個月來他吃了太多頓烤肉，嗅著反倒感覺沒甚麼胃口……

「啊？那是甚麼聲音？」

鄭式常聽見同袍之間有人這麼說。

「是馬蹄聲……」

「聽錯了吧？」

「肅靜！」後面的隊目大喊。騎兵們全都噤聲。

那陣蹄音頓時變得清晰。非常急激，而且最少有幾十騎。

鄭式常轉過頭，瞧向蹄聲的方向。是西南方那樹林。

——難道有衛騎脫隊走錯了路嗎？

越來越接近了。眾禁衛卻絲毫不覺緊張。

——誰會來御苑惹麻煩啊？……

那隊人馬終於在樹林前頭出現。

看不見任何甲冑軍服。每個人只是穿著平凡的衣服，用布巾包裹著頭髮和下半臉。一眼看過去大約有二、三十騎。

手上都閃著亮光。

鄭式常的臉頓時繃緊。

——哪來的瘋子？

隊目也不禁呆住了一刻，才高聲呼喊：「哪來的叛賊，吃了虎膽嗎？竟敢帶著兵刃闖入禁苑重地？快快拋下刀子投降！驚擾聖駕，是殺頭株連的重罪！」

那神秘騎隊的最前頭，有個身材異常高壯的男人，他對隊目的喊話充耳不聞，反而高舉尖刀，在頭頂上揮舞了一圈。身後的騎士們紛紛調轉馬首。

「他們要逃了！」一個禁衛高叫：「怎麼辦？」

隊目拔出腰間的佩刀：「追！」

眾多禁衛立時撥轉坐騎的方向朝向西南。他們平日主要只負責戍守禁宮，和在各種儀仗裡展示軍威，缺少鞍上實戰操練，這時整個騎隊陣式竟是亂成一團。

「別管擺陣了，才不過小小一群賊匪！去！全都給我追！」

衛士們於是不管排列，策動向那些將要消失入樹林裡的匪人追擊。有些衛兵因爲還沒有收好長戈戟，幾乎互相揮打起來。

另外還有兩個較遠的禁衛騎陣，這時也發現了異動，隨亦撥轉過來加入追捕。

那座樹林不算茂密，馬匹還是能夠在樹木間自如穿過。禁衛騎兵殺入林中，就看見對方逃逸的背影。那名看來是匪首的高大男人正在殿後。

原只擔任御獵裝飾的禁衛，心情本來甚是悠閒，驟遇突變，而且穿戴著一身沉重浮誇的儀仗盔甲，又帶著許多獵具，因此才策騎快追了一段路，已然開始喘氣；戰馬揹負著這等重量，速度亦開始跟不上那些一身輕裝的匪騎。

禁衛兵隊終於衝出樹林，進入廣闊的西郊平原。眼看匪賊已然逃得漸遠，隊目心裡焦急不已。

忽然匪人裡其中一騎誤踏了凹坑，折腿悲鳴滾倒。騎者被狠狠摔落，一時無法站起來。

「好！抓他！」隊目用興奮的嘶啞的聲音高呼。

殿後的那個高大匪首來不及勒住全速奔馳的坐騎，越過地上那傷者十數步後方能停下來。他調過馬來，看向遺下的同伴。

那墮馬者忍痛爬起在地上坐直，瞧瞧追趕而來的數以百計禁軍，又看看停在另一頭的領袖，下定決心，從腰間拔出匕首，抵在自己頸上。

「不！」那高大匪首雖然隔著布巾呼喊，但洪亮的聲音響徹整片平原。

墮馬者握刃的手，因這命令而停住了。

那匪首同時策動坐騎，往受傷的同伴奔去。

禁軍隊目看見，急急呼叫：「放箭！放箭！」

好些帶著獵弓的禁衛緩下馬來，各自從皮囊抽出羽箭，搭矢彎弓，估算著與對方的距離，把弓箭瞄向上方。

匪首仍在奔馳。

七十多條弓弦紛紛彈動的聲音。

匪首迎著射來的箭雨，卻絲毫沒有減速，只把上身彎低。

猶如奇蹟一樣，這高壯男人與坐騎竟安然穿過箭雨。最接近那支只劃過他左肩。

掠過墮馬者的瞬間，匪首俯身舒展右臂，準確抓住同伴的肩頸衣衫，輕鬆得像提起紙紮人偶般，一把就順著馬匹的奔勢將同伴扯起來，橫放在自己鞍前；他另一手拉韁控馬，驅使坐騎拐了一個美妙的急彎，又再次往西南逃走。

禁軍再次搭箭發射，可是那匪首已然逃出他們瞄準的區域，箭叢全數落在他後頭草地上。

爲了放箭攻擊，前面的禁衛騎兵都停住了，以免被同袍誤射；如今再次起動追趕已來不及，眼看對方的背影將要消失。

「追！繼續追！看不見人，就跟著蹄印！」隊目仍然叫喊催促著，聲音裡卻已聽不出多少把握。

那匹折了腿的馬仍在地上掙扎。隊目策馬走近，並揮手朝部下示意。三名衛士刺出長槍，將牠捅死了。

隊目瞧瞧追趕到遠方的部下，然後躍下馬鞍上前檢視馬屍。馬身上沒有任何特別的攜帶物，馬鞍也是殘舊平凡的貨色，看來沒有半點線索。

另外兩個帶隊加入追捕的禁軍指揮，也都趕了過來。

「怎麼樣？走脫了？」

隊目沒有回答，眼裡卻露出惶恐之色。讓如此大逆逃脫，可是嚴重失職。

「上面若怪罪下來，我們也要受苦……」那兩人同樣面露愁色。

他們考慮過是否應該徹底隱瞞此事，當作從未發生，反正又沒有任何部下折損。可是三人再細想一輪，知道不太可能。他們此刻離開了原來戍守的崗位，很可能已經被上級發現；就算沒有，此事有幾百個下屬知道，一旦任何一人漏了嘴，牽連甚大——欺君之罪，遠比失職更重。

「等等。」隊目忽然眼睛一亮：「我想到了一個方法，可以把失職變成功勞……」

他伸出手，指向西郊遠方一片林木山坡。大氣中雖然漫著薄霧，可是他們仍然清楚看得見，那裡上空冒著生火的炊煙。

□

耐性，是容玉山成就今天事業的最大本錢。

此刻他坐在寬廣的「豐義隆鳳翔坊分行」廳堂裡，雙手把楞杖拄在跟前，閉著眼睛，額頭擱在楞杖頂上，高大但衰老的身體紋絲不動，彷彿入定。

這場戰爭裡，情報就是生命。傳信人已經帶來最新情報：狄斌刺殺章帥的行動敗露了；章帥單騎從濟遠門逃出；容小山帶著約四十騎精銳追擊……結果如何，卻還未有人回報。

容玉山的臉靜止得像木頭，心裡卻前所未有地焦慮，甚至比當年黑道大戰的決勝時刻還要憂心——只因現在犯險的，是他比自己性命更珍貴的兒子。

——不應該答應小山的……他怎會這麼笨，親自帶人追擊？太危險了！對方是章帥啊！

于潤生。這是他的詭計嗎？容玉山想不透。他要誘殺小山，斷絕我的希望？還是活捉小山以要脅我？不，他應該知道這麼做的後果。我要報復，甚至不必親自己動手，只要教倫笑伸一隻指頭，足夠令他死十遍。

——何況要對付小山，平日機會多的是，何必大費工夫設計這樣的假局？還要章帥以身犯險！

——章帥不是個輕易把頭顱伸出來的人。假如這眞是個局，他願意這樣做，必定是因爲有冒險的價値……

分行大廳裡早已擠滿了帶著兵器的部下，有人更穿上了皮革和竹片編成的護甲，總數超過一百五十人。此外在分行的其他堂室，還有附近幾座房屋，又集結了二百餘名戰士。

除了這裡鳳翔坊大本營，容玉山亦暗中派出了兩支各五十人的先頭部隊，一支佈在九味坊「豐義隆總行」外頭監視戒備，並且確保韓老闆仍在裡頭；另一支則監察著于潤生的府邸，看看有沒有異常。兩邊回報的消息都說一切如常。

——太過平靜，反而令我不安……

一名部下從廳門急奔進來。容玉山睜開了眼睛。

「祭酒！」那人離遠就大呼：「我們看見公子了！他們從濟遠門回了城！」

廳內的部眾甚是振奮，馬上交頭接耳起來。他們雖然已是容玉山勢力裡最內圍的一支親兵，但容玉山並沒向他們講解今次「兵變」的全部計劃——特別是要用武力威脅韓老闆這環節。只是能夠加入京都「豐義隆」，並且成爲容祭酒直系部屬的，當然都蠢不到哪裡，他們早就約略猜到：既然要「處死」狡詐的章帥，接著當然必須走奪權這一步。

——**叛變，要麼不做，做就一定得做到底**。

容玉山的臉上表情還是沒有變化，可是心底裡暗自鬆了口氣。兒子仍然安好。

他舉起只有三根手指的右掌。眾人立時肅靜。

「有沒有帶著……那個人的頭顱？」

「沒有。」

容玉山的手變成握拳。可惜。既然刺殺失敗，那恐怕就要演變成全面的硬攻了。但這場戰鬥絕不可以死太多人——登基慶典期間，要避免引起朝廷的不快。

「小山停留了在哪裡？爲甚麼不回來鳳翔坊？」

「不知道……」那名部下的聲音裡充滿猶疑：「現在沒有人知道他去了哪裡，而且……」

「快說！」容玉山的枴杖猛力敲在青石地板上。

「目擊他們的探子說：『公子和他的部下看來很狼狽，而且全部都丟了兵器。公子和蒙眞似乎甚麼也不管，就騎著馬一直往城裡走，拐入另一條街，很快就看不見……』」

容玉山的半白濃眉，深深壓住雙眼。

——小山在城外，一定是遇上了甚麼意外的事情……

——而他是被章帥親自出馬引誘出去的……

章帥，于潤生，你們到底在搞甚麼把戲？

□

在合和坊的「大樹堂京都分店」裡，狄斌灌下整整一壺清水，才止住因爲緊張帶來的乾渴。

他跟負責「刺殺」章帥的五十幾個手下，在「失敗」後分批回到這裡。今天藥店當然不做生意，門窗全都緊密關起來。濃濃的藥材氣味，在悶熱中令人頭腦稍稍清醒了一些。

狄斌又撫摸著頸項上那小佛像。他最擔心的自然是五哥。鎌首這次不必殺人，卻比以往任何任務都要凶險。摸老虎的屁股，還要帶著所有人全身而退，而且不能暴露面目。假如只是正面決戰，不管敵人是誰，狄斌都對五哥有絕對信心。可是這次……

假如出錯，一切都將太遲。容玉山那壓倒的兵力，就會開始反撲。

——老大，希望一切都如你計算吧。

「六爺……」一個年輕部下在後面叫他。是個名叫宋吉祥的小夥子，在漂城加入「大樹堂」至今已經四年，一向辦事妥當，而且說話不多。

——因此狄斌早前給了他一個特別的「工作」。

宋吉祥看看狄斌身旁的田阿火，欲言又止。

狄斌會意，示意田阿火離開。田阿火帶著不解的表情，瞄了瞄宋吉祥才走開。

「那件事情，我昨天查出來了。可是還沒有機會向六爺你回報……」

「說。」狄斌閉起眼睛，表面上很平靜，可是心情比剛才還要緊張。

「是……『拔所』。」

「『拔所』？」狄斌雙眼暴睜。「『鐵血衛』的『拔所』？你確定沒有弄錯？」

「是的……」宋吉祥被狄斌的氣勢嚇得臉色青白：「有人親眼看見……她進去……」

狄斌的牙齒緊緊咬合著，彷彿胸膛被人用鐵鎚重擊了一記。

他深呼吸好幾次，臉皮才開始稍微放鬆。

「這事情……絕不可再有其他人知道！明白嗎？任何人！」狄斌努力把聲音壓低：「包括堂主。包括五爺。」

宋吉祥用力點頭。他額上滲滿冷汗。

——他知道自己查出了一件很可怕的事情。他希望自己能夠忘記。

狄斌心裡何嘗不是這麼想。

□

容小山自出生以來，儀表從來沒有像今天這般糟糕。頭髮蓬亂成一團，高價的錦衣不知何時扯裂了左袖，褲子和雙靴沾滿泥斑。他那張原本健康又永遠充滿自信的臉，此刻頹喪得欠缺血色。

他疲倦坐在椅上，雙手擱在桌面，十隻手指緊張交扣。慣於活在父親的保護下，此刻容小山就像離群迷路的幼牲，眼睛不斷左顧右盼。

蒙眞站在門裡，透過門縫察看外頭的情形。這裡是位於西都府雷鳴坊深處一幢平凡的房屋，是容玉山在京都不同地點秘密收購的七所「巢屋」之一。所謂「巢屋」，就是地點隱蔽、平日不用於任何業務或居住的空屋，只留作緊急避難之用，而且使用一次後就會放棄。屋裡的木地板底下藏著應急用的金錢和防身兵器，除此之外就只得簡陋的桌椅家具和清水乾糧。

「爲甚麼我們不馬上回去爹那邊？」容小山的聲音裡充滿焦慮。

「現在我們還不能肯定，有沒有給對方盯上。」蒙眞回頭看他，那水晶般的藍眼珠，在微暗的室內顯得更明亮：「假如現在直接回去鳳翔坊的分行，就等於告訴那些跟蹤的傢伙：我們是容祭酒的人。」

「巢屋」裡的部下如今只餘二十七人。蒙眞剛才遣走了半數的手下，著他們將騎過的馬牽去收藏，再買幾匹新的回來備用。另外還要僱兩乘普通的馬車，準備讓容公子乘坐，其中一輛會用作僞裝的幌子。

「我們先留在這裡一陣子，確定沒有人跟蹤監視，才再動身。」

容小山點點頭，對蒙眞的說法很信服。他慶幸在這種危急時刻，有心思縝密的蒙眞在身邊。

——現在才發覺，蒙眞這傢伙眞是個不錯的心腹。也許平日我該對他好一點。

——可是爹卻要我將來殺掉他們兩個……不行，等這次事情解決之後，一定要跟爹好好談談……

想到「他們兩個」，容小山這才記起茅公雷。

「公雷他……不知道現在怎麼樣？要是他被禁軍抓住，可是個天大麻煩……」

蒙眞沉默著。容小山看見，心想蒙眞現在一定比他更憂心吧？他倆從小感情就很好。

「我想不透，怎麼會變成這樣的？」容小山又說著，氣憤起來不禁一拳擂在桌上：「那邊分明離禁苑邊緣還很遠啊，『神武營』親衛怎麼會出現的？章帥不也闖進去了嗎？」

「說不定皇帝一時高興，轉移了狩獵的地點……實在很難說。章帥現在也許已經給囚在天牢裡了。」

「是的話，我們也算拿了他的命。」容小山的臉這才悄悄放鬆開來。「可不要因他一人連累整個『豐義隆』啊。」

「這倒不必太擔心。」蒙眞回答的同時，眼睛仍然監視著著門縫外：「章祭酒平日管的事務本來就很少，朝廷裡認識他的人根本不多。只有道上的人才清楚他的身分地位。」

容小山沒有因此就覺得放心，又再重重嘆了口氣。怎會這麼倒楣的？爹平日說的沒錯：坐上越高的位置，就越要讓別人看不見你。我眞的不該聽信于潤生就親自出馬……

「千算萬算，誰也算得到會惹上皇帝？我們一心只是提防有人伏擊，以爲多帶人馬就萬無一失，反而……」

蒙眞聽了容小山這些說話，又再沉默下來。

——這小子的頭腦本來不錯。只是自小給老爹寵得太過分。

「我們還要待多久？一身都是汗臭。我只想快點回家泡個澡，再躲上幾天，等事情都冷下來……」

「看來這個事情，不是躲幾天就行。」蒙眞突然說。

「甚麼？」

「有人來了。」蒙眞指一指門縫外頭。

屋裡氣氛頓變緊張。幾個部下走向地板下收藏著兵刃的位置，但蒙眞伸手止住他們。「不要拿兵器。」

「爲甚麼？」容小山急得猛跺腳。

敲門的聲音。

若是追殺而來的敵人，當然不會敲門。

蒙眞垂頭，吸一口氣，才把門左右打開。

黑色的衣冠。腥紅襯裡的黑披風。短彎刀與棍棒。

「鐵血衛」。

容小山整個人像墮進冰水。

戴著紅纓冠帽的魏一石，排開兩名負責開路的部下，走進了屋裡，臉容似笑非笑，掃視著室內每個人，那高高的鷹勾鼻顯得比平日還要尖銳。

在他身後屋外巷道裡，站滿了密麻麻的黑衣軍官，最少也有三、四十人。

「容公子，許久不見。」魏一石的凌厲目光，最後落在容小山臉上，令他不禁哆嗦。

「這……這……」容小山的聲音在發抖：「鎮道司大人……怎麼……甚麼回事，勞您大駕……」容小山雖然是倫笑的乾兒子，但地位並不比魏一石優越。「鐵血衛」與「豐義隆」的容系勢力，兩者都是倫公公麾下鷹犬，在不同範疇爲其辦事，誰也指揮不了誰。雙方雖然偶有酬酢交往，但過去未曾在任何事務上合作過，也談不上有深厚關係。

「甚麼事？」魏一石冷笑。「公子應該比我清楚吧？這件大事，已經在皇城那邊鬧得沸騰，不久也要傳到京都各處。」

——果然在西郊被人認出了嗎？還是濟遠門的守衛通報了上級？媽的，我還在門前亮出了乾爹給令牌——就是因此而知道是我嗎？

容小山不知該如何應對，思緒已然亂成一團。

——魏一石他是怎麼找到這「巢屋」的？我們真的被人跟蹤了嗎？這些部下裡難道真有章帥的奸細？我現在要怎麼辦？……

「乾爹——倫公公他，知道這事情嗎？」容小山祭出倫笑的名號，期望看見魏一石的態度軟化。

魏一石卻不置可否：「保護當今聖上，維持京都平安，本來就是『鐵血衛』的職責。」

——按理沒有乾爹的命令，「鐵血衛」是不會出動的！難道乾爹他……已經放棄我了嗎？……

容小山快要哭出來。

屋裡「豐義隆」部眾一個個臉泛喪色。面對「鐵血衛」，就連黑道漢子也要軟下來。他們開始想像，要是被抓進那惡名昭著的「拔所」，將會受到怎樣可怕的折磨……

「魏司。」只有蒙真一人，神情仍鎮定如昔：「可否行個方便？我記得大人在我們商行的生意裡投進過一筆錢，到現在頗有盈利——我沒記錯的話大概有……一萬兩銀。我們待會回去行裡，馬上就把這筆錢結算，今天之內送過去給大人。」

魏一石冷笑。哪有甚麼投資？這是賄賂的銀碼。他摸摸乾淨的下巴，擺出一副考慮中的模樣，沒有回答。

容小山目中閃出希望，看見魏一石似乎不大接受這個開價，馬上說：「蒙真，你記錯了！

我記得有三萬兩！三萬才對！」

魏一石心中暗笑。這小子根本不懂談判，一下子就把銀碼提高到三倍。也難怪，他從小就沒缺過錢。

「可是……」魏一石把玩著馬鞭：「這樣我不就成了共犯嗎？這麼大的事情，我可擔當不起，萬一陛下怪罪……」他把手掌往自己頸旁輕輕切了一下。

「大人只需當作今天沒見過我們。」蒙眞說：「以後的事情，有容祭酒來擔當。其實今天也沒眞的出了甚麼禍事，只要過一點時候，必定能夠把誤會化解……」

「但願如此。宮裡對這事可看得很嚴重呢……那麼我該收的東西，你們回去後不會反悔吧？」

「京都裡，沒有人敢欠『鐵血衛』的錢。」蒙眞微笑。

魏一石盯著容小山的臉，也笑了笑。

容小山清楚感覺到，自己全身每一根毛髮都直豎。

「好啦。」魏一石回身，走到門口，拍拍部下的肩膀：「今天抓不到人。不過總算有點收獲。」

「鐵血衛」的隊員哄笑了一會，開始從巷口離去。

蒙眞把門關上後，容小山才鬆一口氣，整個人軟倒椅上。

「今天眞是撞邪……」

「我們一等馬車來就動身。」蒙眞皺著眉：「這裡已經暴露，不宜久留。」

「蒙眞，你說……」容小山猶疑了一會：「乾爹他……會不會其實是他派人來抓我？我死也不要坐牢啊！『巢屋』的所在明明只有我們自己人才知道……難道乾爹去了找爹，要爹把我交出來？我該怎麼辦？……」

蒙眞走上前，雙手搭著容小山的肩膊。「公子，現在不是胡思亂想的時候！你只要專心想著，怎樣安全回去。」

容小山伸手拍拍蒙眞的掌背。「幸好有你！否則我眞的不知道要怎麼度過這一關……回去後我會告訴爹，你的功勞有多大！」

「我做的一切，都是為了『豐義隆』的將來。」

蒙眞說話時直視容小山，那雙晶亮通透的藍眼睛，閃出意志堅決的光芒。

□

當朝太師何泰極領著三十多名朝中文臣，步進皇宮正殿恢元門前的廣場，那氣勢猶勝曾在沙場拚殺的武將。

廣場中央是一條寬闊的青石路，從皇城內郭鎮德門延至正殿門前階下爲止，長達三百六十步，道旁兩側每隔十步之距，就豎立了一對二人合抱的雕龍石柱，每根的祥龍張牙舞爪，姿態各異。地上石磚每塊都刻紋了各種吉祥符號，磚塊數目亦暗合天地之數。

氣勢恢宏的皇宮正殿就在前方，因爲薄霧而顯得有點朦朧。何泰極已經見過它不知多少次。四十年前，它曾經是何泰極人生的最高目標，現在卻沒有心情多看一眼。

他一邊走著，檢視身上衣履，又扶正了頂上的官紗。由於倉促要入宮，他沒法像平日上朝般在家中仔細打扮。

殿門之下早就聚集近百文武官吏，正團團圍著幾個內侍太監，焦急地詢問現在的狀況。

「這是甚麼地方？」何太師以威嚴的聲線叱喝：「爾等乃社稷棟樑，天下官僚的表率，竟在殿前像一群市井之徒般混雜交談，成何體統？」

眾官馬上噤聲，自動在廣場上按品次高低列成行伍。

何泰極領著自己的親信班子穿越了行伍，走到那群太監跟前。

太監們散開退後，何太師才看見倫笑身在其中。

倫笑雖然已經站得很直，可是比起其他那些慣於哈腰弓身的內侍還要矮一個頭。乾瘦的臉上滿是皺紋，兩頰卻透著紅潤血色，乍看就像個老婦。那身上的太監服飾，顏色和樣式跟手下並無分別，但走近細看才見出，材質與裁工都要高級得多。

倫笑當然也看見了何泰極來臨，他一雙鳥爪般的小手合起來微笑作揖，外表和舉止儀態都帶點猥瑣。

何泰極常想：倫笑能夠得到兩朝聖上如此寵信，靠的除了揣摩聖意的工夫之外，這副樣子也幫助不小——身旁站了個如此不堪的侍從，令主子格外顯得英明偉岸……

每次與倫笑見面，何泰極就像喉頭哽了東西吞不下去：倫笑不過官拜五品「統侍監」——這已是開國高祖皇帝訂定賜予宦官的最高品位——正式來說比太師低了好大一截；可是每次相見，倫笑都故意在禮數上輕慢帶過，顯得與何太師平起平坐。視道統禮節甚重的何泰極，認爲這是一種無形的侮辱。

可是誰也清楚，當今天下乾坤大權，乃是由太師府的文官系統與倫笑的內侍集團平分掌握；而近年來倫笑一方在開拓財脈上更見積極——去年「東都大火」後的「攘納」就是一例——其黨羽已漸漸滲入、擴張至文武官吏裡，形勢上正隱隱凌駕何太師。

——沒廉恥的閹人，做事總是不加節制。他再這樣胡搞下去，難保不會點起暴民譁變的星火啊……

何泰極卻並未透露半點厭惡的神色，微微點頭朝倫笑回禮。

「倫公公，陛下已回宮了嗎？」

「早就回來了。」倫笑的聲音尖得像雞啼：「可是陛下誰也不願見。除了我。」

何泰極沒有理會倫笑那帶著優越的語氣：「逆賊驚擾聖駕，這是流言還是眞的？」

「我問過禁軍的王統領了，千眞萬確。他的部下曾在西郊追逐好一段路。堂堂大內禁衛，不會拿這種事情開玩笑吧？」倫笑皺眉故作憂心：「幸好匪人只在禁苑外圍出現，陛下也是事後才得知，並未親眼看見，否則……恐怕必定有人頭要落地呢。」

「有沒有抓到逆賊？」

「聽說禁衛一直追到西郊的天牧谷下，就是那些私佔王畿聚居的流民所在……結果禁軍帶了好些人頭回來。是不是眞正的逆犯，還有待查明。」

何泰極皺眉。他已然想像得到，那流民聚集之地，此刻定必已漫成血海。他並非可憐那些受災的流民，而是登位慶典期間弄出這樣的殺戮的場面，迷信的皇帝定然大感不快。

倫笑似乎看透何泰極所想，又說：「陛下最不高興的，是光天化日下的京畿禁苑，竟然也出現如此大膽的叛逆！天子腳下，如此不靖，陛下若要是怪罪，許多人也脫不了關係啊……」

兩人互相看了一眼。他們一在宮內，一在廟堂，長期嚴密控制著皇帝耳目所及，才能夠任意操弄權力；假若這次事變，令這個又懶惰又迷信的天子，忽然立下了親視政務的決心，現時行之暢順的利益關係網，可能會暴露在聖上眼前，因而引發整肅。皇帝是倫笑與何泰極兩人的權力源頭，只要稍稍脫離操縱，隨時會動搖他們的地位。

「還有一事……」倫笑輕輕拖著何泰極的衣袖，把他拉往無人一角。何太師很厭惡跟太監接觸，但這時只能強忍。

「今天出事後，魏一石來向我報告。」倫笑把聲音壓得很低：「這事情或許跟『豐義隆』有關。他還在城裡全力查探。」

何泰極的表情沒有任何變化，心裡卻在翻騰。

——想不到連他也知道……

先前一聽聞禁苑事變，何泰極率先就是召來蕭賢問話，看看這事情與于潤生有沒有關係。京都的治安在高壓下多年來一直極為穩定，連南藩的叛逆也難以滲透，民間更不可能組織起甚麼反抗；剩下來就只有兩股力量會突然產生不穩，製造出這樣的事情：一是近年在城裡興起的狂熱教派，其行徑無法預測；二就是黑道，「豐義隆」內部生亂。

蕭賢雖然甚麼也沒說，但閱人無數的何泰極，已看出他神色稍微有異。

——眞的牽涉于潤生嗎……

由於趕忙上殿面聖，何太師還沒有機會召來于潤生審問，心裡卻已經認定了這就是最有可能的答案。

「你那邊的容氏父子，早就想當『豐義隆』的老闆吧？這事情也許就是他們做過火了！」何泰極這麼說自然只是想把責任推給倫笑，指控他管控「豐義隆」不力，怎料倫笑竟然點頭同意：「太師，既然你也說明白了，我就不拐彎啦。今次的事，不管跟『豐義隆』有沒有關，我們也得做些對策。」

何泰極馬上點頭：「這麼下去，難保沒有風言風語，吹進陛下的耳朵。公公的意思是否……」他攤出左掌，以右手的朝笏，在掌心中央劃下一條界線。

暫時切割一切對「豐義隆」各派系的支持，以免受到牽連，讓他們自行鬥個死活。

「就這麼決定吧。」倫笑的臉色變得比平日更陰沉：「先待這場風暴過去，之後的事，我們再看著辦。」

他這句話就是說：不管最終由哪一方贏得「豐義隆」的主宰權，到時才跟勝利者訂約，重新分配利益，建立起彼此的依存關係吧。

何泰極再次點頭同意，就回身離開，心裡仍然在咒罵于潤生。

——天殺的小子，這就是你希望發生的事情吧？

在「豐義隆」裡，任何人若要以下剋上奪取權力，首要就是打破既有的政治連結，令事情單純變成一場黑道幫會的內部鬥爭。

殺龐文英是第一次；現在切斷倫笑對容玉山的支持，是第二次。何泰極已然看清楚于潤生想要描繪的那幅圖畫。

——好，這次就當我甘心被你利用！你最好就一口氣取下勝利，之後再好好替我賺錢。

——失敗的話，就不用指望再看得見我……

□

自從下午收到那隻灰鴿之後，于潤生就一直坐在書房的虎皮交椅上，沒有離開過。

窗外天色已黃昏，斜照的夕陽夾帶一層灰濛。

棗七蹲在書房的角落，像頭猴子般無聊地搔著那蓬又硬又亂的頭髮。他從小家裡就沒有椅子，到現在還不太習慣坐，反倒覺得蹲著最舒服。

他擔當于潤生的近身已經好一段日子，從旁聽過主子與他人的各種對話。雖然沒有足夠的智慧去理解整盤計劃，但他知道有個地位很重要的人，今天非死不可。只要于潤生下命令，棗七就會毫不猶疑出發去殺了這個人。可是于潤生並沒有下令，也就是說這事情不需要由他去做。

——棗七知道，自己只要明白這些事就足夠。

外面傳來敲門聲。

于潤生的眼睛驀然現出異采。

「進來。」

推門入內的是李蘭，手裡捧著一個盛著飯菜的木盤。

于潤生看見進來的只是妻子，眼中的光芒頓時淡下來。

「你整天沒有吃過東西……」李蘭把盤子放在几上，捧起裡面一個冒出蒸氣的碗。「我想你大概沒甚麼胃口，就煮了胡椒魚湯。」

李蘭小心把湯碗放在丈夫跟前桌上。湯面浮著辟腥的香草，湯色濃得像牛乳。

「其他這些飯菜，是給棗七吃的。」

棗七嗅到他最愛的烤雞香氣，不禁舔著嘴唇，露出狼般尖銳的牙齒，卻瞧著于潤生沒有動。

「吃吧。」于潤生擺擺手。棗七這才跳過去，筷箸也不拿了，伸手抓起燒雞塊塞進嘴巴。

「這湯我待會喝。」

李蘭聽見了有些失望，轉身正要離開，卻又聽見丈夫在身後呼喚：「蘭。」

于潤生站了起來，繞到書桌前頭，輕輕握起李蘭的粗糙手掌。他的表情仍然帶著陰沉，可是聲音卻很溫柔。

「不用擔心啊。」

李蘭心裡有點自責：不應該在這種時候，還要他浪費精神，反過來安慰自己。

她深吸一口氣，把將要掉下的淚收回去。

六年前李蘭已經明白，自己嫁的不是個平凡的男人。當他的妻子，就註定得承受這一切。

——但如今她無法不去想：這樣的日子，到底要到哪天才會結束……

他們在漸淡的昏黃陽光下，繼續輕擁。

這時有人急促踏步奔上來二樓。是花雀五，他看見房門打開，沒有猶豫就逕自衝進來，不想看見的是正在狼吞虎嚥的棗七，還有擁抱中的于潤生夫婦，頓時呆住了。

李蘭嬌羞地想掙開丈夫，于潤生卻沒有放開她。

「不打緊，說。」

「我的線眼回報了。」花雀五的喉結吞了一下：「容玉山已經把布在城中所有部下撤掉解散，包括監視著這裡的人馬。駐在『鳳翔坊分行』的兵力，也散去了大半。」

于潤生目中那光采再次泛起來：「也就是說，他已經得知皇宮那邊的消息。」

發生了不明亂匪驚擾禁苑的事件後，容玉山已無法繼續在京城裡集結大量部下，否則隨時會惹來朝廷懷疑，把叛逆之舉勾連到他身上。至少今天之內，容玉山已經再不可能做出這麼龐大的調度。

「另外，鳳翔坊那邊三次派出了快馬傳信。我們怕暴露了監視，沒有派人去跟蹤，不過確定信使每次都是往北走。」

北面，是皇城的方向。

李蘭感覺于潤生抱著她腰肢的手臂，因為興奮而摟得很緊。她有點痛，卻忍著沒作聲。

「容玉山是要請求與倫笑見面。連續派了三趟，也就是一直被拒絕。」

「我也是這麼想。」花雀五用力點頭。

今天在西郊演的那一幕戲，已經完全生效。

長期保護著容玉山的，有兩層堅厚的裝甲——強大的政治聯繫，還有壓倒的兵力優勢。現在這些裝甲都已卸下，暴露出他軟弱的肉體。

此刻在京都裡能夠自如行動的，就只有鎌首那支秘密部隊，還有蒙眞所領導的「三十舖總盟」。

「今夜之內，**我們就決定一切**。」

于潤生目中光采大盛。

李蘭沒有看于潤生。她知道丈夫的臉，每到這種時刻都會變得很可怕。

她看著書桌上那碗已然變涼的魚湯。

□

一條無頭的赤裸女屍，身軀插滿亂箭，倒轉穿刺在一柄騎兵長矛上。矛尖從頸項的斷口插入，再由陰戶朝天穿出，懸空的四肢詭異地扭曲著，血液沿著矛桿幾已流盡，通體的皮膚蒼白淒慘，在夕陽照射下彷如透明。

這女人的頭顱，跟其餘四百八十七顆男女老少的首級，每五顆頭髮結在一起，在天牧谷的流民聚居處空地上排成好幾列，以便點算。

禁衛軍士已然開始收集和焚燒屍體，那氣味與原本飄在京城空中的御獵烤肉香氣混合在一起。正守在那條女屍底下的鄭式常，嗅著這味道，想起自己這許多天以來都在吃的肉，胃囊不禁翻滾。

他蹲下來透氣，想壓抑著這反胃的感覺。可是一俯下身，那片滲滿血的土地就近在面前，泥土被血液浸透，冒著混濁的泡沫，那強烈腥氣撲面而至，鄭式常再也控制不住嘔吐。

把胃裡的東西都吐完，他抹抹嘴巴，軟弱乏力地站起來。

屍叢焚燒的黑煙，上升往越來越暗的天空。鄭式常順著煙往上看，空中正群集著數以百計烏鴉，猶如大片黑雲盤旋不去，牠們正耐心等待人類離去之後，下來享受殘餘的美食。

鄭式常的頭腦一陣昏眩。四周一切，就如一個真實的噩夢。

□

鎌首總共換乘了三次馬，趕及在京都各城門封閉之前回到城內市街。

他為了確保完全擺脫追蹤，在「襲擊」禁苑之後，直往西南方向馳出了十多里之多，才下令部眾停下，著眾人好好照料那個墮馬受傷的同伴，自己則立刻換騎預先收藏的備馬，獨自往東南急奔折返。

如此再經兩個轉折點更換馬匹，他相當於以京都為圓心繞了足足大半圈，最後抵達正東面的顯儀門——事變發生於西郊，這邊的守備和檢查自然最是寬鬆。

御苑生變後，原本在騎馬狩獵的皇帝匆匆起駕回宮，皇室親衛「神武營」同時發出封鎖所有城門的指令；但京城禁軍的僵化習氣積重已久，指揮系統廢弛，這命令花了許多時間層層下達，直至黃昏時分方開始執行，鎌首得以趕在封閉的半刻之前，憑太師府的手令順利進入顯儀門。

進入街道之後，鎌首才能終於鬆一口氣。能否及時趕回來京都，一直都是他最擔心的環節。為了這一點，他跟老大和白豆曾經商量許久。狄斌提議與其冒這個險，不如派其他人負責指揮侵擾御苑的任務。老大當時聽了沒有作聲，但鎌首看得出來，于潤生極為重視這一節：侵犯御苑是異常凶險的行動，如有差錯被人發現了身分足以罪株九族，必須由最值得信賴的人來領導。

鎌首因此還是堅持親自出動。

——我知道白豆反對，是擔心我犯險，會落在禁軍之手……

一想及此，鎌首心頭泛起一股暖意。

——**我沒有讓義兄弟失望**。

他轉入一條無人小巷，下了馬鞍，把韁繩繫在一家屋後，摘去身上的商人偽裝，就急步穿過小巷。

梁椿早就守候在兩條街外一座小屋裡，手上一直捧著給鎌首換穿的衣服。

鎌首穿上那深藍布衣，一邊問：「兄弟都就位了嗎？」

「只等著五爺。」梁椿回答：「兵器也都運到那邊了，隨時可用。」

鎌首滿意地拍拍梁椿的肩膊。這是對他最高的讚美。

「勝利就在眼前了。」鎌首整理好衣服，興奮地握起拳頭。

梁椿只感一股熱血上湧，點點頭說：「我絕不會丟漂城人的臉。」

「這一戰確實非常重要，但也不是我們最後一仗啊。」鎌首微笑安撫他：「除了拳頭和刀子之外，記得也要用腦袋。以後我們還有更多仗要打呢。」

兩人從這小屋離開，左右察看確定無人跟蹤，才邁步前往鳳翔坊。

□

自從父親茅丹心戰死之後，茅公雷託庇在容玉山之下已經十六年，正式侍奉容氏父子，爲他們奔走做事也已超過十個年頭，自然對「鳳翔坊分行」的所有佈置、守備強弱點與附近四周環境，都瞭若指掌。

他跟佟八雲和孫克剛，還有廿多個「三十舖總盟」的精銳打手，此刻就埋伏在分行東北側數丈外一家糧油舖裡。這家店並非「三十舖」旗下，但與他們其中一位舖主有生意關係。茅公雷事前已多番查察，確定這個地點絕對隱密安全。

更有利的一點是，從這店二樓的其中一扇窗往外看，正好可穿透其他樓房之間的一道縫隙，窺見到「鳳翔坊分行」的正門。

在那二樓上，佟八雲再次檢查掛在後腰皮鞘裡的一列九柄飛刀，確定每柄都能隨時拿到手；繼而拔出佩在左腰的寬刃短刀，檢查刀鋒有沒有缺損。

「小佟，你已經看了五次啦。」坐在另一頭的孫克剛微笑說。他的鐵鎚和尖鑿，沒有離身。

佟八雲看著孫克剛，露出無奈苦笑。

「茅兄弟，怎麼盟主到現在還沒到來？」孫克剛轉過頭問。茅公雷卻仍然在專注監視著對面「鳳翔坊分行」正門前的狀況。

「我也不知道。」他一動不動說著：「已經到了預定的時刻，大哥他應該早就回來這裡……不會出了甚麼意外吧？鎌首也應該差不多到了。到時候假如大哥還沒來，我也不知道該不該下進攻的命令……」

佟八雲和孫克剛聽著皺眉。最初他們得知這次將要與可憎的「三眼」並肩作戰時，心裡都極不願意——被「三眼」殺死的「二十八舖」和「隅方號」兄弟，屍骨埋在土下還沒有多久。但同時他們想到，今次的對手乃是權傾黑道的容玉山，他們將要以少數攻入去猶如鐵桶要塞的「豐義隆鳳翔坊分行」，頓時又覺得有鎌首在自己這邊，帶來一種巨大的安定感。

——只要陣中有「三眼」這種怪物，我們想不到還有甚麼無法取勝的戰鬥。

而這一戰，將關乎「三十舖總盟」的所有未來。

容玉山雖然因禁苑事件而遣去了大部分的動員人馬，但留守在「鳳翔坊分行」的最少還有過百名精英，而且佔有守備的優勢。而目前朝廷正在密切注視著京城秩序，今次攻襲絕對不可以拖長，務必要閃電攻陷分行，關上門解決「豐義隆」這場鬥爭，免得驚動到禁軍的耳目。

蒙眞和于潤生雙方約定：今夜一從東北、一從西南，同時偷襲容玉山這大本營。鎌首那邊主要負責正面硬攻，吸引分行的守軍；蒙眞和茅公雷熟悉行內佈置，又清楚容氏父子的所在，因此會由他們長驅直入，取下兩人頭顱。

一想到自己將要做的事情，茅公雷興奮緊張得十根指頭都在微微發麻。

——已經等了許多年……

佟八雲這時站了起來。

「我聽見馬車聲。」

茅公雷點頭。他同時從窗口看見，「鳳翔坊分行」正門前的六個「豐義隆」守衛，似乎突然緊張起來。

不一會，有一輛馬車在那大門前出現。

「是容小山回來了！大哥他怎麼搞的？……」

他們原來的計劃是：容小山和蒙眞逃離「巢屋」時，會各自乘坐不同的馬車離開——表面上是由蒙眞引開可能追蹤容小山的敵人，實際是讓蒙眞乘機脫離，到這裡來親自指揮「三十舖」的突襲。他不得不走：只要進攻一開始，先前所有掩飾和假象都將會揭破，蒙眞再留在容氏父子身旁，必死無疑。

「大哥，你到底去了哪裡？」茅公雷說著，突然全身聳動。「等等！駕車的人就是……」

他仔細看清了：駕著那輛馬車的，是個相貌堂堂的鬍鬚大漢，不是別人，正是他等待已久的蒙大哥。

——怎會這樣的？難道大哥無法說服容小山讓他分頭離開？不可能，以那小子的性格，現在早就被驚嚇得失魂落魄，對大哥應該只有完全信任……

佟八雲和孫克剛也急忙湊到窗前觀看。

「盟主他在幹甚麼？這不是自投羅網嗎？我們還要不要進攻？」孫克剛猛力抓著頭髮，下顎那幾條與鎌首戰鬥過遺下的傷疤，因爲緊張充血得通紅。

可見遠處車上的蒙眞，左手舉起馬鞭，在空中轉了三圈，似乎是叫分行裡的「豐義隆」守衛開門。

但是看在茅公雷眼中，這動作有另一意義。

——是暫緩進攻的暗號！

「馬上派人去鎌首那邊，叫他暫時不要出手！」茅公雷急忙向佟八雲吩咐：「要他等待我們這邊發出哨音！」

佟八雲下了樓後，茅公雷的腦袋仍在不斷運轉思考，眼前卻看見蒙眞再度驅車，這次駛進了「鳳翔坊分行」的大門。

——**大哥，你在打甚麼主意**？

□

「魏一石？」

容玉山說時臉頰在顫動，鬚髮都聳起來，目光裡充滿疑惑不信。

「我也不明白！魏一石很快就找到我們藏身之處……」容小山哭喪著臉說。『爹，那一刻，我以爲再也見不著你！幸好蒙眞幫忙，把『鐵血衛』打發掉了……」

一時陷入靜默的書房裡，只有容氏父子和蒙眞三人，其餘部下全都被容玉山遣去。他首先要從頭到尾清楚知道，兒子今天到底幹了些甚麼，遇上了怎樣的事情，特別是在西郊誤闖御獵場一事的始末，才能夠擬定如何應對這危機。而這些事情細節，越少人知道越好。

聽過兒子的描述後，容玉山滿腹疑團。小山的口供，再加上朝廷今天的反應，似乎他遇上禁衛的事情確實不假，只是發生的地點有些古怪。

行走黑道將近四十年的容玉山，不相信世上有甚麼巧合，已認定今天必然是于潤生的佈局。

——難道他連魏一石也能收買？這倒是很驚人的能耐。

「爹，我們現在怎麼辦？不如找乾爹好好商量吧！他這麼疼我！」

——傻孩子。在朝廷那些傢伙眼裡，我們不過是一群可供使喚的鷹犬。你以爲他眞的把你當「兒子」嗎？只要能夠叼回來獵物，隨便換哪一頭狗，對他們從來沒有分別的啊。

——不管是我、章帥，還是于潤生……

既然魏一石出現了，也就得假定倫笑已經知道驚擾禁軍的人是容小山。容玉山心裡想，眼前首要就是盡快擺平此事，只要確保自己仍然得到倫公公的支持，就沒有人能夠動他們分毫。同時另一件要緊事，是確保容小山的安全——失去了兒子，容玉山就會失去一切求勝的意義。

「我想辦法把你送出京城。你先去棟城那邊躲一躲，之後再走遠一點……」

「不！我不走！京都是屬於我的！」容小山激動高叫的聲音，守在書房外那十幾個近衛部下全都聽見。

「別擔心，爹會擺平這事！雖然要花一些時日，你必定能夠回來……」

「不要！不要！不要！我逃了，他們不更加認定我是逆匪嗎？不行！」容小山任性地跺著腳。

「這是爹的命令！小山。你要聽爹的話！一切都是爲你好……」容玉山皺著眉。「就這樣吧！蒙眞，你先帶公子回房間，準備遠行！」

蒙眞卻沒有動，一雙碧目瞧著容小山。

容小山似乎受到他的鼓勵，向父親說：「我有個更好的辦法，不用逃走也可以解決這事！只要爹馬上把祭酒之位傳給我就行了！我當上了『豐義隆』的祭酒，乾爹絕不會爲難我！魏一石他們也會有所顧忌啊！」

容玉山愕然，怒視蒙眞。

「這是他教你說的嗎？」

容小山猶疑。他深知父親並不喜歡蒙眞，如果現在承認這是蒙眞的建議，父親更鐵定不會答應。他挺起胸膛提高聲調說：「不！這是我自己的意思！也是最好的方法！」

「小山，沒有用的！何況祭酒的職位並不是世襲啊，從來沒有這樣傳位……」

「從前沒有，現在可以開先例啊！規矩都是人定的吧？『豐義隆』的老闆寶座，還不是父親傳給兒子嗎？你就傳位給我吧！」

「小山，別喊這麼大聲！外面的人都聽見了！」容玉山從齒縫間說。

「爹，你爲甚麼不答應？」容小山上前拉著老父的衣袖，聲音並沒有降下來：「反正你也老了，這是早晚的事！傳了給我，你就可以好好休息！答應啊！你爲甚麼不肯……」

「我說過，傳給你也沒用！倫公公才不會因爲……」容玉山說著，又再憤怒地瞪著蒙眞。

他這時卻發現：蒙眞的眼神改變了。

「你，出去！」

目中有殺氣。

容玉山的視線下移。

蒙眞右手衣袖底下閃出寒芒。

感覺到危險的刹那，容玉山做出了身爲父親的本能反應：他抱著兒子，身體移轉，用自己掩護在容小山跟前。

蒙眞的右臂像反手投出些甚麼。

一條銀色橫線，準確劃過容玉山的頸項。

這短促的時刻，容玉山想起一個人。

兒子的娘。那婊子眞的很美。但是容玉山的兒子，生來就是一個尊貴的男人，註定要站在萬人之上。不可以有個這樣的母親。容玉山讓她消失了。他從來沒有告訴兒子關於她的事。已經許久沒有想起過她……

——原來我還念著這個女人……

容小山感覺到父親的身體變得僵硬，卻還沒察覺發生了甚麼事。

蒙眞橫砍一刀後，迅疾往後跳開。手裡的匕首只沾了少許鮮血。

容玉山臉上並沒有痛苦的表情。頭臉無力地朝左垂下，右頸脈的創口頓時打開。血液帶著風般的嘶聲，如噴泉湧射。容小山感覺到臉上和胸口一陣熱暖。

看著父親失去生命力的眼瞳，容小山的腦海一片空白。

偉大的父親。「豐義隆」的「大祭酒」。死了。

容玉山的屍體在兒子身前滑落。枴杖掉在地上。

容小山無言流淚，俯視著地上父親的死屍，嘴巴張大得塞得進一個拳頭。

金屬的響聲。容小山看見腳邊地板上有件反光的東西。是蒙眞拋過來的匕首。

他驀然清醒，發出淒厲的呼叫。

外面的守衛聽見了，卻誰也不敢走進來。沒有容祭酒的指示。而且裡面剛才的對話是如此敏感……

容小山撿起那匕首，看著站在房間角落的蒙眞。

蒙眞神情淡然，彷彿一個局外人，正站在一旁看戲。

容小山感到四周的世界好像轟然崩潰了。他活了二十五年的世界。一切突變，超越了他所有常識。

——不可能。爹就這樣突然被殺死了。一個擁有這等權力的人。而殺死爹的竟然是蒙真。這十幾年來陪在我身邊玩，替我拿衣服、牽馬韁的蒙真。爲我斟滿酒杯、安排妓女的蒙真。讓我咒罵發洩而從來不敢吭一聲的蒙真。被我佔了未婚妻也沒說過半句話的蒙真……

此刻容小山第一次看見，蒙真朝著自己露出冷酷的微笑。彷彿一個完全陌生的人。

「我殺了你！」

容小山瘋狂嚎叫著，反握匕首撲向蒙真。

這殺氣充盈的叫喊，令外面那十幾人終於忍不住開門闖進來。

他們看見的是崇拜的容祭酒，倒在一灘濁得近乎黑色的血泊裡。

還有滿身鮮血的容小山握著匕首，在房間四處追殺著身上沒沾半滴血、手無寸鐵的蒙真。

再加上剛才從房外聽見容小山的說話，他們心裡很自然就串連出發生了甚麼事。

其中幾個部下撲到地上，檢查容玉山是否仍活著；其餘的人則一湧而上，制服了發狂的容公子。

「死了……」其中一個檢查屍體的近衛悽然說。有人已經流出眼淚。

「是他殺的！是蒙真殺的！」容小山哭叫著，頭髮散亂成一團，容貌活脫脫像個瘋子。

誰也無法相信這樣的說話——他們不久前才親眼看著，蒙真冒險親自駕車，安全護送公子回來這裡。而且蒙真因爲被容小山奪妻一事，向來都被「豐義隆」的幫眾譏笑爲容氏的「家奴」。

護衛們把容小山的七首奪去，七手八腳將他四肢牢牢扣住。容小山仍然在呼喊，近衛們怕被外頭更多部下聽見，造成更大的混亂，只好從衣服撕下布條，把他的嘴巴綁住。

「怎麼會這樣？」他們呆呆看著容祭酒的屍首，不知所措。

「強敵說不定此刻就包圍在外頭。軍心絕不可動搖。」

蒙眞那鎮定的聲音，直擊他們心中焦慮。

若是論在幫會中的地位，蒙眞其實並不比他們高。但由於容玉山生性多疑，每隔一段日子就會輪調身邊親隨，令他們不具獨當一面的經驗和威信。而他們在容系勢力核心的日子，全都遠比蒙眞要短——雖然嚴格來說，蒙眞只算是容公子的部屬。

「不可以把這事情公開。暫時就說容祭酒得了急病，容公子要貼身照顧父親。」蒙眞假扮思索了一會後說，其實所有台詞早就想定。「我對『三條座』那些人有恩，之前已經派茅公雷去請他們協助。他隨時會帶著援兵趕過來。告訴守門的兄弟迎接他們。」

此刻「鳳翔坊分行」以至整個容氏勢力，突然出現了權力眞空，急需一個能夠挽救危機的指揮人選。

也許是因爲那堂堂的儀容，沉厚的聲線，冷靜而不徐不疾的說話方式……眾人在這慌亂的時刻，不約而同向蒙眞投以仰賴的目光。

——容玉山爲了讓兒子順利繼位而苦心經營的一切，蒙眞在一夜之間就全盤接收。

□

鎌首盤膝而坐，那條沉重的木杖平放在大腿上。他閉著雙眼，心神歸於虛空，讓身上每條肌肉都放鬆休息。

藏身在屋內的其餘三十四人，卻沒像他這麼從容，各自在焦慮地來回踱步，或是不斷檢看手上兵刃。他們大半是鎌首從各州府「豐義隆」分行招來的好手，其餘則是從漂城就開始跟隨他的「拳王眾」親兵。此戰要求以寡擊眾，行動迅捷，個人戰力和身手是最重要因素，每人都是由鎌首親自挑選和調訓。

距離原來約定的進攻時機，已經遲了至少半刻。茅公雷那邊卻還未響起哨音。其實以鎌首的超人戰力，即使僅僅率領這三十多人，要孤軍強攻「鳳翔坊分行」，也並非全無勝算，只是犧牲必然慘烈，時間也會有所拖延，可能引起京城禁軍注意和鎮壓。剛剛才發生了叛逆案，禁衛具有就地正法的特權，打壓所有擾亂京都治安的犯人絕不手軟——即使是與朝臣關係密切的「豐義隆」也無例外。

「有古怪啊……」梁椿焦急得咬牙切齒。年輕的他最討厭就是開戰前這種等待。今夜是他第一次眞正參戰，以往他都只是跟隨在「拳王」身後，踏著鎌首已經開出的血路。梁椿一直都渴望，能夠確確實實地爲「大樹堂」立下戰功，而不是僅僅擔當「拳王」的提刀侍從。

這時屋外傳來竹木交擊的響聲。三短三長。

是陳渡的線眼所用的暗號。鎌首聽了睜開眼睛。

進來屋子的正是陳渡本人。他穿著一套隱匿用的緊身黑衣，把瘦小的身軀完全包裹，臉上也塗了炭灰。他今夜負責擔當于潤生的「眼睛」，潛伏在附近監察戰況。

「五爺，不妙。」陳渡的額上流下汗水，令臉上炭灰脫了幾條痕。「茅公雷和『三條座』的人馬，已經進入了『雞籠』。」「雞籠」是代表「鳳翔坊分行」的暗語。「而且是守衛自行開門讓他們進去的。」

鎌首猛然站立，把木杖握著重重插地。杖頭擊裂了地面的石磚。

「怎會這樣的？」梁椿憤怒說：「不是約定一起進攻嗎？到底是怎麼回事？」

「蒙眞。」鎌首臉上的怒意一閃即逝，迅速恢復冷靜的表情。「他另有自己的計謀。」

他想了想，別過頭又向部眾高喊：「離開！這裡已經曝光！我們退到南面三條街外！」他拔起木杖，卻沒有跟部下一起走後門撤退，而是獨自往正門走。

「五爺，我也去！」梁椿提起砍刀，把刀鞘插進腰帶裡。

「不要！你暫代我負責領著大家，在我剛才說的地點等待。我去一會就過來。」

「五爺要去哪裡？」

鎌首沒有回答，一個人推門步出。

外面冷清的街道很暗。在這非常時期，飯館酒家全都關門，尋常百姓的住家也不敢點太多燈火。禁軍和「鐵血衛」隨時也會巡經任何一條街道，人們都害怕惹這些惡煞。

鎌首沿著黑街，一直朝「鳳翔坊分行」的方向走。到了下一個街角，他終於看見預期那人的身影。

茅公雷手上的大黑棒仍然收在布囊裡，隨便擱在肩上。他神色很輕鬆，向著鎌首接近過來。

兩人走到相距十五步左右，同時止住。中間有一家已經休息的紙紮店，二樓有頂小小的紅燈籠，是他們頭上唯一的光源。

「好一段日子沒見了。」茅公雷說。「還好嗎？」

鎌首點點頭。

「啊，看來你找到一件新玩意呢。」茅公雷指著鎌首的木杖。「要是跟我這寶貝比試起來，相信必定很好玩。」

「我們現在就可以試一試。」

「我沒空。」茅公雷搖搖頭：「雖然確實很想……下次吧。今晚發生了甚麼事情，你大概已經猜到一些？」

鎌首只知道，如今「鳳翔坊分行」已經由蒙真指揮。他不知道那個異族男人，到底使出了甚麼驚人把戲，能夠如此迅速把整個形勢改變。

——**難怪老大這麼看重他……**

「容玉山父子呢？」

茅公雷沒有回答。

——也就是說，那對父子在這場鬥爭中的角色，已經演完了。

「為甚麼不帶人過來襲擊我？」鎌首表面仍然冷靜，心裡卻充滿挫敗的酸苦。

「上次在桂慈坊市集的『決鬥』，我總覺得虧欠了你。」茅公雷笑容依舊，但也失去往日的爽朗。「現在還你這個人情。以後再遇見，我可以毫無顧慮地殺掉你。」

「很好。」鎌首揮一揮手上木杖。「就這麼約定。」

茅公雷的笑容慢慢消失。他後退了幾步，然後轉身往回走。

鎌首一直目送著他，直至那背影消失於黑暗街心。

□

狄斌回到吉興坊的堂主宅邸後，第一件事是調動部眾加強大屋內外四周的守備。

他已經從陳渡的部下口中，得知鳳翔坊那邊發生了甚麼事。現在不是悔恨或沮喪的時候。原本的盟友，眨眼已經變成最大的鬥爭的對手。

在前廳裡，他看見于阿狗和黑子正蹲在地上玩。阿狗執著黑子的小手，教他各種打石彈的技巧。

「已經晚了。快去睡。」狄斌蹲下來，摸摸阿狗的頭髮。

「可是叔叔們在屋裡走來走去，我們睡不著。」阿狗把玩著渾圓的石彈。「六叔叔，爹爹他好像……很不開心……」

「沒關係的。」狄斌說時若有所思，撿起一顆石彈來看。「你爹……是個很強的人。甚麼不開心的事情，他都能夠解決。」

「長大了之後，我要幫爹爹做事。」阿狗露齒笑著說，聲音雖然稚嫩，但是語氣十分認真。

狄斌捏了捏他的臉頰。「有一天，你會的……」

花雀五這時帶著「兀鷹」陸隼，從前門那邊走過來。

「狄兄弟……」花雀五猶疑著不知道該怎麼說：「這真是意料不及。我認識蒙眞那小子許多年了，沒想到他有這麼厲害。」

「老大他一定想到。」狄斌滿有信心地說：「也必定預先想定了要怎樣應付。不要擔心。」

「對，對……」花雀五看看跟在狄斌身後的田阿火。在場還有其他「大樹堂」部眾。此刻在他們面前，確實不是說喪氣話的時候。「我們還未敗陣啊……其實也沒有甚麼損失。何況有漂城這個大後盾，怎麼說也能夠守一段日子。」

——**沒錯，還有漂城。還有二哥和四哥。我們仍然擁有強大的本錢。**

「我得指示手下繼續去外面探聽消息。這裡夠人手嗎？我把陸隼留下來幫忙好不好？」

陸隼朝狄斌垂首：「六爺儘管指揮我。」

雖然陸隼不算是甚麼頂尖好手，但在「漂城分行」累積過豐富的指揮經驗——特別是從前常常都處於防守劣勢，不斷抵禦「屠房」的攻擊。這種能耐如今正好派上用場。

狄斌微笑拍拍陸隼的肩：「有勞了。」

與花雀五互相點頭道別之後，狄斌帶著田阿火和陸隼，在宅邸裡外到處巡視，沿途下了好些指令。不經不覺，他們就走到鎌首的房間門前。

狄斌揉了揉眉心，心裡掙扎好一輪，最後還是決定伸手敲門。

開門的是神色歡喜的寧小語，卻見門外並非鎌首回來，笑容頓時僵住。

「可以進去跟你說幾句嗎？」

寧小語很是意外，但沒有拒絕，把門再推開一些。

狄斌示意田阿火跟陸隼先走。他進到房間裡，回身把門關上。這一舉動更令寧小語大感不安。

「六哥哥……要喝茶嗎？」寧小語走到几前，提起一只鎌首從邊荒城鎮帶回來、造型像大象的銅茶壺。

「你……」狄斌停頓了一會，最後像下定決心般說：「你愛五哥嗎？」

「當然。」寧小語的回答毫無矜羞猶疑。

「那麼你告訴我……」狄斌深吸一口氣，上前把雙手按在几上。「五哥不在家那段時候，你爲甚麼會在夜裡去『拔所』？」

銅壺掉落地上。熱茶漫開，冒出白色的蒸氣。

寧小語美麗的臉變得蒼白，嘴唇在顫抖，牙齒微微互叩。她雙臂緊抱胸前，像是受了很重的傷。

狄斌的白臉漲紅著。他憤怒地推去木几，上前抓住寧小語雙肩。「告訴我！爲甚麼？」

寧小語明亮而濕潤的雙眼裡，冒起了火焰。

「爲甚麼？」她失笑說：「沒有甚麼原因。**我本來就是個婊子！**」

狄斌的手掌凝在半空。看著她激動而扭曲的臉，他打不下去。

「你沒這麼笨吧？『拔所』是誰的地方？今天誰爲你們辦過事？你連這都聯想不起來？」

寧小語切齒說：「魏一石是個奇怪的男人。相比黃金銀兩，他有另一個更大的弱點。」

狄斌變得呼吸困難。

——**是老大叫她去的**。

「你……爲甚麼不拒絕？京城裡沒有別的漂亮女人嗎？」

「幹這種事情，沒有比我更有把握的女人。」寧小語的眼淚把胭脂都染化：「你認識你老大多少年了？他是個容許別人拒絕的人嗎？而且我確實欠了他，也欠了你們幾兄弟的債……」

——是四哥的事情。

「我做這種事，跟你做的有甚麼分別？」她猛力摔開狄斌抓著她的手：「我告訴你，**我們**

都是你老大手上的棋！我們根本沒有選擇。」

「這麼五哥他……不是很可憐嗎？」

「我就是爲了他才答應的！我只希望他快點完成這裡的事情，然後帶我走……永遠的離開……」寧小語彷彿已耗盡氣力，跪了下來痛哭。

狄斌呆呆瞧著她。他這才發現：寧小語其實比他心目中要堅強許多。

他又想起李蘭。她們兩個都是爲了深愛的男人，忍受著其他女人無法忍受的痛苦。

——當我們這種男人的妻子，就是這麼辛苦的嗎？……

狄斌把寧小語扶起來。

「五哥他快要回來了，你梳洗一下。」狄斌溫柔地說，伸手擦去她的眼淚：「這事情，絕不能讓五哥知道。答應我，你一生也不要告訴他。」

寧小語以感激的眼神瞧著他，用力地點頭。

狄斌把木几和茶壺執拾好，才打開房門離開。

——**我們都是你老大手上的棋**。

這句話，在狄斌心裡不斷迴響。

他回身把房門輕輕帶上。這時他才發現，自己手上染滿了混著胭脂的淚水。

像血。

□

于潤生依然坐在他的虎皮大椅上。書房沒有點燈，四周漆黑一片。

室內唯一能見的，是蹲在他旁邊的棗七那雙眼睛，反射著窗外透來的一點點月光。

于潤生睜著眼，瞧著前方漆黑的虛空。

在那裡，他彷彿看見一切權力的流動。亂流漸漸往一個方向聚合，開始變得清晰。

——一個對「大樹堂」絕對不利的流向……

他把手伸向書桌底下的小櫃，拉開來找出當中一副小木盒。書房所有東西的佈置他都記在腦海裡，根本不必用眼睛看。

木盒蓋上有個小鐵鎖。于潤生從衣袋掏出大串鑰匙，抽出其中最小的一把，用指頭摸索著，把鎖打開來。

盒裡只放著一件東西：一個以火漆密封、羊皮縫裝的厚信封。

他把信拿出來，手指來回撫摸著。

握著這封信，于潤生的心平靜了許多。

□

在九味坊的「豐義隆總行」，「六杯祭酒」碩果僅存的一人，正慢慢地享受著葡萄酒，緩解這天的緊張與疲勞。

畢竟他已年過五十歲了。

「小章。」韓老闆仍然坐在他的輪子木椅上，古怪又乾淨的圓臉笑得很祥和：「看來是我押贏了。」

「可是沒有我的于潤生，他也沒可能成功吧？」章帥的語氣半像抗議，半像說笑。

「人，本來就是互相利用的。」韓亮嘆息著說：「**能夠把別人利用到最大限度，就是一種才能。**」

他瞧著牆壁上那面寫著「仁義」的字匾，又嘆了一口氣。「十六年了……這麼久，才終於收成。」

十六年前，韓亮把蒙眞和茅公雷放在容玉山身邊——當時他沒有甚麼清晰的念頭，只知道這一著，總會在某個時機產生效果……

十六年後，蒙真一舉繼承了容氏父子的全盤勢力，再加上「三十鋪總盟」，一夜間成為天下黑道上最大權力者。

這個結果，連韓老闆本人都不免驚嘆。

更令人讚賞的是，**今天這場注碼巨大的鬥爭，計算下來其實只死了一個人——容玉山。**

——實在太漂亮了。

「盡快把餘下的事情了結吧。」韓亮瞧著他最信任的部下說。「這應該是我最後一次給你下命令了。」

「早就準備好了。」章帥把杯中酒一口乾盡。「只等待老闆你這句話。」

他放下酒杯，走到韓老闆的輪椅旁，輕輕撫摸韓亮光滑的臉。

韓亮眼神溫柔地看著章帥，拉著他的手掌。

章帥俯下身，在韓亮的嘴唇上輕輕一吻。

兩人輕擁良久後，韓亮才放開章帥的手掌。他揭開放在桌上那本厚厚的「海底名冊」，翻到最後題著字的一頁。

他拿起毛筆，蘸了些墨，在名冊排列最後那個名字上，塗劃下一條線。

第二十一章
無老死亦無老死盡

龍拜今天的心情很好。

下一批經漂城埠頭轉口陸路的貨物，定在十八日之後才出發，他有好一段時候可以留在老家，好好休息享受；而他負責打理那家雞圍的大賭坊，今天不知何故運氣格外好，一個下午竟然開了四次通殺，人流又甚暢旺，到了月底，他那分帳的紅包又要加厚了……

他帶著十個精悍的手下，走在夜晚的安東大街上。每次他出來城中心的市街玩樂，都喜歡特別多帶人，並非眞的爲了保安——安東大街的酒館客店和各種商號，大半不是直屬「大樹堂」，就是「豐義隆漂城分行」的產業，他在裡面走路，跟走在自家大廳一樣安全。

他只是喜歡途人投來的那些尊敬羨慕的目光。回想九年前自己初到漂城，他也用過同樣的眼光，看著燈火通明的大街上經過的那些「屠房」頭領，幻想自己有天也能夠像他們一般威風。

如今「屠房」這個名字，在漂城早已被人淡忘。「大樹堂」則成爲了新的傳奇。

而他，就是人所共知的「大樹堂」龍二爺。

外人往往不清楚，龍拜在「大樹堂」裡的實權其實已然旁落，以爲他名號排行在第二，當然就是僅次於堂主于潤生的人物。對於這誤會，龍拜倒是樂得接受。許多從外地來漂城拜訪拉關係的幫派人士和匪盜，總是對他這位「大樹堂二把手」恭敬無比。

回想起從前被人賤視如泥的腥冷兒歲月，龍拜驀然明白：從前他和義兄弟拋出性命去奮戰，固然是爲了金錢、權力、和女人，但還有一樣凌駕其上的重要東西，就是尊嚴。

——世上所有不甘平凡的男人，要麼就得到尊嚴，要麼就在爭取它的途中死去。沒有其他選擇。

他們走到「江湖樓」門前。吳朝翼今夜相約龍拜在這裡吃飯。當然，待肚子裡塞滿河鮮、山珍、肥肉和美酒後，他們就會再轉去妓院「萬年春」——美食、烈酒與女人，總是彼此不離。

踏入「江湖樓」的大廳，龍拜卻看不見平日慣常招待他那堂倌小阮。一個生面目的店小二，堆著笑迎了上來。

「龍二爺，大駕光臨！」那店小二熱情呼喊：「吳爺已在三樓等候！」

「小阮呢？」

「他病了在家休息。小的叫李清，是新來的，有甚麼招呼不周，二爺莫見怪！」

「我沒見過你……」

「二爺在安東大街——不，在漂城，有誰不認得？」

龍拜聽了甚滿意，向身邊的部下揮揮手，那部下就從錢囊掏出一塊指頭大的碎銀賞了給李清。在漂城行走，龍拜身上從不帶半兩銀子——「大樹堂」的頭領，去哪裡都不用當面結帳。

龍拜看看樓下大廳內裡，只有三、四桌客人。「今天為甚麼這樣冷清？」

「我也奇怪。」李清笑容依舊：「大概是二爺的賭坊今天生意太好，人們沒錢來吃飯吧？」

「你這小子的嘴巴，比得上小阮！」龍拜大笑，示意部下們都待在樓下。「廚房裡有甚麼好的，全都端出來招呼我這些兄弟。可是別上太多酒。我待會還得要他們扶回家！哈哈！」

眾人也都哄笑。漂城的「大樹堂」部下，誰都喜歡跟隨龍二爺做事，只因他出手豪爽又毫無架子。

龍拜獨自登上階梯，步往三樓內廳——正是當年于潤生跟花雀五初次會面的地方。

——他們六兄弟的命運，就是在那裡決定的。

龍拜一把推開門，笑著說：「小吳，幹嘛這麼靜？找些歌女來助興嘛……」

內廳裡的十二人大桌，早就擺滿酒杯瓶，還有各種精美的佐酒前菜和小吃。

卻桌沒有半個人。

——都去了解手嗎？……

龍拜突然感覺到頭頂中央，好像被一根隱形尖針刺了一下。

全身的神經瞬間活躍起來。

龍拜是最頂尖的刺客，對於陷阱當然也具有異於他人的直覺。

他迅速衝前一步，左手往上舉起。

一抹黑影從他左袖內向上飛射。

銳利的長矛從上刺下來，掠過他腦後僅僅三寸，鋒尖削過了他的領口和背項。

那根矛桿卻已瞬間失去力量。握矛的刺客全身捲曲，從樑上跌下來，胸口釘著一枚黑羽鐵桿短箭。

龍拜轉身欲逃向門門，可是那裡已被四名大漢封住；再想奔向面對大街的窗戶，但後面屏風又閃出八人來。

包圍的圓圈已經完成。

「來人！」龍拜張開喉嚨高叫，但是心裡並不抱任何希望——對方連他相熟的堂倌都換掉了，整座「江湖樓」肯定早就掌握在敵人之手。

此刻他沒去想吳朝翼到了哪裡。剛才那個「李清」既然說吳朝翼已經來了，那麼他現在必定已經變成死屍。

龍拜也沒需要問，這些生面目的刺客到底來自何方。「大樹堂」在漂城早就沒有敵人；「江湖樓」是「豐義隆」的重地。指使刺客者，自然來自內部。

——漂城既有內奸發難，老大他們在京都必然出了大事……

十二個刺客各提刀斧，一同緩緩上前進迫。

龍拜的右臂往側後方摔出，另一記飛射的黑影。

踏得最前那個刺客登時拋去兵刃，雙手捧著中箭的咽喉，嘴巴吐出帶沫的鮮血，跪倒當堂。

其餘十一人驚疑不定，廿二條腿像被釘在原地。

龍拜殺人後沒有抬一抬眉毛，雙手輕輕地垂在身體兩側，淡然說：「下個不怕死的人是誰？」

刺客也是人，也會怕死。誰也不想替別人擋這麼可怕的箭。

只有龍拜自己知道：**手臂上穿戴的袖箭機關，就只能射這兩發**。

——要冷靜。裝作不想再殺人的模樣。就這麼拖延著。救兵隨時也會來。

——這裡是安東大街啊。屬於我們的大街……

龍拜輕輕向前踏出一步。那邊的刺客也馬上後退一點點保持距離。龍拜身周的空氣，彷彿卻帶著無形的芒刺。

曾經親手了結漂城最強霸者的龍老二，此刻身姿散發著前所未有的震懾逼力，每個小小舉動，就令包圍他的敵人神經跳動。

——我不能死。現在是我人生最快樂、最旺盛的日子。我不能就這樣死掉……

終於其中一個年輕刺客，悄悄向前踏出一步。

龍拜沒有動作。

其他人也踏前一步。兩步。

龍拜依舊沒有動作。

刀斧再次舉起來。

龍拜依舊保持著原有的姿勢。但是散發的那股無形的逼力已然崩潰。

刺客再踏前兩步。已經到達可以出手襲擊的距離。

龍拜閉上眼睛。

淒楚的微笑。

——「漂城刀神」葛老三，「無影箭」龍老二來跟你再會了。

十一人同時喊殺的聲音。

刀斧落下。

漂城又一個傳奇終結了。

□

比預計的日子足足遲了十六天，來自漂城的「搭包」才運到京都來。

這筆由漂城上繳來的「大樹堂」資金。是以藥材爲掩飾長途運送。

狄斌一直很擔心「搭包」會出意外。京都雖被禁軍封鎖，但藥材始終是必要物資，按道理還是容許進城的，他擔心的是貨車會被敵人半途截劫。現在看見它抵達，狄斌才放下了心。

由於門禁仍很森嚴，狄斌無法出京郊迎接馬車，只能等在正南方明崇門的幾十尺外，親眼看著它進城及接受檢查。收受了「大樹堂」賄賂的門衛禁軍並沒認眞檢視，稍看了兩眼就馬上放行。

狄斌在鎭德大道上親自接管了貨車，一直押送回吉興坊的于潤生府邸裡。

今天已是「鳳翔坊分行」事變後第七日。由於禁軍仍然沒有放鬆監控，京都市面氣氛異常緊張，「大樹堂」、「豐義隆」和「三十舖」各方都沒有甚麼動作。

四天前，「病逝」的容玉山正式發喪了。

同一日「豐義隆總行」正式宣告：韓亮因久病決定遜位，老闆之座由章帥接掌；「豐義隆」的高層全面改組，蒙眞和茅公雷分別晉升為「左右祭酒」；容小山服喪期間暫任「供奉」一職，但不必管理任何事務；于潤生因「舞弊營私、侵呑公款」，被「豐義隆」逐出門牆，革除一切幫會職務及「海底」上的登名……

在大宅裡，狄斌指揮部下將車上藥物卸下，餘下一個貼著齊楚簽字封條的巨大木箱，則轉為抬上一輛手推板車，送進宅邸深處的內室存放。

狄斌看著手下搬運那口相當於他胸口高度的大木箱，顯然半點也不輕。今次「搭包」的財物數目應該不少，足可讓「大樹堂」在京都維持一段日子。

如今于潤生已經暫時棄守了「大樹堂」在京城裡的大部分生意物業，將兵力集中在這吉興坊府邸及合和坊藥行兩大據點。

他們現在已失去為「豐義隆」押送私鹽的工作，其他的生意亦幾乎完全停頓，唯一的財源就只剩下漂城。幸運的是，自從漂城新埠頭啓用之後，當地的收益比一年前增進近倍——尤其向南藩輸出的私禁物資，利潤更是非常豐厚。

于潤生帶著棗七和陸隼，早已在那內室等候。平時他不會親自點算「搭包」，但現在這筆來自漂城的錢財非常重要，于潤生急於要知道實際的資金數目，才能夠決定往後的策略。特別是面對朝廷，于潤生如果能夠騰出一筆財帛，給予太師府可觀的賄賂，無疑可令「大樹堂」多加一重保障。

——問題是何泰極到今天都拒絕接見我……

時間對「大樹堂」甚是不利。這形勢拖得久了，朝廷對「豐義隆」的監視就會鬆懈，蒙眞能夠調動集結的兵力也越多；等到蒙眞能夠完全控制容玉山遺下的力量，確立自己的地位時，就會獲得倫笑的公開肯定，其時他必然大舉向「大樹堂」進攻……

狄斌進來內室，第一件事是走到神龕前，點燃香燭，插在供奉「鎭堂刑刀殺草」的香爐上，感謝護法葛老三英靈保祐，讓「搭包」安全運抵。

「打開吧。」于潤生揮揮手。他的容貌神色，跟以前好像沒甚麼改變，但是「大樹堂」每個人都感覺得到：堂主的聲線和舉止，都缺少了往日的自信……

兩個部下上前把封條撕去，解除箱上的木條和繩索，把蓋子打開——

他們在幾乎同一刻被抓斷了喉管。

血花飄飛。

一個白色影子從箱裡躍出來，飛向于潤生——

五隻手指的黑影，反映在于潤生的眼瞳裡。

□

聽見呼叫的一刻，鎌首迅速抄起擱在身旁那根木杖。

他和梁椿身在屋外院落那座瞭望塔上，正視察著對面的街道房屋，商量有哪些地點需要加強守備。

——有刺客！

「替我保護小語！」鎌首向身後的梁椿拋下這句話，從相當於三層樓高的瞭望塔直接躍下去。

□

指甲尖利的手爪，切入了血肉。

那是棗七交叉身前的手臂。他一察覺有異就如猛獸般撲出去，擋了在于潤生跟前，反應比「大樹堂」任何一人都要快。

與敵人一接觸，棗七就感覺手臂傳來火焚般的痛楚。

他在山裡居住時，也曾經許多次被野獸襲擊，身上留下各種銳牙利爪的傷痕；但此刻手臂被抓，他有一種截然不同的感覺。

——那些指爪，好像刀刃！

棗七從不知恐懼爲何物，單純只有一個念頭。

——**就算雙手雙腳都失去，用牙齒也要護著主人**！

他全身跳起來，像滾球般向後翻，一雙赤足半空裡往前猛蹬！

那襲來的白影卻彷彿紙片般輕薄，往右一飄，就閃過了這猛烈的跳躍蹴擊。

除了棗七，站得最接近于潤生的就是「兀鷹」陸隼。他伸手摸向捲在腰間的鐵鍊。

——但是他已經永遠無法再把鐵鍊揮出。

腰間有一陣古怪的感覺。

手爪洞穿了陸隼腹腔，切斷了肝腸，突破了腹膜，鑽入臟器之間——

另一個及時做出反應的是田阿火。他從後撲向白影，矮壯的身體微沉，藥煲般大的右拳，配合跨步擺身之勢，狠狠勾擊向敵人的後腦！

那白影卻如有後眼，不必回頭即轉身側首閃過。田阿火的拳頭，只能擊打在飄逸的烏黑長髮上。

那隻插進陸隼身體的手爪迅速拔離，手腕朝田阿火摔出。

一件溫暖濕潤的東西，擲在田阿火臉上。

陸隼的肝臟。

田阿火本能地閉目。雖然看不見，但無數拳鬥養成的直覺警告他：要向後退！

他全身後仰。

左邊眉角的大片皮肉，隨著銳利的指甲劃過而飛脫。

——那隻利爪彷彿就是惡魔的手掌，觸及之處即帶來破壞與死亡。

那白影回身，朝向于潤生原本站著的位置。可是剛才趁著田阿火與對方纏鬥，棠七已經把于潤生整個人抱起，躍避去內室的一角。

那白影詭異地平地飛升，執意追擊向二人。那種跳躍動作，簡直不像人類。

剎那間，他眼角卻瞥見左側閃起寒光。

短短兩尺的霜刃。

那白影渾身顫抖了一下，本已躍在半空的身體，彷彿違反自然法則，竟能硬生生改變飛行的方向，退縮到右面數尺之外，踏著流滿血污的陸隼屍體。

田阿火捂著左眼，右目勉力睜開，看著此刻才終於靜止下來的那個白影。

在場除了已死的陸隼，只有他一個曾經見過這白衣男人。

——因爲他曾經加入過「屠房」。

「……鐵爪！」田阿火像呻吟般呼叫。

室內所有來自漂城的人，身心都爲之震慄。

「屠房」的鐵爪四爺。仍然生存。

而且，就在這裡。

只有狄斌一人，異常鎮靜。

他此刻渾然忘我，握著「殺草」朝著鐵爪發出連環斬擊。那運刀的手法，還有無視生死的漠然表情，竟跟當年的葛元昇極是相像——雖然刀鋒的速度遠遠不及葛老三。

如此單挑，狄斌本該絕非鐵爪的對手，可是鐵爪卻似乎對這刀招有所顧忌，失去了剛才惡鬼般高速來去予取予攜的氣勢，一時無法反擊，只是展開身法左閃右避。

——全因深印在他記憶裡，一股對葛元昇與「殺草」的恐懼。

——眼前的狄斌，彷彿葛元昇的幻影。

「殺草」從下往上反撩，削中了鐵爪長長的左袖，無聲割去一片白布。

看著飄去的破袖，鐵爪彷彿目睹自己的左臂再次被斬斷。本來慌張的神情，轉變成暴怒。

狄斌左右交叉砍出兩刀，鐵爪卻準確地抓住這兩招間的空隙，欺身閃進刀鋒中央，凶猛的右爪伸向狄斌面門。

指爪的陰影已然蓋在狄斌臉上。他來不及回刀——

轟然巨響。

鐵爪收手，身體縮成一團。

一根簡樸平凡的木杖，帶著懾人心魄的破風聲，挾著破裂門板的碎片，僅僅掠過鐵爪頭頂。

鎌首的碩大身軀跨進了門檻。他雙手握著木杖一端，揮擊半圈後又迴轉過來，這次變成垂直劈打。

鐵爪的身體急激旋轉閃避。

木杖再度揮空，落在石板上，發出另一次爆響，擊出了深刻的裂痕。

鎌首利用打在地板上的反彈力把木杖收回，雙掌在杖身上滑動，改成握住中央，如撐槳般用杖尾橫掃向鐵爪的頭顱。

鐵爪則借助剛才的旋轉閃身，右腿後踹而出，神準地蹬在鎌首雙手之間的杖身，阻截了這一擊，但這腳並不足以完全消解鎌首的強橫力量，他整個人反向飛跌了出去。

狄斌急追上前，欲乘機刺出「殺草」，洞穿鐵爪的身體。

這位擁有驚人平衡力的「飛天教祖」，卻不單沒有勉強煞停跌勢，反而藉助它順勢起跳，穿破了房側的一扇木柵窗，那奇詭的移動方式，猶如沒有重量的幽靈。

「保護老大！」鎌首向狄斌吼叫，自己則跳出窗外追擊。

只是幾個起落的短促戰鬥，已然令狄斌大汗淋漓。他檢視室內：棗七仍死命護在于潤生身前，雙臂的爪痕深刻如刀割；陸隼死狀悽慘，內臟散了一地；田阿火放開捂著左目的手掌，可見左邊眼皮整片失去了，眼珠暴露大半。另外還有兩個部下的咽喉被挖空了一塊。

京都「大樹堂」當今戰力最強的幾個人物，全都聚集在這房間裡，卻無法制住一個獨臂仇敵，還被殺傷了五人。于堂主險些遇刺，對方卻毫髮無損地逃掉了。

——**這就是鐵爪四爺**。

狄斌瞧著手中「殺草」。

當年葛元昇與鐵爪那一戰無人目睹，眾人事後只是從現場的狀況判斷出，鐵爪殺死葛元昇的同時必然也受了不輕的創傷，並從北橋跌進了漂河失蹤。此後那幾年，鐵爪從未再在漂城或附近一帶出現，亦無人目擊過他的行蹤，人們都斷定他早就死去。

——他丟了一條左臂，必然是當年被三哥斬斷的！這樣竟然仍能夠逃出生天，活到今日，而且已然如此可怕……簡直就不是人！

狄斌這時再看看室內那空空如也的大木箱。

「是誰把鐵爪帶來京都的？他怎麼躲了進『搭包』裡？」狄斌跺腳。

于潤生站起來的動作有些蹣跚，但聲音仍舊鎮定。

「當年殲滅『屠房』時，誰在漂城？」

狄斌咬破下唇。

——是章帥。當年救了鐵爪性命的也必然是他。

「要馬上派人去漂城，叫四哥再送另一個『搭包』來，並且多派人保護馬車！不盡快把錢送來，京都這邊恐怕撐不下去……」狄斌努力組織思緒，卻見老大搖頭。

于潤生指向地上。

狄斌循著看過去，是半截撕下的封條。

這封條的紙質經過特別挑選，一旦黏貼上去，撕開後絕難保持完好，不能再使用第二次。

狄斌把斷封條拾起來細看。

上面確實是齊楚的簽名和押印。

「漂城已經失陷了。」

于潤生閉目說。

室外傳來女人的尖叫。

□

木杖橫掃而過，骨頭粉碎，內臟爆破。

那五個剃光頭身穿白衣的「飛天」教徒，有如紙造人偶般飛散出丈外，未著地前已然斷氣。

可是他們臉上，仍然殘留著瘋狂的笑容。

更多教徒如螞蟻般湧上。另一排六個男女，再次被猛烈的攻擊掃飛。

第三排卻已在面前。

鎌首以絕望的眼神，眺視步履如飛的鐵爪，那背影在街道遠方已然漸漸變小。

鐵爪的肩上，扛著一副穿著鮮艷服飾的嬌軀，襯在鐵爪的白衣上，格外顯眼。

鮮紅色的披肩。繡著飛鳥圖案。

鎌首不斷猛力揮杖，逐步前進。可是那一波波的人海，仍然不畏死地攔在他跟前。他感覺如有深陷泥沼。

鐵爪的身影消失了。

鎌首身上黏滿了「飛天」教徒的碎骨、肉屑和血花，繼續這沒有希望的前進。

□

狄斌踏如鎌首的房間。地上凌亂散著雜物。藍色的琉璃花瓶已跌碎。香爐翻轉潑了一地。貝殼風鈴斷裂四散……

綠色的地毯，吸滿了血。

一個年輕人在血泊上匍匐。狄斌急忙上前蹲下來，把那人上半身抱起，擱在自己大腿上。

梁椿因爲血液倒流進鼻裡而嗆咳。他張開嘴巴，齒間拉著血絲。

任誰看見他被破開的胸腹，都知道他已活不長。

「六……六……」梁椿的聲音極細——此刻他仍然能夠說話已經是天大的奇蹟。狄斌把耳朵湊近他嘴巴。

「六……替……我……告……五……已經……盡了……對……不……」

聲音漸漸變成微弱的呼息。最後停止。

狄斌放下梁椿的屍體，替他闔上眼皮。

他這時才發現，自己手上仍然緊握著那片「搭包」的封條。

此刻他當然知道，鐵爪爲甚麼要把寧小語抓走。

封條上的簽字，被狄斌指頭的血污化開了，再也無法辨識。

□

棗七伸出包裹著布帶的雙臂，戰戰兢兢地接過于潤生手上那羊皮信封。

「你馬上就出發。我會派幾個人協助你。」于潤生說得很慢。他要讓棗七聽清楚每個字。「在交到那人手上之前，這東西絕對不可以離身。不管是誰向你要，就算是同行的夥伴，就算是你認識的人——絕對不要交給他。除了我告訴你的那人。

「要是你受了重傷，或者將要被抓住或殺死，就設法把這東西毀了。燒掉也好，撕碎吃進肚裡也好，用一切方法。記得嗎？」

棗七把信封塞進衣服內，貼著肚皮收藏，然後猛力點頭。

「記得。**交給那個姓黃的人。**」

□

一支六十多人的大車隊，快速行走於北上京都的官道，走的正是一年多前于潤生上京那同一道路。

齊楚獨佔其中最大最豪華的那輛馬車，前後左右都有騎馬的刀手拱護。

在他跟前空位上，並排放著三個木箱。

三顆頭顱。

文四喜。

吳朝翼。

龍拜。

自從馬車起行開始，他的下體就一直勃起。

因為他知道，在目的地，有一個人正在等著他。

齊楚對自己的身體狀況有點驚訝。可是他無法壓抑這自然生起的反應。

他瞧向窗外。道路旁是一片茂密的樹林，再遠些就是半隱在霧中的山陵。

那山的形貌，跟猴山有點相像。

齊楚忽然想起一些無關痛癢的往事：在猴山裡的洞穴匿居時，龍拜教他玩那個關外棋戲。沒多少盤後，他已倒過來把龍爺殺敗，龍爺瞪著眼鬍子直豎的樣子，眞的十分好笑；他曾經教過白豆和鎌首在沙上寫字，他們認眞學習時，專注得就像兩個小孩子；在破石里的木屋裡，每次狄斌把煮好的稀粥端進來，大家就爭著舀最大碗，最後總是變成打鬧；有次龍爺不知從哪裡弄來些銀兩，買了一雙新布鞋送給他，因爲他的腳天生有點毛病，鞋底只要穿久變薄了，走路就會痛，他那夜抱著新鞋高興地入眠……

馬車繼續往京都前進。

齊楚仍然呆呆看著窗外，下體繼續勃挺，眼睛流著沒有哭聲的淚。

《殺禪》卷六【食肉國家】．完

附錄

卷五　原版後記

回想起來，我也到過好幾個國家的首都。

夏天的倫敦街道，在陽光之下很美麗，到了今天我還在回味Covent Garden市集的下午；被東京的高度資本主義包圍時，我彷彿目睹人類文明走到了盡頭；在金邊下榻的小旅館樓下，有一對衣不蔽體的露宿小孩；曼谷，是個常常作都作不厭的甜夢；華盛頓我逗留太短，僅有的印象就是：堂堂「世界最偉大國家」的首都，街頭與公園一樣滿是露宿流浪漢……

最令我感受到首都氣派的，始終是巴黎。羅浮宮與凡爾賽宮。人去了，樓還在。前者給我看見一個國家民族處於最青春鮮活時期的氣魄；後者讓我目睹一個王朝盛極以後空餘的奢華頹靡。我站在凡爾賽的鏡宮朝窗外遠眺，看見那好像看不見盡頭的巨大御苑，深刻感受到何謂「權威」。

倒是北京，很慚愧，至今還沒有去過。從雜誌報章看過許多紫禁城的照片，最深刻的印象是：裡面很陰鬱。

年輕時以爲世事很複雜，以爲每個成年人腦袋裡都必需裝著千百樣心思才能夠生存，以爲把事情往複雜的方向想就是成熟，就是「江湖閱歷」。

原來都是大人們騙人的把戲。

我很喜歡夏天，喜歡在陽光之下流汗的感覺。

連續兩年的仲夏，我跟很多人——確實是「很多人」——在陽光下的街道上，一起流著汗走了一段路。

我們沒有實質贏得了甚麼，可是我有一種勝利的感覺：那個具有特別意義的日子，已經被那些在空調的會場裡手握香檳杯子、胸口別著金獎章的人壟斷了太久，現在終於由我們這些流著臭汗、用腳走路的人奪回來了；我們以一種最簡單純粹、肉眼就看得見的方式告訴世界：這個城市是屬於我們的。

中環太平行那家Delifrance，在幾個月前結業了。

已經忘記是哪一年開始，在家裡寫得太悶的時候（通常都是下午），就想到外面去寫，往往就選那裡。主要是因爲那一家的地方特別大，必定找到桌子，也不會礙著人家做生意（因爲我常常一坐就是幾個小時）。燈光和空調都洽好，還有一排透來陽光的大玻璃窗。食物也不錯——當然這方面請不要相信我這個對飲食不大講究的人。

好幾年下來，《殺禪》和《吸血鬼獵人日誌》的許多篇章都是在那家餐廳裡寫就的；第一首歌詞（盧巧音的〈同居角落〉）也是在那裡完成。

它結業之後，我也很少再在外面寫東西了。感覺不算是很傷感，只是有點懷念，也想對它說一聲感謝。「感謝」一個地方，似乎是很彆扭的說法，卻是我最真實的感覺。

喬靖夫

二〇〇四年七月七日

卷六　原版後記

這幾年我的頸項上都掛著一個受難基督的十字架。是在天主教商店買的最便宜那種貨色（只要幾塊錢）。長期戴下來，木質已經因爲吸汗太多而變深色，上面的基督像也都發黑了。繩子因爲斷裂換過三次。

不熟的朋友看見了，不免都會問：「你是教徒嗎？」通常我只微笑搖頭，沒有多作解釋。

關於上帝是否存在，我想自己大概屬於「不可知論者」；我也不關心耶穌的事蹟是眞是僞。

基督釘十字架，對我來說只是一個象徵：一種「精神能夠戰勝肉體」的信念。

當然我明白「衣食足然後知榮辱」這個道理——假如你對一個飢餓中的非洲貧民說「精神能夠戰勝肉體」，他只會覺得這是一個殘酷的笑話。可是當人已經得到飽暖後，思的想的還只是更多的飽暖，那也是另一個笑話。

何況當今世界的貧窮，絕大部分還是人爲的。缺乏了公平與同情的精神，而繼續把地球上一切都簡單量化，貧窮，看來還是會繼續下去。

那一夜，我在隨身的筆記裡記下當天的日期，然後寫道：「龍拜死了。」我當然沒有真的把自己小說裡的人物當作朋友——雖然他們當中許多確實有我自己或我認識的人的影子。龍拜也不是我特別喜歡的角色。可是一個已經在我的寫作生命裡存在了超過十年的人物（回想起來，第一次下筆寫他時，我還是個學生），驀然要把他「殺死」，心裡總是有種奇怪的感覺。說不上是悲哀或可惜。好像有點不捨。沒有遺憾。

時間，有人說它能令人淡忘。我卻覺得剛好相反：時間令一切沉澱，濃得化不開。

我從小就是對甚麼都不捨得的人（不想用上「念舊」這麼沉重的字眼）。別的孩子換新書包總是興高采烈，我卻總不捨得把舊的拋棄，仍然收到某個角落。最後都是給母親悄悄丟掉。

到了今天，母親還是抱怨我不肯丟東西（尤其是書），塞得滿屋子都是。

「萬般帶不走」，這確是智慧之言。可是既爲凡人，只要在世一天，總是希望把能留的都留住。

儘管人生還是必然要不斷地失去。失去物件。失去人。

這本書，謹獻給我一年前去世的父親。

喬靖夫

二〇〇五年十一月二十二日

國家圖書館出版品預行編目資料

殺禪. 第3部 重編版 / 喬靖夫著. -- 初版. -- 臺北市 : 蓋亞文化, 2023.01
面 ;　公分. -- (喬靖夫刀筆志 ; 3)
ISBN 978-986-319-396-8 (平裝)

857.7　　108001016

喬靖夫刀筆志 003

第 3 部 重編版

作　　者　喬靖夫
封面插畫　Steven Choi
書名題字　馮兆華
封面設計　莊謹銘
責任編輯　楊岱晴
總 編 輯　沈育如
發 行 人　陳常智
出 版 社　蓋亞文化有限公司
　　　　　地址：台北市103承德路二段75巷35號1樓
　　　　　電話：02-2558-5438　傳眞：02-2558-5439
　　　　　電子信箱：gaea@gaeabooks.com.tw
　　　　　投稿信箱：editor@gaeabooks.com.tw
　　　　　郵撥帳號 19769541　戶名：蓋亞文化有限公司
法律顧問　宇達經貿法律事務所
總 經 銷　聯合發行股份有限公司
　　　　　地址：新北市新店區寶橋路二三五巷六弄六號二樓
　　　　　電話：02-2917-8022　傳眞：02-2915-6275
港澳地區　一代匯集
　　　　　地址：九龍旺角塘尾道64號龍駒企業大廈10樓B&D室
　　　　　電話：+852-2783-8102　傳眞：+852-2396-0050
初版一刷　2023年1月
定　　價　新台幣 320 元
Published and printed in Taiwan

GAEA ISBN 978-986-319-396-8